车厘酒 著

摘青梅

上册

天津出版传媒集团

百花文艺出版社

图书在版编目（CIP）数据

摘青梅 / 车厘酒著. — 天津 ：百花文艺出版社，2024. 7

ISBN 978-7-5306-8678-2

Ⅰ. ①摘… Ⅱ. ①车… Ⅲ. ①长篇小说—中国—当代 Ⅳ. ①I247. 5

中国国家版本馆CIP数据核字（2024）第088912号

摘青梅

ZHAI QINGMEI

车厘酒　著

出 版 人： 薛印胜
选题策划： 胡晓童
责任编辑： 胡晓童
装帧设计： 蒋　晴
出版发行： 百花文艺出版社
地址： 天津市和平区西康路35号　　**邮编：** 300051
电话传真： +86-22-23332651（发行部）
+86-22-23332656（总编室）
+86-22-23332478（邮购部）
网址： http://www. baihuawenyi. com
印刷： 北京润田金辉印刷有限公司
开本： 880毫米×1230毫米　1/32
字数： 300千字
印张： 17.5
版次： 2024年7月第1版
印次： 2024年7月第1次印刷
定价： 69. 80元（全二册）

如有印装质量问题，请与西藏悦读纪文化传媒有限公司联系调换
地址：北京市朝阳区高碑店乡高井文化园路8号
邮箱：yueduji@girlbook.cn

目录

㊤㊥

目录

（下册）

第一章
这是我妹妹

一日之计在于晨。

舒甜假期里的每一个“晨”都是以身上盖着的被子被人掀开而开始的。

“起床，起床！”

舒甜：“……”

“鸡都起床五个小时了你还睡？”

舒甜闭着眼，尝试着翻白眼。听听，梁女士今天又换花样了，把闺女跟早起的鸡比。

正值暑假的尾巴，假期里舒甜的作息一般是能熬多晚熬多晚，能起多晚起多晚。

但是鉴于之前三年舒甜的住校生活还算规律，她其实也熬不了多晚，睡眠充足，上午九点半十点左右被叫起来并不会怎么难受，只不过惰性使然，赖床的幸福感让她不愿意睁开眼睛。

“诺诺，起来了，妈跟你说个事儿。”

“嗯，”舒甜还是没睁眼，翻了个身，哼哼唧唧地应了声，“怎么了？”

刚刚离开房间的脚步声重新响起，梁韵的声音也越来越近：“你记不记得咱们家在京园住着的那会儿，对面住着的那家人？”

舒甜皱了皱眉。

“啧，”梁女士这声“啧”有些恨铁不成钢的意味，“以前你总跟在那家那个小哥哥屁股后边儿跑，人家总带你玩儿，你忘了？”

舒甜忍不住睁开眼睛。

她不是忘了，而是大脑一片空白，什么京园？什么小哥哥？她现在满脑子都是“鸡都起床五个小时了”。

舒甜清了清嗓子，道：“妈，你直接说人名吧！”

因为睁开了眼，所以舒甜清清楚楚地看到梁女士翻了个白眼说：“你江译哥哥呀！”

舒甜：“……”

嗯……江译……

嗯？江译？

舒甜的所有记忆瞬间回笼，脑子也瞬间清醒，某张脸好像在眼前闪了一下，是他！

舒甜迫不及待地问出声：“他怎么了？”

梁韵道：“我今早送你爸出门，回来的时候正碰上对面的门开着，我就想着都是邻居，去打个招呼。”

舒甜：“……”

梁女士面带笑意地说道：“咱们对门住的就是江译。”停顿了一下，她伸手往头顶比画了一下，“他得比我高两个头。”

舒甜没注意她妈说的是高了两个头还是三个头，直接从床上坐起来，动作大到软乎乎的床垫上下颠了颠。

舒甜问道："他住咱家对面？妈，真的假的？你别是认错人了吧？"刚起床的舒甜脸蛋儿白皙，刘海儿飞到发顶，黑葡萄一样的眼睛睁得溜圆，穿着奶白色睡衣坐在大床正中央，显得十分可爱。

"谁有那工夫骗你？那孩子长那么好看，我能认错？"梁韵戳了一下女儿睡得有些乱的头发，手感太好，又忍不住揉了一把，"赶紧起来洗漱了，收拾收拾去跟人家打个招呼。"

对门在装修和搬东西这事儿舒甜知道，而且还注意到，对方在装修时间这方面特别人性化，也不总用到电钻。为此，她还在心里夸过这家人。但舒甜每次出门，都只能看到装修工人，一次也没遇到新邻居，没想到新邻居居然是江译一家。

接下来，从起床到下午六点这段时间，舒甜不知道自己具体干了什么，但记得自己吃过早午饭之后又吃了两个苹果和三个桃子，以及一堆小零食，嘴几乎就没停过。

本来舒甜脑子里想的是"吃完这个我就去敲对面的门"，但现在她的肚子都快吃圆了也没行动，她便又想"出门消消食回来一定去敲对面的门，嗯，一定！"

她有什么好㞞的？不就是他们太久没见了嘛！

她不㞞！

舒甜下定决心，神清气爽地回卧室随便换了套衣服，对着靠在贵妃椅上的梁韵道："妈，我去超市买点儿零食。"

梁韵心系电视连续剧，看都没看她一眼，道："去吧，注意安全。"

舒甜家刚搬到这里三个月，原因没什么特别的，主要是他们以前住的京园离学校实在太远。

舒甜初中上的是女校，而且没的商量必须寄宿，家离学校远点儿也没什么。高中有走读选项，舒甜当然死活不会选住校，家离学校太远不方便，就这么搬了家。

还有三天，高中开学。

舒甜叹了口气，对假期即将结束这件事很是惆怅。她一只耳朵里塞着耳机，腹中饱胀感依旧强烈，蓦地想起导致自己吃这么多出来散步的源头。

舒甜一家在她六周岁的时候搬来S市，就住在京园。京园里的别墅两两相对，当时江译就住在她家对面的那幢别墅里。

江译比舒甜大一岁，而且两个人上同一所小学。他们和电视剧里演的青梅竹马不一样，要说舒甜小学的记忆到现在还清晰不已，那是骗人的，很多日常发生的事儿她基本忘得差不多了，但有些记忆深刻的片段的确还能想起来。比如，她记得自己三年级之前长得比同龄人矮不少，也不知道怎么回事儿，小学老师喜欢让男女生坐一桌，坐一桌就算了，关键不知道中了什么邪，她的同桌都特别热衷于抢她的笔和橡皮。

二年级刚开学不久，舒甜周末去江译家玩儿，憋不住，就告状了。于是等舒甜周一再上学的时候，正在读三年级并且在她看来已经很高大的江译就把她当时的同桌叫出去了。舒甜不知道江译具体说了什么，但是那个跟她差不多高、一起坐在第一排的小男生是抹着鼻涕回来的，并且从此对她毕恭毕敬，那架势恨不得每天买一块橡皮给她上贡。

好像是从那次之后，舒甜意识到了有个哥哥做靠山的好处，于是就成了江译身后名副其实的小尾巴。

舒甜上小学的时候，仗着江译这个靠山，可以说在学校里是横着走的，淋漓尽致地演绎了狐假虎威。

这么一想，她应该还是个让人非常羡慕的小尾巴。

舒甜新家所在的小区离S大附中步行大概20分钟，超市就在学校和家中间的位置，她已经来过无数次。

舒甜假期在家闲出花儿来，从超市回家的路线找了好几条。

舒甜挑了最常走的那条耗时最短、不用过大马路的街道，虽然梁韵总告诉她这片儿比较偏，千万别走，听说总有学生上学、放学没事儿在这约架。

嘁，她的话都是骗小孩儿的。

舒甜本来没开发出这条路线，但自从梁韵说了之后，她来这么多趟超市，几乎一半儿的时间是从这条道走的。

这传说中的约架她怎么一次也没碰到？舒甜遗憾地想着。

舒甜走着走着有点儿渴，就从自己刚买的一堆零食里挑出一包葡萄味儿的果粒多吸吸果冻，把袋子往地上一放，手指用劲，一秒钟扭开，接着拎起袋子继续向前走。

舒甜叼着吸吸果冻，拎着袋子，走得慢慢悠悠，口腔里是浓郁的果香。口袋里的手机振了振，舒甜正想拿出来看看，“你狂什么狂？”一声带着点儿破音的怒吼直冲舒甜的耳膜，听起来声音就在不远的地方。

舒甜被吼声镇住，手机掉回口袋里。

听听这句话，“你狂什么狂？”仔细品品，挑衅有了，愤怒的语气也非常到位，人家都气破音了。

舒甜瞬间精神一振。这是约架吧？她走这么多回这条坑坑洼洼的破路，终于让她遇上了一回！

舒甜蹑手蹑脚地靠近声音传来的地方，把零食袋以极慢的速度放在地上，找了个带着洞、极适合观赏的断壁，蹲下，看戏。

正对着舒甜的是一排背影，有几个在视线死角看不到，剩下的三个她决定先审视一遍造型。

左边的那人，看着挺瘦的，寸头，后脑勺上剃了一道闪电。舒甜差点儿笑出声，觉着这人挺牛，也挺二的。

舒甜又看向右边那人。只见这人比“闪电侠”高点儿，发型倒没什么特别，就是发色是非主流的黄色。舒甜扫的速度很快，一边看一边在心里吐槽。

接着舒甜看向中间那人，这次她没有很快移开视线。

这人的背影挺好看，身高比先前那两人都高，黑衣黑裤，没任何图案，不让人觉得热，只觉得酷，而且发型干干净净，这么看了一圈儿，所有人里数这个人后脑勺最正常了，也最美观。这人的黑T恤不是宽松的，也不太紧，但能看出来腰窄窄的，不知道是不是蹲着的缘故，舒甜觉得这人腿长得有些过分了，这不止黄金比例吧，怎么也得是钻石级别的。

舒甜观察完几人的背影之后，开始审视他们的武器。

“闪电侠”拿着根木棍。“黄毛”手里拿的是根通体银灰色的棒子，长长一根，上面带着尖刺，看着沉得不行。

狼牙棒？舒甜心道她果然是太孤陋寡闻了，现在道儿上混的能约个架的不良少年手持武器都是这种级别的了？现在这种级别的约架，她从来没见过，这可太长见识了！她果然没白期待呀！

这排人挡得挺严实，舒甜从缝隙里能看出来对面也站着一排人，不过人数就看不太清了，但是一般打架人数也不会差太多。

舒甜这番心理活动下来，发现原本相对安静的“战场”突然喧闹起来。她其实也分辨不出两方人具体在喊什么，听得最清楚的只有他们骂人的词。

打架的这群人除了中间背影特好看的那人，其余的人好像都特别激动，手舞足蹈的，骂着骂着应该是压不住了，“闪电侠”嗷的一声扔了手里的木棍，整个人向前扑去。

嗯？舒甜疑惑，这人怎么扔了棍子？

随后，“黄毛”嗷的一声扔了手里的狼牙棒，棒子落在地上咣当一声，“黄毛”紧跟兄弟的步伐冲向前。

嗯？他为什么扔了狼牙棒？

不是，这两人在干什么呢？

舒甜刚在心里赞叹了一番这群人的战斗格局，想着狼牙棒要大放异彩了，可转眼就来这么一出，实在是令人目瞪口呆，她嘴里的吸吸果冻没控制好钻气管里去了，然后是一阵惊天动地的咳嗽。

舒甜刚才为了方便看戏，半个身子都移到了墙外，因此在她痛痛快快地咳嗽完后，一抬头，正对上两个人的视线，准确地说，是两位“领头大哥”的视线。

舒甜正对面，站着一个肌肉虬结，文身刺目，眉头一皱地都要抖三抖的“社会哥”；而“钻石哥”看她的神情懒散又不耐，满脸写着“让我看看是谁在搞事情”，结果对上舒甜的视线之后，少年眉梢微挑，眼里是满满的诧异。

舒甜更诧异——这人不是她逃避了一天也没下定决心拜访，正打算买完零食就回去拜访的邻居嘛！

舒甜瞪大眼睛，咕咚一声咽了口口水。

舒甜之前在女校的时候，就听人议论过S大附中初中部最有名的那棵“草”叫江译，当时她还挺自豪来着，怎么说那也算是她从小玩儿到大的哥哥，这么给力、这么有面儿，必须自豪。

少年看起来与舒甜记忆里没差太多，就是明显高了、瘦了，五官也更加立体。

江译长着一双桃花眼，眼尾狭长上翘，却很少能看到他笑，他整个人的气质很冷，但脸颊轮廓好像因为眼睛而偏柔和，不说话的时候，十足一个阴郁美少年。

舒甜这么看着，江译和“社会哥”除了身高相似，完完全全就是两个极端。

舒甜琢磨着“小时候长得帅长大会变丑”这个结论在江译身上肯定失效了，这么久没见，他长得比以前更好看了。

蹲在地上的少女穿着短裤，手里拿着紫色的零食包装袋，就算是蹲着也能看出来腿又细又长，皮肤白皙。

他们对视了几秒，江译觉着女孩似乎对他笑了一下，大眼睛亮晶晶的，里面像是住了星星。

江译呼吸一窒，心跳越来越快。他垂着眼，往舒甜的方向靠近了一步。

少女仰着脸，笑起来的时候嘴角出现了小梨涡，声音和江译记忆里一样甜美：“江译哥哥。”

江译脚步一顿，再次听到这熟悉的声音，耳根都有些发麻。

舒甜的睫毛看起来长又密，她眨了眨眼，突然开口道：“你先打吧！”纤细的手指了指江译身后的方向，“正事要紧。”

江译：“……”

江译这才想起身后还有人。

这是哪门子的正事？

江译上下后槽牙对了对，有些头痛怎么会在这里遇到舒甜，几年没见，头一次见面就是这种场面。

江译又看了眼老老实实蹲着的人，视线掠过她微微翘着的唇，虽然她看起来一点儿也不害怕，但他记忆里舒甜胆子特别小，这么偏僻的地儿，说不定她是找不到路走过来的。

总之，这个架不可能在她面前打。

“没有打架。”少年的声音和以前相比有了很大变化，低了很多，鼻音也重了点儿，有一点儿沙哑。

没有打架？那这是干什么呢？斗殴？划拳？舒甜不明所以地嗯了一声，尾音上扬，以表疑问。

舒甜看到江译大长腿一伸，朝她这个方向走过来两步，距离近了，他的眼瞳里自己的倒影都看得清。

江译身后，除了“社会哥”安安静静，舒甜还能听到“黄毛”和“闪电侠”破了音的怒吼。

“后面那些人是练武术的，”江译弯了弯腰，凑近舒甜，一脸认真地道，“他们在切磋。”

江译话音刚落，不远处的混战又传出一声直冲云霄的怒骂。

舒甜：“……”

我真的信了你的邪。

江译这么一说，舒甜觉得自己脸上的笑大概要挂不住了，想站起来说话，手刚搭上膝盖，就听一道声音突兀地插进来：“切什么磋？江译你磨磨叽叽说什么呢？”

舒甜猛地抬起头。

可能是被忽略太久了，江译身后的“社会哥”嘴里叼着不知道什么时候点燃的烟，皱着眉抡起自己文着花臂的右胳膊，方向是江译的头。

舒甜一下子敛起笑容，急道：“喂！他要打……”

舒甜话还没说完，江译的后脑勺就像是长了眼睛，抬手就抓住了伸向他的肌肉饱满的胳膊，随后江译直起身，转身挡住了他们两人之间所有的动作。

江译速度极快，一切也就发生在三秒之内，虽然被挡着什么都没看清，但舒甜确定自己听到了一道类似关节错位的声音。

舒甜眨眼的工夫，江译又回过头。

江译现在站得离“社会哥”很近，两人这么一对比，一壮一瘦，一黑一白，但是从姿势来看，占掌控权的明显是又瘦又白的江译。

“社会哥”现在只有一只胳膊垂在身侧，舒甜看姿势猜测，他的另一只胳膊应该是在背后背着——但以什么样的角度背着她就不知道了。

又瘦又白的江译对舒甜勾了勾唇，眼尾的阴影变深，问道：“你刚才要说什么？”

“啊，”舒甜卡了一下，才出声，“我想说他好像要打你。”

“没有。”江译面上平淡，“都告诉你了，没打架。”

江译左手闲着，非常友好地拍了拍身边人的肩膀，另一只手在舒甜看不见的地方用劲儿。而被拍了两下的“社会哥”额头上的汗跟不要钱似的往下淌，嘴里的烟早掉到了地上，灭了。

“这是我的朋友，他叫……”江译顿住，皱了一下眉头，转头声音很轻地问了句，“你叫什么？”

“社会哥”的脸上大概是一种类似“命在人家手里，不得不低头”的憋屈，他喘了几口粗气，老老实实地答道：“张虎。”

“他叫张虎。”江译对舒甜重复了一遍，继而转头对张虎道，“这是我妹妹。”江译像是在认真地介绍两个人。

舒甜看见张虎异常乖顺地对她点了点头，都不挣扎，说道：“你好。”他哪里还有之前歪着嘴狠戾的样子？

舒甜不知道自己现在该是什么表情，江译哥哥导的这出戏可真是太精彩了。

张虎没想到今天会碰到江译。他的左臂现在正以一个他也不知道的弯折角度在身后别着，被身边的人牢牢控制着，有点儿动作都是钻心地疼。

张虎能混成一方大哥也是一路挨揍过来的，跟以前受过最重的伤相比，这次倒也不是受不了，只是实在没想到。

张虎所在的中专跟 S 大附中初中部离得很远，他虽然没见过江译，但也听人提过，说这人打架下手又快又狠，一个能打十个。但对这个比他小几岁的小孩，张虎根本没往心里去。

这是他们第一次碰上，说实话，江译跟他想象的不太一样——江译虽是少年模样，却一点儿也不像小孩。

江译刚才问张虎叫什么名字，其实这已经是今天他第二次问了。

张虎自认“虎哥”在各个学校打架斗殴的学生圈里也是能叫得上名号的，结果两边人一碰头，有人喊了一句：“今天我们虎哥在这儿，你们一个都别想走！”江译就站在对面那伙人中间，长得好看，空着手，一身黑，又高又瘦，漫不经心地一抬头，上来就是一句：“虎哥？谁？”

“江译你少装了，你敢说张虎你不知道？”

“不知道。”少年脸色丝毫没变，开口又是一个字，“谁。”最后这个字说得一点儿疑问的语气都没有，根本没把他放在眼里，年纪轻轻却傲得不行。

张虎当时没有什么生气的感觉，今天他本来也只是给兄弟站个场子，不到必要的时候不想大动干戈。但是那个不知道哪儿冒出来的小姑娘一出现，江译凑到人家跟前，完完全全把他无视了。这就算了，江译还说那群人是学武术的，在切磋。张虎觉得自己得动动手提醒提醒这个睁眼说瞎话的年轻人，结果……

其实不光是江译的速度和反应太快，也是张虎大意，没想到看着瘦不拉几的人手上力气这么大，他的这条胳膊不养个十天半个月是够呛能用劲了。

张虎压着脾气对小姑娘说完那句“你好”，江译似乎不想让他继续在这儿待，张虎的胳膊又是一痛——他跟着江译的力道转身往前面还在混战的地方踉跄了两步，站定之后，侧目。

江译松开擒着他的手，声音低沉：“带上你那堆人，”江译冲着那群嗷嗷叫着的人扬了扬下巴，神情漠然地道，“滚！”

舒甜目睹了江译把张虎制服，又不知道江译为什么松开手把人给放了，就像她不知道江译为什么要否认这场群架并且把这口大锅扣给武术一样。这一定是武术被黑得最惨的一次。

江译很快就转身走了回来，他腿长，没几步就走到了舒甜面前，舒甜得仰头才能看到他的脸。

江译刚好背着光，黄昏为少年修长的身形镀了层金边。虽然他们曾经形影不离，但舒甜对现在的江译并不熟，因此一怔。面前的人突然毫无预兆地在她面前蹲下——视线到了同一高度，好像还有扑鼻而来的香味，混着极淡的烟草味。

舒甜看着江译近在咫尺的眼睛，他的浅黑色的瞳仁配着上挑的眼尾，格外引人注意。

江译即使现在与舒甜面对面，也面无表情，薄唇抿着，唇角平直，一只手搭在膝盖上，姿势很随意。

“你……”顿了顿，江译问，“为什么在这儿？”

舒甜：“……”

她肯定是不能说实话的。江译费尽心思弄了这么一出，舒甜觉得自己要是说我就是来看打架凑热闹的，江译指不定怎么想她呢。

“我出来买零食，”舒甜晃了晃手里已经喝空了的吸吸果冻，指了指身边印着超市名字的塑料袋，“嗯……然后打算回家，走着走着……听到有声音，就过来看看。”

这个理由听起来挺像那么回事。

果然，江译没有丝毫怀疑地点了点头，嗯了一声，说道：“以后再去超市，别走这里。”

舒甜：“……”

江译一脸认真，补充了两个字：“很乱。”

舒甜：“……”

她就是因为这里乱，觉着有戏看才会走这里呀！

舒甜也不是心里没数，凑热闹归凑热闹，就算这次遇到的不是江译，而是不认识的人，被发现了，她也完全能确保自己脱身。

唉，江译哥哥说这话，简直跟梁女士一个样。舒甜在心里边吐槽边叹气，但还是很给面子地笑着点点头，说：“好，我知道啦。”

江译松了口气。

两个人蹲在半截墙的边缘，距离近，呼吸声都听得见。

江译将视线落在舒甜的脸颊上，发现她有两个可爱的梨涡。

“我以后都不走这儿了，”舒甜歪了一下头，又眨了眨眼，长睫毛下的杏眼清澈，“毕竟，这里应该总有学武术的人来切磋吧！”

江译：“……”

有个锤子的武术切磋。

舒甜脆生生的声音一出口，再加上那种全然信任的眼神，江译差点儿没绷住。好在江译最擅长的是面无表情，他有些僵硬地点了点头，稳着声音木着脸道：“对。”

随便她怎么想吧，别再来就行。

江译抬头看了下天色，问道：“挺晚了，送你回家？”

舒甜乖乖地点头，道：“好。”

他们住对门，送她回家不就等于他顺路也回家嘛，没有麻烦他，因此舒甜答应得毫无负担。

以前他们也总是一起回家，但江译一家是在他升上初二、舒甜去女校读书之前搬离京园的，他们搬走的那天，舒甜还十分丢人地哭了一场。

舒甜没想到现在他们又住对门了。

舒甜走神儿的工夫，没注意到对面的人什么时候站直的，直到头顶传来他的声音：“走吧。”

“啊，好。”舒甜说完，伸手抓着身边的袋子就要站起来，结果居然没成功，她又努力了一下，依然未果。

舒甜仔细地感受了一下，下肢的麻木感过于明显。

舒甜缓慢地抬起头，对江译说：“我腿麻了。”

刚刚这出戏这么跌宕起伏，这么精彩，她实在是蹲得太久、太投入了。

“那个，”虽然蹲麻了腿好像有那么一丝尴尬，但站不起来就是站不起来，舒甜小声地飞快补充了一句，“江译哥哥，你等我缓……”

舒甜第二个“缓”字还没说出口，面前的人突然有了动作。舒甜反应过来的时候，视线里出现了一只手。这只手手指修长、白皙，还有些瘦削，骨节微凸却不突兀，掌心纹路很浅。这么好看的手，很难想象刚才就是它把“社会哥”的战斗力给灭掉的。

舒甜顺着手往上，看向它的主人。刚才两人蹲着说了会儿话，夕阳移了些位置，现在光从斜侧面照下来，少年的脸半明半暗。

舒甜觉得自己的嗓子眼儿有些痒，哑声道：“怎么了？”

“不是腿麻了吗？”江译脸上是淡淡的笑意，唇角勾着，又把手往前伸了一点儿，弯了弯腰，“拉你起来。”

这个色彩，这个角度，画面感太强烈，舒甜怔了几秒，后知后觉地把手递出去。

舒甜刚碰触到江译掌心微凉的皮肤，一道声音骤然响起。

“哎哟！我们译哥干啥呢这是？”这个声音好像来自那个很能吼的狼牙棒持有者——“非主流”阿黄。

接下来的声音，是那个很容易激动的、总破音的“闪电侠”：“哈哈哈，你是不是瞎？这不明摆着嘛，路见不平，拔刀相助，拯救失足少女呗！”

几个人吵吵闹闹的声音越来越近，阿黄做了总结：“啧，什么路见不平，用错词儿了，那个词儿叫英雄救美，懂不懂？你什么成语水平？这水平能在社会上混吗？”

舒甜：“……”

“失足少女”舒甜就着“英雄”递过来的手站直，刚才那些小心思被这几句话冲得一干二净，心想“你们混社会的成语水平真是太好了！”

打了一架对方灰溜溜地跑了的这个结局，令闻人一身心舒畅。他从地上捡起自己心爱的狼牙棒，隔着老远就看到江译在半截墙旁边儿蹲下又站起来，身前有一团白，离近了，才发现那团白是个女孩。

闻人一认识江译好几年了，从来没见他跟哪个异性走得近过，同班女同学的名字他能记住几个都不一定，而现在，这个女生离他那么近，他还伸手把人家拉起来，这实在太稀奇了。

闻人一忍不住吹了声口哨，几步蹿上前，一把钩住江译的脖子，问道：“译哥，这谁啊？”

闻人一话刚说完，就看清了女生的脸，脱口而出：“妈呀！”

女生看着年纪不大，长得却特别惹眼，闻人一觉得自己也是见过不少美女的人，但看到这个女生的一瞬间依然有被惊艳到的感觉。

女生的长头发掖在耳后，脸小下巴尖，眼睛亮晶晶的，长腿细白，膝盖骨那块儿还特别直，往那儿一站，整个人乖乖巧巧的，说不出什么具体的感觉，但一下子就能令人心生好感。

闻人一还没回过神，搂在江译脖子上的胳膊就被甩了下来，伴随着江译不耐烦的声音："拿走。"

闻人一敏锐地觉得事情有些不对。这位小仙女哪儿冒出来的？他绝对没在江译身边见过，否则这种颜值的女生他不可能忘。

闻人一尽管接收到江译"不想死就闭嘴"的信号，但依旧不怕死地问："译哥，这小美女是谁呀？"

江译心里蓦地生出一股烦躁，闭了闭眼，顶着一群刚打完架的热血少年的灼热而八卦的目光，压着火道："我妹妹。"

舒甜回家这事儿从一个人送变成了一群人送。

一路上江译没说话，都是闻人一和"闪电侠"在与舒甜搭讪，比如："妹妹是哪里人？""妹妹你跟译哥什么时候认识的？""妹妹多大了？""初中哪儿上的？"等等。

这些人说的话里都带着浮夸，并没有给"妹妹"加别的意思，单纯一个称呼，舒甜听着也不反感。

从这儿到小区正门就是拐个弯的事儿，他们没聊太久，舒甜跟刚认识的一众叫不全名字的少年说了再见，在江译身后进了单元门。

单元门关上之前，外面的闻人一还扯着嗓子喊了句："妹妹回见。"

舒甜随江译进了电梯，忍不住好奇地问道："江译哥哥，外面那些人是你同学？"

江译一只手拎着舒甜的零食袋子，另一只手摁了电梯楼层键：“嗯。”随后他抬眸看过来，疑惑地道，“怎么了？”

“没怎么，”舒甜笑了笑，小梨涡再度出现，“就是觉得他们挺有意思的。”

不过他们也挺二的。舒甜在心里补充。

不知道为什么，江译没再接话，于是两人在简短的对话之后就陷入了沉默。

好在电梯上升得快，十几秒就到了他们所住的楼层。舒甜接过江译帮她拎了一路的零食袋子，犹豫了一下，在转身之前还是问道：“江译哥哥，你明天什么时候在家？”

江译愣了一瞬，反应过来，他今早遇到了梁阿姨，舒甜肯定知道他住在对门的事儿了。

“一直在。”江译回道。

闻人一目送江译上楼，跟齐速他们在楼下胡扯，没扯多久单元门被人推开。

江译回国才两天，今晚几人说好出去逛逛。

“译哥，走呀！”闻人一本来蹲在地上，一看来人，拄着狼牙棒就站起来了，“我们查了，你新家附近新开了个店叫……”

闻人一还没来得及说店的名字，就看见江译径直走到他面前，站定不动。

“闻人一。”江译道。

闻人一被这么叫出大名，吓得手里拄着的狼牙棒一下没扶稳，倒在地上发出一声闷响。

江译扯了扯唇角，接着道：“你最近话挺多呀！”

闻人一：“……”

闻人一还在反思自己做了什么对不起这位哥哥的事儿，说了什么不该说的话，江译突然弯下腰，又很快直起身来，手里拿着刚才倒在地上的狼牙棒。

江译一身黑，而狼牙棒除了银色的棍儿，尖刺也是纯黑色的，他拿着这个倒是很配——太有杀气了。

闻人一紧张得快吐了，赶紧求饶道："译哥，您有话好好说，别动手。"

江译的下巴绷着，一点儿笑意也没有，漂亮的脸上线条凌厉，语气不善："谁准你叫妹妹了？"

闻人一："……"

"刚才叫了多少遍？"江译眯着眼，声音压得很低，"自己数。"

深夜，万籁俱寂。

房间内墙壁雪白，灯光昏黄，米色窗帘拉了一半，窗户紧闭，隔绝了室外闷热的空气。

电脑桌前坐着的少年长腿弯曲，穿着白短袖，肩膀上搭着一条同色系毛巾，头发还滴着水，五官立体，眼窝深陷，唇角紧抿。

江译深呼吸了一下，将空调温度调到 20 摄氏度，还是觉得热。

江译不知道是不是因为提前见了舒甜，跟闻人一他们出去了，待到 11 点他就没了玩儿下去的兴趣，提前回了家。

电脑屏幕上贴着一层护眼膜，不算太刺眼。

江译登录问答平台的账号，查自己上午出门前提的问题。

提问：一个女孩，性格好，学习好，家境好，人缘好，很乖，通常情况下会喜欢什么样的男生？

问题详细描述：【展开】。

问题有字数限制，因此还得填详细描述。

上面有个红色的数字 20，也就是已经有 20 条回答了。

江译留的悬赏金币不少，被采纳意见的回复者就能得到这几百金币，回复数量这么多，应该是这个缘故。

热心网友 1：长得帅，有钱。望采纳。

热心网友 2：长得很帅，很有钱。望采纳。

热心网友 3：同上面两个。话说你给这么高的悬赏金额在网上问，不如直接问人家姑娘喜不喜欢你得了，还费这个劲。

江译：“……”

江译气得差点儿摔了鼠标。这都什么玩意儿？号称全国最大的问答平台就这么敷衍？他要是能去问还至于这么浪费时间？就这答案还有脸说“望采纳”？

江译皱了皱眉，算了，还剩下十几条回答，说不定有用的在后边。

江译深吸了一口气，耐着性子接着扫答案。这一页往下的基本都在瞎扯，页面再往下滑，他被一条最长的回复吸引了注意力。

匿名用户 12：这位大兄弟，看在你这么高悬赏金额的分上，我就多打点儿字给你解惑吧。

追女孩是一门大学问。首先，我不同意楼上所有人的观点，不要以为脸和钱就是全部，我跟你讲，现在的女孩没那么肤浅，尤其是你说的那种小女生，更是！

你想啊，她那么优秀，钱她没有吗？她有。她那么优秀，追她的好看的男生会少吗？不会。

所以你得具体情况具体分析。我举个例子，现在最流行的那些小说，好像特别受欢迎的男主都是很有个性——插一嘴，我个人是挺喜欢的，但是从你详细描述的那几百个字来看，你形容的这个女孩肯定不喜欢这样的人。

我也不是说她一定喜欢跟她一样乖的那种类型的男生，但是也绝对不可能完全相反，懂不？有句话叫“物以类聚，人以群分”，既然你把她说得那么优秀，那你现在开始努力朝着她的那个方向接近才是正道。

你自己悟悟我说得对不对。（喀，所以能采纳一下吗？）

江译看完这条回复，没再往下翻，靠上座椅靠背，闭了闭眼，突然记起曾经堵过的那些给舒甜递情书的小男生。他们有的戴着眼镜看着挺斯文的，有的长得不错，却无一例外都是乖学生，稍微吓唬吓唬就要哭的那种，特别好解决，还真没有他这样的。

江译重新坐直，又盯着那一大段文字看了半天，越看越烦，最关键的是，越看越觉得这位网友说得特别对。

江译拨了拨头发，没有犹豫，食指在鼠标上快速点了一下，采纳了热心网友 12 的回复，然后直接关了电脑。

江译起身走到客厅，客厅里灯光柔和，茶几上扔着包烟，还有打火机。

江译眸色沉了沉，修长的手指一顿，三秒钟后，把烟连带打火机扔进了垃圾桶。屋子很静，垃圾桶是空的，冷不丁扔进去两个东西，发出清晰的咚的一声。

开学倒计时两天。

舒甜觉得自己有很大一个优点——心态好，比如她上一秒还在为“还有两天就要上学了”而发愁，下一秒就能因为“不管了反正还有 48 个小时可以玩儿呢”而开心起来，更别提这 48 个小时里她还要去对门玩儿，乐上加乐。

舒甜因为起得晚，所以假期里没有午睡的习惯，一吃过午饭就冲进房间换了衣服。

周末，家里的顶梁柱舒老板也不用上班，舒甜换完衣服出来，顶着舒老板和梁女士的目光，笑嘻嘻地拎着堆吃的去推门，还不忘交代行踪：“妈，我去找江译哥哥玩儿，晚饭前回来。”然后她咣的一声把门带上。

舒甜走了三四步就到了对门，摁了一下门铃，等了几十秒，听到了越来越近的脚步声，随后门把手往下一弯，人还没看见，屋子里的凉气先蹿了出来。

舒甜本来想打个招呼，表情都摆好了，抬眸的瞬间却卡了回去。

江译额前的黑发半湿，薄薄的白色 T 恤什么图案都没有，肩膀处的布料有些水渍，估计是头发上滴下来的。

江译可能提前从猫眼看过来人，因此与舒甜对视的时候没有丝毫意外的表情，而是侧了侧身，说道：“进来吧！”声音比昨天哑，像是没睡好的那种疲惫，但在舒甜听来很性感。

舒甜点点头，跨进门，擦肩而过的时候，明显能闻到江译身上带着沐浴露和洗发水的香味。

舒甜在家的时候想着走两步就到了，因此直接穿着拖鞋过来了，连换鞋都省了。

舒甜往里走了两步，扫了一圈儿，发现江译家的面积跟她家的面积应该是一样的，但布局、装修什么的完全不同，这里东西很少，显得更大、更空。

关门声响起，舒甜回过头。

江译朝舒甜走过来，步子不急不缓，抬手指了指沙发的方向，对她说：“你先坐会儿。”顿了顿，似乎是喉咙不舒服，他清了清嗓子才说，“我吹个头发。”

江译从浴室吹好头发出来的时候，客厅里是与之前完全不同的样子：电视开着，播的是暑期档循环播放的电视剧，茶几上摆着零食，刚进屋的小姑娘坐在沙发下面厚而软的地毯上，盘着细白的腿靠着沙发，一眼望过去就让人觉得惬意。

不，也不是完全不同，只是多出来这么一个小姑娘，偌大的房子灰暗的色调似乎都被点亮了。

“江译哥哥！”舒甜抬起一只胳膊摆了摆，“你站那儿干吗？过来呀！”

江译：“……”

江译没说话，走到舒甜身边站定。

江译记得很清楚，舒甜从小就喜欢这个位置。她还上小学的时候，每次一到周末，就拎着好吃的往他家地毯上一坐，连带着他都养成了这个习惯，也是看着电视吃零食，两人并肩窝在一起，久违的姿势。

舒甜仰起头笑了一下，拍拍身边软乎乎的地毯，道：“坐坐坐。”

江译嗯了一声，屈起长腿坐在她身边。之后，江译耳边是少女清脆甜软的声音，持续不断地传来。

“这个剧的每一句台词都好傻呀，我记得咱们小时候它特别火，连我爸妈都被迷得不行，怎么现在看这么傻呀？”

“嗯。”江译只给了一个字的回应，但声音依旧沙哑。

舒甜忍不住了，收回落在电视机上的目光，转头观察江译的脸色，问道：“江译哥哥，你今天嗓子不舒服吗？”

江译：“没有。”

江译的头发已经全干了，微微蓬松，侧脸很好看，两个人挨得这么近，舒甜看到他眼下发青，颜色不算太深，但是在他白白的皮肤上就特别明显。

熬夜的话，就说得通了。所以他刚刚应该是才起床，洗完澡刚好被她撞上。他状态不佳应该只是因为睡眠不足，而不是因为感冒什么的。

舒甜推测完毕，从零食里翻出一包糖，撕开包装袋，看到茶几旁边有个黑色小垃圾桶，就往前挪了挪，准备把包装袋扔进去，结果不经意间一扫，就看到了里面的东西，大脑瞬间回忆起昨天初见江译时他身上那股淡淡的烟草味，不难闻也不刺鼻，但是她就是记住了。

门铃响了。

舒甜坐在原地，看着江译去开门，听见门咔嗒的声响，随后是一个辨识度很高、很熟悉、很激动的声音：“译哥，我在你家楼下碰见你叫的外卖，就顺手给你拿上来了。”

舒甜听到这个声音，自动把它跟昨天那个有点儿话多的黄头发少年对上号。她站起来，黄头发少年也刚好换了鞋走到客厅。

他们四目相对，舒甜看见少年嘴唇一抿：“妹……”他叫完一个字，骤然卡住，还回头看了江译一眼，少年似乎并不想把另外一个“妹”字说完，表情突然正经起来，道，“我想请问一下你叫什么？”

舒甜：“……”

舒甜对这人的画风突变虽然一头雾水，但还是跟少年交换了姓名。

江译在一边的餐桌上吃刚到的饭，沙发上两人的谈话声能清晰地听到。

闻人一昨天虽然被警告了，但并没有挨想象中的那顿揍，不过在游戏里挨了。几个人先玩儿的电脑版“吃鸡”，不知道江译走的什么狗屎运，把把都最先找到枪。而江译找到枪之后的第一件事儿，就是把身为队友的闻人一给枪毙。

闻人一与江译认识四年了，虽然总被江译嫌弃双商太低，但被这么警告还是头一回。

闻人一回家之后琢磨了半个小时，总算是琢磨出了结果——江译不近女色，但是个妹控，而且看样子控得不得了，别人就连叫声妹妹都不行。

他知道这点也算一件好事——闻人一今天有事要求江译，所以想让一个妹控哥哥开心，那不就只要在妹妹面前夸哥哥就行了？这简单得不能再简单了。

闻人一往沙发上一坐，笑容满面地道：“舒甜同学，我想给你讲点儿小故事，关于译哥的，想听吗？”

舒甜其实知道不少关于江译的传言，但传言终归是传出来的，谁知道几分真几分假，而闻人一一看就是跟江译熟得不能再熟了，绝对有第一手资料。

于是舒甜毫不避讳地道：“想！”

闻人一小课堂开始了：“我先讲一下江译怎么在我们学校出名的。一次群架吧，我记得几个初三的……”

舒甜听完闻人一的描述，很给面子：“哇！”

闻人一接着讲：“再然后，就是我认识他的那天了，那天……总之译哥是真的能打，认识他之后我就没见他输过。”

舒甜听完依旧很给面子：“哇！”

闻人一：“我们学校有个论坛，里面有个告白楼，几千层楼的那种，里面有三分之二的女生的告白对象是译译……”

闻人一身边的兄弟都觉得他是话痨，从来没有舒甜这么乖又捧场的听众，因此闻人一突然觉得自己可能是讲故事的一把好手，于是越说越来劲，正要讲下一个江译“大杀四方”的战绩，手机在裤子口袋里一连振了好几下。

闻人一对眨巴着乌黑的大眼睛等待后续的小听众表示了一下歉意，随后滑开手机屏幕，进入微信界面。

译哥：“停。”

译哥：“你停。”

译哥：“别瞎讲这些。”

闻人一看了一眼坐在沙发上的少女，只见她脸上满是期待，可见刚才听得多开心。

闻人一还在疑惑，手机又收到一条消息。

译哥：“给她讲我努力学习之类的事儿。”

闻人一：“……”

你努力学习？你还学习过呢？

闻人一看完这行字，突然觉得手机机身仿佛灼热起来，拿着都感觉烫手。

闻人一抬头，装作漫不经心地扫了眼离他挺远的江译，只见人家一手拿着手机，一手拿着筷子，咀嚼得慢条斯理，清俊高贵。

呸，他刚刚发的那叫什么话？

闻人一跟江译做了两年同桌，在那之前他觉得自己是最不爱学习的学生，在跟江译同桌了一个月之后，他服了，甘拜下风，人外有人，是他输了。

闻人一现在就想站起来到江译面前让他拍着胸脯再说一次“努力学习”这四个字，但迫于现实，最终还是选择了沉默。

可能是闻人一沉默得太久，江译耐心耗尽，闻人一手里的手机又是一振。

译哥：“？”

译哥：“说呀，用得着想这么长时间吗？”

闻人一死死地盯着“说呀”两个字：“……”

不是，你怎么就这么厚脸皮呢？你努不努力、学没学习你自己心里没点儿数吗？

一瞬间无数弹幕争先恐后地浮现在闻人一的脑海里，他低头翻了个白眼，把手机收起来。

舒甜正吃着棒棒糖，小姑娘坐姿很端正，没有不耐烦的情绪，也没催他，怀里抱着个抱枕，露在外面的胳膊、腿很白，看着就很乖。

这么可爱一妹妹，江译成为妹控倒也不奇怪。

算了，人在屋檐下，不得不撒谎。

闻人一硬着头皮道：“嗯……就是，我跟江译同桌过。”

舒甜眼睛亮亮的，接道：“嗯嗯，然后呢？”

闻人一一边说，一边在脑子里构思，说出来的话磕磕巴巴的：“我们同桌的第一天，我记得……”

闻人一卡壳了。他毕竟不是专业讲故事的，语文也不及格，临场发挥实在太考验人了。

闻人一：“我记得那天我没写英语作业。我那时候只听说过江译这个名字，知道他很牛，但好像脾气不太好，我就以为他这种人肯定是不学习的。”

“本来就是不学习。”闻人一在心里默默补充，但嘴上说的是另一个版本：“然后，英语课代表来收作业的时候，我正在往卷子上蒙答案，没想到，我同桌居然交了作业，而且……”他刻意停顿了一下。

给力的小听众立刻道：“而且什么？”

闻人一：“他那张卷子不仅是做完的，而且每一个单词都查了中文意思！”

舒甜：“……”

“你想啊，”闻人一觉得自己讲的故事很完美，“一张卷子，那么多单词，译哥写得密密麻麻！”末了，他声情并茂地道，“我要是英语老师，看到这么努力学习的学生得感动死！”看看，他还点题了“努力学习”这个核心词，闻人一觉得自己真是个鬼才。

一边的江译听完了故事，太阳穴突突直跳，这人是不是脑子坏了，但凡有脑子都不会每个单词查一遍吧？

脑子坏了的人讲完故事，发了条新消息。

闻人一：“译哥，我尽力了，我身边都是你这样的学渣，我哪知道什么叫努力学习呀！”

江译：“……”

江译真想把这货吊起来打一顿。

舒甜并不知道这两个人偷偷摸摸地进行了一番交流。

江译吃完饭，带着闻人一进了一个房间，他们出来之后，莫名其妙来拜访然后莫名其妙开始讲故事的闻人一，抱着个小纸箱走了。

舒甜总觉得自己似乎隐隐约约听到从房间里传出一声不太和谐的惨叫，可能是幻听了吧——毕竟闻人一临走前笑得特别开心，还说后天开学见呢。

闻人一这一趟折腾下来，居然都快五点了。

舒甜重新坐在地毯上，江译也重新坐过去，两人恢复了闻人一来之前的姿势。

其实在闻人一摁门铃的时候，舒甜一度以为是江译的家里人回来了。

“江译哥哥。”舒甜叫了江译一声。

江译：“嗯？”

舒甜已经开始吃第二根棒棒糖，转头看他，道：“江叔叔他们去哪儿啦？我先前听见门铃响，还以为是他们回来了。”

江译停顿了一下，道：“他们应该半个月之后回来。”

舒甜疑惑地道：“可是为什么你……？”

江译：“我上半年有四个月都在国外，因为我哥的心脏手术。”

舒甜：“……”

江译看着电视机的方向，睫毛从侧面看起来特别长，眼神很平静，语气里似乎带着一丝轻松：“做手术之前，本来说特别危险，可能会……”顿了顿，他说，“所以我爸妈告诉我之后，我就没再上学了，跟我爸妈一起在国外陪着他，直到手术和大部分恢复工作做完。马上就开学了，所以我先回来了。”

舒甜是江家常客，知道江译有个亲哥哥，名叫江言。在舒甜的记忆里，跟江译不同，江言是个很安静、很爱笑的漂亮哥哥，每次她跟江译出去玩儿的时候，江言都扮演大人的角色，总说一些叮嘱他们注意安全、早点儿回家之类的话。

舒甜偷偷问过江译，为什么江言从来不和他们一起出来玩儿，江译告诉她，因为哥哥身体不好，爸爸妈妈怕他生病，不让他出门。

两个小孩越想越觉得哥哥可怜，于是玩儿完了，他们总带回去一些丑丑的野花给江言。

舒甜没想到江言不能出去玩儿居然是因为心脏有问题。

江译说完，隔了十几秒，身边的人都没动静，他回过头，瞬间生出了点儿想笑的感觉，问道：“你这是什么表情？”

舒甜坐在地毯上，本来是很舒服的姿势，胳膊肘放在身后的沙发上，晃着脑袋优哉游哉地吃着棒棒糖，现在整个人都僵住了。

舒甜一动不动地盯着江译，眼睛睁大，粉唇微微张开，乌黑的发顶看起来毛茸茸的。

江译忍不住伸出手，很快速也很轻地碰了一下她的发顶，发丝很软，摸起来真的毛茸茸的。

舒甜：“我就是没反应过来。”江译这段话信息量巨大，并且一起一伏，好在是个皆大欢喜的结局，舒甜觉得现在自己应该是蒙的表情。“所以江言哥是彻底没事了吧？”

“不能说得太绝对，”江译点点头，“没有意外的话，没事了。”

舒甜彻底放下心来。她刚松了一口气，又想起一件事，问：“那叔叔阿姨都不在，你上学要怎么办哪？”

江译这次答得很快：“骑车。”

舒甜：“……”

“你呢？”江译问。

“我呀……”舒甜歪了歪头，本来想直接说是爸爸或者司机送，话到嘴边，她想了一下江译现在的状况：爸妈不在，哥哥不在，连个伴儿都没有，只能独自在清晨骑着车子去上学。这么一想，江译叼着牛奶跨在车子上等红绿灯的画面都出来了。这也太孤独了。

舒甜改了主意，把棒棒糖拿出来，一字一顿地道：“我也想骑车去。”她笑了一下，“一起？”

舒甜小时候长得就漂亮，现在没了婴儿肥，下巴尖尖的，五官也连带着有了细微的变化，尤其是现在这样，笑起来眉眼弯弯的时候，格外好看。

江译盯了舒甜的小梨涡几秒，嗓子有点儿痒。他不动声色地移开视线，点了点头，道：“好！”

舒甜又待了一会儿，到了饭点，起身回家。

江译带上房门，犹豫了一会儿，坐回刚才跟舒甜一起坐着的地方。

电视没关，主角夸张的声音，显得偌大的屋子有些吵闹，他拿起遥控器，本来想直接关掉电视机，犹豫了一下，按了音量减小键。

静音模式的手机屏幕一亮，江译打开消息。

闻人一：“译哥后天一起上学呀！”

闻人一：“我跟齐速还有刘然都住你隔壁小区，骑车两分钟的事儿。”

江译的手指停在屏幕上几秒，继而打字回复：“你们一起，别来。”

闻人一："？"

闻人一："？？"

闻人一："不是，之前不都说好了吗？"

江译看着这几条消息，垂着眼扯了一下唇角，回复："我反悔了。"

第二天晚上，还没到九点，舒甜就被梁韵用"明天开学"这个理由催着上床睡觉了。

舒甜没反抗——反正进了房间，她不睡就是了。

舒甜刚爬上床，靠着靠枕准备玩儿会儿游戏，手机屏幕一闪，"林小桉邀请您语音聊天儿"在屏幕上跳动。

舒甜笑着接了："哟，稀客！"

那边传来一声冷冷淡淡的"嗯"。

舒甜依然笑嘻嘻的，开了免提，一边打开软件一边问："林小桉，找我干吗？"

林以桉："明天开学，你在几班？"

"我在七班，"舒甜早就看过了，"你呢？"

"九班。"顿了顿，冷冷的女声伴着风声传来，"还好。"

舒甜嘿嘿笑了两声，道："离我近很开心吧！是吧！"

林以桉："……"

林以桉本来话就少，舒甜跟她认识三年，早习惯了。她们假期里微信上聊天儿、打电话，大部分时间是舒甜在讲话。

舒甜刚才打开的是全国很火的问答软件。她本来不喜欢这些，但是假期刷微博的时候有人发神回复合集，她笑得肚子痛，立马下载了一个。

舒甜倒是没遇到什么神回复，自己却成了热衷于给人排疑解惑的小能手——就前两天，还开导了一个犯单相思的人呢。

舒甜一边跟林以桉唠叨着不想上学，一边点进“个人中心”，戳了那个新的系统消息。

“尊敬的用户 Snlwkst 您好，您在该问题的回复已被出题者采纳，获得 800 悬赏金币，请再接再厉！”

舒甜：“……”这不就是那个犯单相思的人？！

舒甜当时是为了巨额悬赏金去的,这里面的金币能按比例换成现金提取，是个能赚钱的问答软件，这也是这款软件这么火的原因之一。

舒甜一个暑假回答问题赚的金币都不到这 800 个金币的三分之一，因此有点儿激动，就跟林以桉描述了一下：“我的天哪！突然觉得我瞎扯的那儿句对不起将要收到的人民币。”

林以桉罕见地对这件事产生了点儿兴趣，问道：“那人问了什么问题？”

舒甜顺势倒回去翻了翻原题，回道：“就是说一个乖乖女小公主一般喜欢啥样的男孩儿。”

“这问题有个详细描述，我当时就是看完详细描述，觉得他太痴，才决定回答的。”舒甜补充。

林以桉：“嗯？”

“标题是我刚才说的那个，详细描述里，最多写 800 个字，这人写了 800 个字说他暗恋的那个小女生有多么好、多么美、多么乖、多么讨人喜欢——完全仙女人设，简直完美到不该降生的那种。”

“而且……”舒甜实话实说，“这大兄弟虽然痴，但文笔居然还不错，我看完之后都被震撼了。”

林以桉：“……”

“这字里行间的，啧啧啧，”舒甜重新看了一遍那人的 800 字小论文，万分感慨，“要我说，这哥们儿肯定年纪特小。”

林以桉配合地问：“为什么？”

“文笔不错也可能是上网抄的，但是就这纯情样儿啊，”舒甜越看越笃定，“不是小学生就是初中生，小学生的可能性最大。”

第二章

江竹马和舒青梅

舒甜前天从江译家回来的时候，磨了很久，梁女士才终于同意以后让她跟江译一起骑自行车上学。虽然梁韵还是觉得不安全，但毕竟江译也算是她看着长大的，两个人一起去，离学校又近，因此才松了口。

开学第一天，八点要到校，舒甜七点起床，吃完早饭出门的时候还不到七点半。她刚把手放在江译家的门铃上，还没摁下去，门就从里面打开了，四目相对，两人俱是一愣。

还是舒甜先反应过来，道："江译哥哥，早哇！"

江译对着她眨了一下眼睛，可能是不习惯这个点儿起床，他的脸上带着刚刚睡醒的茫然。"嗯，早。"江译鼻音重得像是得了感冒，还有点儿哑，听起来跟她前天去他家的时候差不多。

江译顿了顿，眼神清明了点儿，回身把门带上，道："走吧！"

舒甜原来骑的自行车在搬家的时候就扔了，还是跟江译说好一起上学之后现买了辆小白车。这个小区因为离S大附中的初高中部很近，不少学生住这儿，小区有专门停自行车的车棚，舒甜的自行车买回来后就放了进去。

一大早，电梯没人，顺利地下了楼之后，舒甜跟在江译身后往车棚的方向走。

舒甜觉得有些太安静了，刚抬头想要跟江译说点儿什么，看到他的背影，却一下子愣住了——江译身形清瘦修长，一身黑，白板鞋，微微垂着头，一只手拿着钥匙圈儿，走路的姿势有些懒散。这不重要，背影没什么问题，有问题的是，男生好看又干净的发型上，有一绺儿头发是翘着的，非常不讲道理。

舒甜被这绺儿头发吸引了所有注意力。舒甜有强迫症，就比如这种，整整齐齐的头发中莫名翘起来一绺儿，她是绝对看不下去的。舒甜生出一股特别强烈的、想把它给压下去的冲动。

舒甜还在盯着江译的头发看，斜前方的人突然回过头，垂着眼看过来，问道："你的车子在里面吗？"

舒甜一下子回神，冲着江译摇了摇手里的车钥匙，答道："嗯嗯，在的，我现在去找。"

舒甜的自行车因为是后停进去的，所以出车棚的时间比江译要早。

舒甜把小白车靠在一边，重新走进车棚。

江译的车子紧紧挨着旁边的自行车，车锁也别在一起，他正弯着腰开锁，白皙的后颈和后脑勺就在她触手可及的地方。

舒甜伸手，摸到那绺儿头发，软软的，她的手指很轻很轻地往下一压，没碰到江译其他任何地方，三秒钟之后松开手，头发立刻恢复原样，还晃了两下，弹性不错。

舒甜看得心里痒痒，正想第二次去压，啪嗒一声，江译的车锁开了，他迅速直起身，舒甜来不及收回手，胳膊跟他的后背撞了一下。江译诧异地看过来的时候，舒甜笑了笑，没说话。江译以为是因为车棚里挤，不小心撞上的，所以也没说什么，推着车往外走。

舒甜看着那绺儿头发随着他的步伐晃动，很是嚣张，心里更痒了，痒得咬牙切齿。等着，她一定会把它压平！

这个时间是走读生上学的高峰期，更何况今天开学，一路上车多人多，耳边喇叭声、铃声不断，自行车道挤得舒甜甚至不能跟身边的江译保持平行，不是他在前就是她在前。

舒甜趁着红灯的时候，快速蹬了两圈赶上江译，两人总算能并排了。

舒甜转过头，想看一眼她心心念念的头发。江译似乎在看红绿灯，没注意到她的视线。少年的侧脸在清晨的阳光下越发耀眼，侧面看，他的面部轮廓格外清晰，鼻梁很挺，一条长腿支在地上，这么多骑车的学生都在等绿灯，舒甜现在觉得这人出众得有些过分了。

舒甜被江译的侧颜打断了思路，视线重新回到江译的头发上，那绺儿头发从侧面看，像个小钩子似的往上挑，简直是挑衅。

江译的脑袋突然动了一下："你……"江译的表情看起来有些疑惑，"在看什么？"

舒甜："……"

她总不能说我想把你翘起来的头发给压下去吧？

舒甜想了想，干脆转移话题："没看什么呀，那个，江译哥哥，我想问你，你在高二几班？"

这个问题出口，舒甜看到面前本来一脸淡定的人表情突然有些微妙。

红灯还有 20 秒，江译答道："我不在高二，在高一。"

舒甜："……"

"跟你一个班。"江译补充道。

舒甜："……"

"可是为什么呀？"舒甜睁大眼睛，"你比我……"

她的"大一岁"还没说出口，话被江译重新接过去："我之前不是说了，我最近才从国外回来，之前都在国外，嗯……没参加期末考，所以重读一次高一。”

“啊？”舒甜突然觉得很不可思议，“这种情况，学校不给你单独考试的机会吗？”

江译顿了顿，想到真正的原因，但依旧脸不红心不跳地道：“不给。”

绿灯亮起。

江译一路上都在注意舒甜身边的车子，两人车子不同，速度不同，他得尽力控制着速度，挨着她让她骑在里面。

舒甜听完江译说的，先是替他打抱不平，等快到学校的时候，她又带着兴奋的声音说：“江译哥哥，那我们现在是要做同学啦？”

江译：“嗯。”

“哈哈，”舒甜笑得很开心，不太明显的小虎牙都露出来了，“那这也算是安慰了，我们认识这么久，这还是第一次做同班同学。”少女歪着头，眼里有俏皮的光，“这么一想，你也没有太亏吧？”

“嗯，”江译喉结动了动，扫了一眼她身边骤然加速的车子，伸手扶了一下她的车把，微微转了方向，才低声道，“不亏。”

他们到了学校，把车子放在车棚上完锁之后，舒甜还不知道高一教学楼的位置，全靠已经上过一年的江译带路。

S 大附中高中部最近几年新建了一部分，从学校大门口一路走过来，不管是绿化还是教学楼的建筑风格都十分符合舒甜的审美，她是越看越喜欢。

他们进了 A 栋教学楼。七班在二楼，江译带着舒甜到了班级门口，小姑娘突然不走了，仰着头说：“江译哥哥，我肚子不舒服，去一下厕所，你先进去吧！”然后她小跑着去了走廊尽头卫生间的方向。

学校里有不少人认识江译，他站在门口这一会儿已经吸引了不少人的目光，想了想，江译从后门进了教室，吵吵闹闹的教室里似乎有一瞬间的安静。江译没在意，径直走到倒数第二排靠过道的位置坐下。

倒数第一排的位置被闻人一和另外一个江译不认识的男生占了。

闻人一的胳膊立刻搭上来，贱兮兮地说："译哥，怎么这么慢哪？"

江译没回答。

闻人一撇撇嘴，还想说什么，余光中有个人影一闪而过。他抬头，看到了个女生，高高瘦瘦的，长得不错，身高很打眼，估计得有一米七五。女生经过倒数第一排，站在倒数第二排。

闻人一瞬间懂了，不过是个来找虐的。

"同学你好！"女生没扭捏，直接说明了来意，"你旁边有人吗？"

姐妹儿，有没有你也不能坐。闻人一在心里说。

果然，后脑勺都非常高傲的江译慢悠悠地抬起头，看向女生，面无表情地道："不好意思，我不想跟女生同桌。"

女生："……"

呵呵。闻人一看向女生，奇怪的是，女生倒没有多少失望、伤心的表情，反而盯着江译，脸开始发红。

闻人一摇着头啧了一声，想当年他做江译同桌的时候，那真是……

你们这帮肤浅的小女生，怎么什么都敢想？你知道江译的脾气有多臭吗？

舒甜刚才顺道观察了一下楼层，她和林以桉在同一层，只是中间隔了个八班。

舒甜转了一圈儿，可能是因为还早，林以桉这种踩点选手还没到学校，她转完就回班了。

舒甜刚进门，一道熟悉的声音瞬间响起："嘿，舒甜，来这儿坐！"

舒甜循声望去，不敢置信地眨了眨眼，随后三步变作两步走到那人桌边，看着这个眉清目秀但依旧透着股特有傻气的男生，半天才憋出一个字：“你……”

闻人一对舒甜的反应好像不太满意，一撇嘴，伸手拨了拨自己的头发，学着广告里的姿势甩了甩头，问道：“怎么样，哥这头发染得成功吗？”

这人以前那个发色实在是黄得太非主流，而且舒甜当时还觉得他应该烫过发根，发型对一个人的影响实在是太大了，他染回黑头发，发根也没了那种要立不立的感觉，看起来挺顺的，以前被过于强大的非主流气质掩盖的样貌就清晰起来。

舒甜由衷地感慨：“太成功了。”他简直该给发型师加钱。

闻人一坐的是倒数第一排靠墙的座位，江译坐在闻人一斜前方，舒甜背着书包退回江译座位旁边，问：“江译哥哥，同桌吗？”

一米七五的女生刚刚被拒绝了，虽然有些生气，但也算是意料之中——江译一直对女生好像都不太感冒，因此应该也不是她的问题。

一米七五的女生转身正准备随便找个座位，结果刚迈出一步，一道轻轻的女声从身后传来——“江译哥哥，同桌吗？”语速不慢，也不黏糊，唯独“哥哥”两个字带着点儿小女生特有的软软的尾音。

这是什么称呼？江译哥哥？还有人敢这么叫江译？

一米七五的女生实在按捺不住自己的好奇心，重新转过头，看到一个不知道什么时候进来的少女站在她刚才站过的地方，背着白书包，侧脸被长发挡了一半，但能看出来眼睛很大，鼻尖也挺翘。

江译没说话。

唉！一米七五的女生心里惋惜了一下，这么好看的妹子怎么也想不开去撩拨江译？

结果她还没叹完气，就看到刚刚还冷漠异常拒绝了她的江译突然站起身，非常乖巧且迅速地直接往里面挪了一个位子，然后转头看着过道处的女生，脸还是那张帅脸，表情却完全不冷漠，甚至还弯了弯唇角。

“坐吧！”江译的声音很有磁性，鼻音性感，说的话却是完全不同的画风，“桌子和椅子我已经擦完了。”

一米七五的女生：“……”

舒甜把书包放到桌子上，准备坐下的时候，感受到右侧有一道灼热的视线。

舒甜动作顿了顿，转过头去看，却只看到一个女生的背影，那女生扎着马尾，个子很高，似乎正准备坐在倒数第一排的位置。舒甜觉得自己可能想多了。

舒甜坐在江译让出来的位子上，动作又是一顿。开学第一天没发校服，再加上夏天热，她穿的是短裤，这儿江译刚坐过，凳子上的余温特别明显。

江译：“怎么了？”

“嗯？”舒甜转头，看到江译的桌子上什么也没有，他一只手把玩儿着手机，手机屏幕是黑的。

“没什么，没什么。”舒甜摇了摇头。

舒甜还没来得及对新班级的同学产生好奇心，注意力又被江译那绺儿异常显眼的头发吸引——虽然可能只有她觉得那很显眼，但是她真的好难受哇！

舒甜正打算上手采取点儿措施，却被前面传来的声音转移了注意力。

舒甜刚进来坐下的时候好像前面还没人，现在因为马上要到八点了，所以最后几分钟里一下子拥进来不少学生。

“你为什么坐这儿？啊？”舒甜正前方的男生梳着寸头，不像那天的“闪电侠”，这是正儿八经的寸头，男生压着声音，但可能是太激动了，声音并没怎么压下去，“你看没看后边是谁呀你就坐？！”

“谁？”他同桌理所当然的语气，“倒数第三排不坐是傻子吧，你要坐前边给老师添堵？”

舒甜：“……”

这位同学不坐前边是为了不给老师添堵？她都想鼓掌了，这位同学好有自知之明啊！

闻言，“寸头”更激动了，说道：“我没说这儿不好！我让你看你后面是谁，你看一眼哪！”

很有自知之明的同学在舒甜的斜前方慢慢悠悠地转过头。

其实从他们谈话的语气来推测，舒甜觉得“寸头”说的应该是江译，但是这位很有自知之明的同学转头转到一半，刚好对上她的眼睛就没再转了。

他们对视了大概有三秒钟，舒甜眼看着那男生唰地回过头对着“寸头”，也是激动地压着声音但其实音量真心不小：“妈呀！是个漂亮妹子呀！真好看！你刚才那是什么鬼反应？！”

“什么漂亮妹子？”“寸头”的声音很迟疑。

“就你后面，那不是坐着个妹子吗？”

“寸头”忍无可忍，啪一下，手跟他同桌的脑袋来了个亲密接触，掰着他同桌的脑袋往后转：“我让你看你后面那位，不是我后面那位。”

舒甜：“……”

这两人怎么这么有意思呢？

舒甜偷偷看了一眼被人议论的同桌。

江译也不知道听没听进去这么大声的对话，手机放在桌子上，眼皮耷拉着，修长的手指一下一下地点着桌面。

“唉，”“寸头”同桌又说，“行行行，我再看一眼，还能是谁呀，真服……”

这次他跟江译对上视线之后，本来不耐烦的声音戛然而止，男生瞪圆了本来不算大的眼睛。

舒甜从侧面观察到江译掀起眼皮，面无表情——真是一点儿表情都没有，冷冷淡淡地对他前桌点了点头，道：“他说的是我。”

男生的脸立刻就变白了，类似涂 BB 霜的效果，嘴唇也开始抖，半天没说话。

这反应，这两兄弟经历了什么？舒甜的好奇心瞬间爆棚，她还在等后续，下一秒，吵吵闹闹的教室突然变得异常安静。

舒甜条件反射般地望向教室门口。

门口走进来一个看起来四五十岁的男人，男人微凸的啤酒肚，脱发有些严重，发际线后移，脑门儿锃亮，笑得很慈祥。

男人拿着一小摞纸，背着手走到讲台上，笑容始终挂在脸上，温柔地看着他们，说："我是你们的班主任，马东立。"

老师说的这句话舒甜没觉得哪儿不对，就是不知道为什么，感觉名字怪耳熟的。

直到他下一句话："千万别问我，老师你有没有姐姐或妹妹叫马冬梅的呀，"马东立摇摇头说，"我真没有。"

马东立是教语文的。他就这么以幽默的开场非常快速地赢得了掌声和笑声。

"我得先跟大家说个要紧的事儿，"马东立说是要紧的事儿，语速却依旧不紧不慢，"军训出事儿的新闻报道大家应该也有看到吧，最近闹得有点儿大，今年咱们学校决定，高一新生暂时不需要军训。"

马东立话一出口，底下的欢呼声、鼓掌声瞬间炸开，他又吆喝了好一阵子才重新控制住局面。

"但也不代表就不军训了，具体还要看市里的通知，可能是取消，但也可能只是改了个时间而已，所以别高兴得太早。"

同学们怎么可能不高兴！

舒甜想了想自己开学前买的那些防晒霜，打心底觉得它们派不上用场真是太好了。谁愿意往脸上抹那么厚一层防晒霜啊，一出汗还得重新补妆。就今年夏天这个温度，不抹防晒霜就得晒掉一层皮。

马东立又讲了几句才停下，手里的白纸也放下了，拿了根粉笔掰一半儿，回身在黑板上写了两个大字——理想，字很飘逸，很有语文老师的特色。

马东立写完字，微胖的身躯一个潇洒转身，笑眯眯地说："同学们，这俩字儿都认识吧？”

他没给同学们回应的时间，接着说：“新学期，你们也有新同学了，看看，咱们班50多个人，50多个可爱的同学，想不想认识认识？”

这次同学们立刻给了回应：“想！”

马东立依旧笑容不改，点点头，说：“老师也想。”

舒甜：“……”

看这架势，这是要——

“来呀，反正不军训了有的是时间，今天每个人都起来，做个自我介绍，再谈谈黑板上这俩字儿。”马东立声情并茂地道，“告诉大家，你的理想是什么。”

“从这儿开始。”马东立下了讲台，走到舒甜这列的第一排，点了点桌子。

第一排左边的女生站起来，背影娇娇小小的，声音清脆，很好听：“大家好，我叫姚月，姚明的姚，月亮的月，我的理想是世界和平，谢谢大家。”整个过程没有一丝扭捏，丝毫不拖泥带水。

舒甜：“……”

这么优秀的吗？

教室里陷入沉默，三秒钟后，爆发出笑声和拍桌子、吹口哨的声音，马东立的脸上皱纹都笑深了，也跟着凑热闹拍手，说：“很好哇，同学们，听到了吗？姚月这个理想非常崇高！很棒！”

“来，姚月同桌，到你了！”

不知道是不是这位姚月同学起的头太好，还是班级氛围太轻松，舒甜总觉得下面几位同学的画风都跟马东立预期的有所偏差，但马东立听得也很开心就对了。

终于轮到舒甜前面两个演技浮夸、嗓门儿大到压都压不下去的男生了。

“寸头”先站起来，说：“同学们好，我叫李卫，我的理想很朴素，不愁吃穿就行，谢谢大家。”

“大家好，我叫季文彬，”紧接着是李卫的同桌，“我不像我同桌这么没出息，我的理想是一夜暴富。”

舒甜没忍住，一下子笑出声儿，全班也是一阵哄笑。

舒甜的理想，跟“世界和平”差不多，是“国泰民安”。

接下来是江译。

江译不紧不慢地站起来的时候，周遭那些细微的谈话声都听不见了，舒甜明显感觉到班级里气氛不太一样了。

明明不是同年级的，居然有这么多认识他的学生。

“江译。”语速适中，吐字清晰。江译说了这两个字，跟站在桌边的马东立对视了一下就准备坐下。

“哎，你等会儿。”马东立叫他。

江译重新站直，马东立提醒道：“江译是吧？你的理想呢？是还没想好吗？”

江译：“……”

江译觉得没有几个人会在这种情况下说出自己真正的理想，至少他是，而且他实在懒得编。

“没想好也没关系，老师理解。”马东立循循善诱，笑容快有佛光了，“那有没有什么兴趣爱好，或者喜欢做的事儿跟大家分享？”

江译听到这个问题，本来想直接摇头，但他真的不知道为什么，脑子里瞬间闪过一个词，嘴不受控制地将那个词脱口而出：“学习。”

舒甜不可置信地抬头看了眼发言的人。

全教室的人估计都惊呆了，没有起哄声，也没有拍桌子声，只有呼吸声和马东立夸张的表扬。

马东立兴奋得脸都有点儿红了，舒甜看着他啤酒肚一起一伏，不知道使了多大劲儿在说话：“太棒了江译同学！活到老学到老，知识永远不嫌多，你这种态度非常好，一定要继续保持！”

“谢谢老师。”江译全程表情都很淡，说完就坐下了。

一分钟后，轮到闻人一。

闻人一觉得自己今天胆子格外大，不知道哪里来的力量和灵感，江译说完之后，他瞬间就推翻了之前想好的措辞。

闻人一声情并茂地道："大家好，我叫闻人一，姓闻人名一。我的理想很简单，那就是做一个诚实的人，"他越说越激动，"不管是为了任何理由，撒谎可耻！"

马东立被闻人一饱满的情感影响，夸了他几句。

闻人一身心舒畅，美滋滋地坐下，桌洞里手机一振。

译哥："你给我等着！"

因为没有课程安排，上午上了三节课就放学了。

马东立实在是个很人性化的老师，第一、第二节课他讲了几句，第三节课居然交给学生了，美其名曰"新同学之间总要交流感情"，他就往讲台那儿一坐，笑眯眯地看着他们聊天儿。

舒甜不知道自己是不是被女校那些严格的女老师苛待惯了，遇到这么一位慈祥的班主任，突然觉得自己的高中生活简直一片光明。

舒甜不论多开心，始终没忘记江译那绺儿倔强的头发。这一上午江译和他那绺儿头发一直在她眼前晃来晃去找存在感，她心里快痒死了。

因为是开学第一天，没什么东西好带，所以教室里的人几乎是下课两分钟就走光了。

舒甜故意磨蹭了一会儿，江译坐在她里面，另一边是墙，她不起来江译就出不去，不过江译也没催她。

两人是最后出教室的。

眼看江译要往车棚的方向走，舒甜扯了扯他的衣角，说："江译哥哥。"

江译转过身看她，语气温柔地道："嗯。"

"那个，"舒甜笑了笑，说道，"你陪我去趟打水的地方行吗？"说着她伸出三根手指，补充道，“三分钟就行！”

“好。”江译毫不犹豫地点头。

打水间就在走廊最里头。

不知道跟S大附中高中部齐名的一中校园是什么样，但这儿的环境设施是真好，打水区的设备都新得反光。

舒甜打开凉水把手弄湿，然后立马走出去。

江译没跟进去，而是靠在走廊尽头的窗台旁，身后是离地半米高的巨大窗户，11点钟的光很亮，他靠在那儿就像是某种夸张版金光闪闪的特效。

舒甜脚步顿了顿，接着走上前。

江译比自己高多少舒甜没算过，但是离得近了，她发现他是能挡住阳光的，她整个人刚好可以站在他投射在地上的阴影里。

“江译哥哥，”舒甜没忘记自己的初衷，“那个，我刚刚发现你头上有翘起来的头发，弯得特别厉害，很影响形象。”——其实并没有影响，反而配着他面无表情的帅脸，看着挺萌的。

“我帮你沾湿了弄平它好不好？”强迫症真的控制不了哇！

舒甜抬起胳膊，向江译展示了一下滴水的手，道：“我刚刚去洗了手，这样把头发弄湿就好了，超快！”

江译：“……”

江译本来以为舒甜是要接水喝，没想到是因为这个。怪不得今天上午她三番五次往自己这边看，结果又根本对视不上，她的视线一直游离在自己后脑勺那块儿地方。

舒甜仰着头，圆溜溜的杏眼睁大，两只手举着，纤细的指尖滴着水，手上皮肤白得能清晰地看见青色血管。

行吧，小姑娘的关注点怎么奇奇怪怪的？

舒甜不确定自己是不是眼花，竟然看见江译唇角往上翘了翘，随后似乎又听见声轻笑。

舒甜还在想这是同意了吧，下一秒少年毫无预兆地俯下身，上身压低，腰弯着，头发刚好在她面前，那绺儿干扰了她好几个小时的头发近在眼前。

“好，”走廊里没有别人，少年低沉混着清朗的声音回荡在舒甜耳边，“你来。”

舒甜愣了两秒钟，后知后觉地哦了一声。

走廊还是挺凉快的。

舒甜感觉耳边的声音熟悉又陌生，有着依旧未褪去的少年音，也有跟以前完全不同的低沉，她站在江译的影子里，有一瞬间的恍惚。

其实托江译和江言的福，从小到大，舒甜对帅哥的免疫力不是一般的强。

江译的面部轮廓虽然和以前差不多，但是他们总归也有两年多没见了，十三四岁正好是男生变化最快的时候，江译的身高、声音、长相变了不少。早上一起上学的时候，他们从车棚走到教室那一路，周围女生投过来的目光舒甜想忽视都难。

大家都是这个反应啊，那她看愣了也正常吧？！

因为江译弯了腰，所以舒甜碰他的头发就不用费劲儿去够了。那绺儿头发其实远没有她说的那么夸张，几个小时过去，现在的弯度下去了点儿。

舒甜回过神，用沾湿的手捏住它。

江译的头发短且干燥，明明平时就算不打理看起来也很有型，触感却意外地软，离得近了，能闻到一股很清新的香味。

舒甜一系列动作做完也就两三秒的事儿，毕竟遇到水，再倔强的头发都得服服帖帖的。

舒甜看着软趴趴湿漉漉的那绺儿头发顺从地加入了其他黑发的大部队，心里被强迫症带来的不适才算彻底消失。

舒甜简直身心舒畅，压下想要吹口哨的冲动，笑了笑说：“江译哥哥，已经好了。”

舒甜说完，趁着江译还没来得及直起身，特别自然地伸手在他的后脑勺拍了拍，拍完，她愣住了。

舒甜在女校的时候，读初二那年认识了林以桉，非要说个名号的话，林以桉大概就是女校“扛把子”，在校内横着走的人物，和江译的地位有些类似。他们总有很多事情要处理，翻墙出校也正常，见过的场面、知道的爆料数不胜数。

舒甜就整天缠着林以桉给她讲故事，讲附中初中部江译的传闻。

舒甜记得，某个传闻里，江译是极其不喜欢在打架的时候被碰到头部的，不管是头发还是脸，碰到会被打得很惨。

她刚刚不仅碰了，还拍了，虽然很轻；虽然她好像算是江译的青梅小妹；虽然重逢以来，江译在她面前从来没展示过传闻中的那一面，依然是好哥哥的样子，但是这还是令人有些紧张。

舒甜小心翼翼地抬眸，观察江译的表情。

江译似乎也没想到她会有这个动作，顿了顿，才不紧不慢地直起腰，脸上没什么表情。

可他平时也没什么表情，江译哥哥从小就这样。舒甜吞了口唾沫，在心里说。

他们就这么对视了几秒，舒甜浑身都开始不自在的时候，少年好看的桃花眼弯了弯，微微上翘的眼尾有光，问：“看什么呢？”

舒甜没说话。

江译从窗台边直起身，长腿迈开，经过她身边的时候，突然伸手碰了下她的发顶，差不多只停了零点几秒，很快手掌就拿开了，带着笑意的声音一并从头顶传来：“回家了。”

他们上午第三节课上完就放学了，下午两点才上课，也就意味着中午有好几个小时的休息时间。

这么宽裕的休息时间，舒甜到家吃完饭就睡午觉了，临睡前定了手机闹铃，没让梁韵叫她，结果却睡得跟猪一样，根本没听见闹铃响，要不是江译来她家敲门，迟到没跑了。

他们在骑车去学校的路上，哈欠连天的舒甜真实地感受到为什么人们都说午睡不要太久——明明睡够了时间但又睡不醒，真的是浑身没一个地方不难受的。

途中有一次，舒甜连红灯都没注意就闷头往前骑，还是江译一手把着自己的车把，一手伸过来拽停她的自行车，不然可能会出事故。

舒甜就这么浑浑噩噩地到了学校，从后门进教室的时候跟闻人一和他同桌打了声招呼，马东立说了什么她也没听清，一直到发新课本了，她一团糨糊的脑子才清明起来。

舒甜以前的班主任是个脾气暴躁又特别能说的人，每次新学期的时候事情多，豆丁大的事儿她都能用三四种方式来表达，再加上嗓门儿大，听她说话简直是一种精神折磨。

马东立不，他很少谈及学校的规定，就是例行公事一样念一下，不会有任何拓展，也不会说什么假如你们不听老师的就怎样的话。相比详细解释学校的规定，马东立更喜欢精神层面的说教，他笑眯眯地往讲台上一坐，舒甜总觉得他好像随时随地都能说出什么人生哲理。

马东立的口才不错，课本发完之后，一节班会课不知不觉就在他的人生哲理中过去了，下午剩下的两节课又是交给学生自己安排。

舒甜身后立马传来两个人的交谈声。

“哟，又自习，刘然来吃把鸡，我叫译哥一块儿。”闻人一激动地说道。

“好嘞！”他同桌回。

舒甜觉得自己虽然不是多么乖的好学生，但是在课堂上明目张胆地打游戏这种事儿她还是不太想干。

下一秒，舒甜听到鞋子碰到凳子腿儿的声音。

舒甜往右下方一看，果然，刚才说话的闻人一踢了两下江译的凳子，上身往前，拉近与江译的距离，压低声音道："译哥，来玩儿啊，带我俩吃把鸡！"

"不去。"江译头都没回。

闻人一："……"

闻人一被拒绝了，又磨了一会儿，但江译自始至终态度都没变，就是不玩儿。

闻人一不死心，问："那你这节课要干什么？下节课呢？你要睡觉？"

舒甜也挺好奇江译会说什么，于是把视线从闻人一的脸上移到江译的脸上。

江译上身半靠在桌子旁边的墙上，动作散漫地回过头跟闻人一对视一眼，眼睫轻垂，唇角撇了一下，不耐烦地回道："我要看书。"然后他就把身子转了过来。

闻人一的表情跟吃了屎一样。

舒甜听见闻人一以极度不可思议的语调说："你是说刚发的书？不是，课都还没上呢你看什么书？"

舒甜很想替江译回答，没上课也可以看课本，这操作非常正常，并且这还有个专有名词可以解释。

江译连姿势都懒得变，眼神儿都没给身后的人一个，说出了那个专有名词："预习。"

闻人一："……"

自从江译让闻人一在舒甜面前撒谎，闻人一就觉得不对劲了。最近译哥学习学上瘾了？他瞎说了个理想还真以为自己热爱学习了？闻人一觉得现在要是跟高二那群玩儿得好的人说一句"译哥在预习"，他们能把自己送精神病院去。

"不打拉倒，"闻人一哼了一声，"不就是嫌我们菜嘛，扯什么破理由，还预习……”他戳了戳自己的同桌，“刘然，咱俩来双排。”

江译没什么表情，修长、白皙的手在一摞新书里挑了本地理书。

一节课45分钟，马东立一直没下过讲台。舒甜不知道别人在干什么，反正她和她同桌两人整整预习了一节课。

其实最开始，舒甜也觉得江译是不想跟闻人一他们打游戏才那么说的，可是没想到，这一节课，他居然真的在看新发下来的课本，而且并不是乱看的那种，她观察过，江译翻书的速度不一样，字多的看得慢，字少的看得快。这让她都不好意思画画了，没多久也开始跟着看课本。

舒甜觉得假如自己是地理老师，应该会很欣慰，很有成就感。

下课铃响起，江译说要出去，舒甜让出位子。

江译出去后，舒甜重新坐下，想了想，回头敲了敲闻人一的桌子，道："我问你个事儿。"

闻人一："问呗。"

舒甜："那个，你是不是跟江译哥哥一样大？"

闻人一："是呀！"

舒甜："那……你也是该上高二了？"

其实这件事舒甜从上午见到闻人一就好奇了，只不过那时候被他的发型吸引了注意力忘了问而已，而且觉得这么敏感的话题，上来就问"你为什么在读高一呀"好像不太好。不过她仔细想想，闻人一这种大大咧咧、无厘头、满嘴跑火车的性格，能在意才怪。

"嗯？"闻人一抬头看向舒甜，表情还挺无辜，"因为我重读了呀！"他回答得特别干净利落且迅速。

舒甜："……"

什么难过、伤心、介意、要面子，他果然是没有这些东西的。

舒甜彻底放了心，整个人转过去，接着问："江译哥哥因为有事儿没来学校时间久，所以重读高一，你是因为什么呀？"

"什么？谁有什么事儿？"可能是因为兴奋，舒甜的语速也有点儿快，闻人一没听清她前面说的话。

舒甜用两三句话概括了一下，说江译因为太久没来学校，所以要重读，没想到闻人一一脸古怪。

闻人一："你不知道我俩为什么重读？"

我俩？舒甜一愣，她知道江译重读的原因，因此点了点头说："我只是不知道你重读的原因。"

闻人一皱着眉想了半天，似乎是在回忆，半晌才说："我也知道译哥走了一个多月呀，七中那帮人找麻烦，要不是译哥不在我也不可能挂彩。"他的声音突然拔高，又骤然降下来，"不好意思跑题了，喀，就是译哥因为他哥江言嘛，我知道，但是他回来参加期末考了呀，我俩在一个考场来着。"

舒甜："……"

舒甜仔仔细细想了一下，江译当时说的是他没参加期末考。

闻人一把手机锁了屏放进桌洞里，喝了口水润嗓子，然后兴致勃勃地说："这其实没啥的，我一点儿不嫌丢脸。"他捋了捋头发，笑得没心没肺，接着道，"咱们学校管得其实比一中宽松多了，就是纪律什么的，但是成绩管得是真严。"

舒甜："……"

舒甜看到江译刚好从外面回来，高高的身形很显眼。

舒甜面对着后门的方向，闻人一面对着她，背对着门，什么也不知道。

舒甜刚想和江译打招呼，却又被闻人一接下来的话吸引了注意力。

闻人一："就是，高一两个学期的平均分，有四门不及格就得留级。"

"我跟译哥还挺可惜的，唉。"闻人一长叹一口气，表情也深沉了许多，"我们俩，不及格的刚好四门。"

舒甜："……"

这会儿工夫，江译刚好走到闻人一身后。

"你不知道，有一门儿，地理还是物理来着我也不记得了，最后算平均分的时候我就差一分，译哥差零点五分。你说这叫什么事儿？太可惜了。"闻人一揪着头发，咬牙切齿地道。

舒甜："……"

上节课大概是江译上这么多年学以来最难受的一节课——整整45分钟，他没睡觉也没玩儿手机，老老实实地预习课本。说实话，预习得他想撕书，地理这种东西是人学的吗？他学了能干什么？而每一次想撕书的时候，余光扫到身边舒甜的侧脸，看到小姑娘安安静静地抱着本书在看，他又把那股烦躁强压下去，预习而已，就这么烦，以后学习的时候怎么办？忍！他告诫自己。

江译就这么生生忍了45分钟，下课就出了教室。

江译在高中部这儿待了将近两个学期，出了教学楼，迅速而精准地找到了个在树后面背着楼，人少又不容易被发现的地方。

江译捏了捏鼻梁，另一只手习惯性地插进裤子口袋，然后猛地想起，他已是断了自己后路的那种——经过老师教导，以及那天舒甜走了之后，他翻箱倒柜把所有的烟都找出来打包扔了。

江译憋着没发泄出去的、因为学习而生的气，低着头走回教室。

不管是他过来的路上还是回去的路上，身边都黏着那种躲躲闪闪或者明目张胆的目光，使他烦躁更甚。

江译遛了一圈什么都没干回了教室，一进门，经过闻人一身边的时候正看见他揪着头发在跟舒甜抱怨，把自己那点儿事都给抖搂出来了。

"哎，译哥？"舒甜的视线正对着闻人一身后，他终于觉出身后有人这件事，转过头的时候看着江译藏在阴影里的半张脸，莫名地心慌了一下。

嗯？他什么都没做，心慌什么？

闻人一笑了笑，道：“译哥今晚去玩儿玩儿不？想打游戏了，我等会儿去趟高二找齐速他们。”

江译用高深莫测的眼神盯着他。

半晌，闻人一被看得后背都开始冒汗了，江译低声回复道：“不去。”

闻人一看到江译朝自己的位置走了两步，又停下，回过头看着他说：“你也不准去。”

闻人一：“……”

“不是，为什么我不准去？我怎么就不准去了？你不玩儿我想玩儿呀！译哥你不能不讲道理吧？我……”

江译走到舒甜的座位旁，小姑娘的目光全程都落在他身上，乌黑灵动的大眼睛像蒙着一层水光，眨了眨，然后起身让座。

闻人一还在他们身后抱怨。

舒甜等江译坐下就迫不及待地问道：“江译哥哥，为什么他也不能去呀？你还没说呢。”

江译抿了抿唇，回头看着一脸不服气的闻人一，道：“我要去你家找你。”

闻人一脸上的表情几番变化，最终他兴奋地一拍大腿，道：“啊！译哥！你是想跟我甜蜜双排是吧？哈哈哈，哈哈哈！”笑成一朵花的闻人一口无遮拦，“臣妾会在家里洗好澡等您的。”

舒甜作为一个围观的路人，被这话激出一身鸡皮疙瘩，正想说点儿什么，余光扫到江译的脸。

少年的侧脸白皙精致，额前黑发柔软，他对闻人一勾了一下唇角：“嗯。”

舒甜：“……”

这还深情对视上了，不就是双排打个游戏嘛，至于吗？

原定的军训计划是一周，学校临时做的这种变动也需要两天来安排人手，因此开学第二天依旧上自习。

昨天开学，住校生都是提前一天入住的，第二天中午，学校开始安排半走读生，也就是午休在学校，晚上回家的学生。

江译中午有事儿出学校，舒甜随便在食堂吃了点儿东西就进了宿舍楼，找到门牌号之后推门而入，屋里面的两个人，她都有些眼熟。

左边的女生娇娇小小，娃娃脸，大眼睛，看着非常可爱，却曾语出惊人——这是那位把“世界和平”奉为自己理想的女孩。

右边的女生比娃娃脸女生高了一头，又瘦又高，扎着马尾，干干净净的长相。

舒甜对跟舍友相处还挺在行的。

舒甜初中住校三年，每学年都要换一次宿舍，她还是一个在经历了无数极品室友之后依旧能独善其身的人。

两个女生的目光有些好奇，却又都没开口，舒甜唇角弯起弧度，道：“你们好，我叫舒甜，半走读的。”

“我叫姚月。”娃娃脸女生声音兴奋，大眼睛睁得更圆了，“我记得你！你是江译的同桌。”

姚月话音刚落，舒甜一愣，还没想好是直接嗯一声还是开两句玩笑，右边的女生啪地拍了姚月一下，笑着说：“你好，我叫原弯弯，弯曲的弯。”

舒甜观察了一下宿舍环境，三张床并排放着，中间可以过人，另外一边是三张桌子，宿舍里很宽敞，比她以前住的地方好太多了。

“天哪！”舒甜转了一圈儿，真心实意地感慨，“早知道咱们学校宿舍环境这么好，我也来住校了。”

“哎呀，别这么想，再怎么说家里肯定也比学校好。”姚月说。

“附中应该是S市宿舍环境最好的了。”原弯弯说，“我看S市‘高中吧’上面说，一中那边宿舍是八人一间，洗澡也要去公共的地儿，特别惨。”

还有十分钟就打午休铃了，三个女生先后上了床，舒甜住最左边靠墙的那张床。

舒甜昨晚睡得早，因此现在特别精神，想跟两个舍友聊聊天儿，正想话题是聊同学还是聊马东立时，耳边传来一句：“舒甜，问你个事儿。”

舒甜转头一看，说话的是原弯弯。

舒甜翻了个身面对原弯弯，道：“好哇！”

“啊，就是那个……嗯……”原弯弯面上闪过一丝迟疑，“我们俩都特别好奇，你跟你同桌，就是江译，是什么关系呀？”

舒甜：“……”

原弯弯又解释：“你别误会，就是刚开学的时候我看见江译跟我一个班，就想跟传奇人物一桌来着，然后被毫不留情地拒绝了，所以我特好奇，你们俩是本来就认识吗？”

不然他为啥给你擦凳子呀！原弯弯在心里咆哮。

“哦，”舒甜笑了，“我跟他从小学开始就是邻居，住对门的那种，然后初中不在一个学校，我去女校了，没想到高中能在一个班。”

舒甜说完，原弯弯和刚爬上原弯弯床的姚月一时无话。

下一秒姚月差点儿蹦起来，高声道：“啊！我猜对了吧！青梅竹马，两小无猜！我赢了，你请我吃可爱多。”

舒甜：“……”

原弯弯翻了个白眼，道：“可是我也猜对了呀，他们初中分开，高中又在一个学校，破镜重圆，再续前缘有什么不对？”

舒甜：“……”

姚月：“天哪！为什么我没有校霸竹马？”

原弯弯正色道：“不，你应该说，为什么我没有一个天不怕地不怕却愿意为我俯首擦桌椅的竹马？”

姚月星星眼，道：“呜呜呜，你别说了，这也太甜了！”

舒甜：“……”

这是什么情况？你们是在写小说吗？

舒甜怎么也没想到，跟新舍友的第一个午休会如此和谐，也没想到午间会谈的主题经过姚月和原弯弯的总结竟是“扒一扒这些年江竹马为舒青梅做的那些感人至深的事儿”。

舒甜下午到教室的时候后排很空，江译不在，闻人一上午没来上课，不知道下午来不来。

舒甜坐下之后才发现，她前面的俩男生齐刷刷地趴在桌子上。她记得左边那个同学是，他的理想是不愁吃穿的李卫，右边那个她印象更深刻，是希望一夜暴富的季文彬。

李卫闷声说：“你昨晚拉我打什么游戏呀？睡那么少，现在困死了。”

季文彬回：“你以为我不困？你睡了之后我还单排了好几把呢。”

“有宿舍都不敢回，唉……”李卫叹气。

教室里没什么人，他俩的说话声不小，舒甜忍不住好奇，往前凑了凑，问道：“你们俩为什么不敢回宿舍？”

他俩似乎是没想到身后有人，吓了一跳，回过头看见是江译那个贼好看的小仙女同桌，长舒一口气。

“我们俩的舍友是译哥。”季文彬叹气。

“杀人不眨眼的译哥呀！”李卫补充。

舒甜：“……”

你们就这么怕他，怕到不敢回宿舍？

舒甜想起他俩昨天第一次见到江译的反应，更好奇了，说：“你们俩好像特别怕江译，”顿了顿，她又说，“到底为什么呀？”

李卫又叹了口气，给身边的人使了个眼色，道：“你讲。”

舒甜再怎么说也是江译的同桌，季文彬有点儿不敢，但又忍不住自己想要倾诉的欲望，道：“那……舒同学，你千万别跟译哥说。”

舒甜：“放心，放心！”

“江译当年不是我们班的，但我们班有群不良少年，也是整天不学习，想当校园老大啥的。我们学校那时候的老大就是初二的江译，我们班有三个男生就去江译班上找他了。”

“然后呢？”舒甜这个听众很给面子。

“然后……他们鼻青脸肿地回来了，本来特嚣张的三个人，跟江译打完架剩下两年都没再惹过事儿，开始刻苦学习。”

舒甜：“……”

舒甜不知道自己现在该摆个什么表情。前面的剧情挺正常的，后面这是什么神走向？妄图成为不良少年头头的人失败后另辟学习新道路走上人生巅峰？是这个剧本吗？在这中间，江译是他们人生的转折点吗？

“我当时好奇，跟过去看了，原因是江译说了句话。”季文彬说。

身为一个扛把子，别人不找事儿他从来不主动挑起争斗，江译其实已经算是最有原则的扛把子了。

季文彬目睹了同班同学过去，嘴里吆喝着小屁孩最爱的那几句挑衅，然后江译动手了。

初二那会儿可能是江译最嚣张的时候，季文彬当时也是没见过世面，看着一个长得很好看的男生面不改色地撂倒仨人，心里的冲击不是一星半点儿。

季文彬因为不敢露面，所以也没太看清具体过程，只有最后一幕，深深地印在脑海里。

江译蹲在地上，揪着仨人里带头那人的头发让他抬头，嘲笑道：“就这个能耐还要当老大？还来惹我？”

江译的手一甩，那人的头偏到一边，江译站起来，低着头道：“别浪费时间，”他语速很慢，声音极尽嘲讽，“赶紧滚回去学习吧！”

季文彬在心里回味了一番，越想越觉得少年时期的江译就很可怕了，正想添油加醋好好跟舒甜讲解一下那个场景：“江译跟他们说……”

季文彬的话刚开头，身后冷不丁传来一个男声，听着冷冷的，带着鼻音，很有磁性："我劝了他们。"

季文彬一回头，脸吓得惨白，他身后站着的是故事的主人公——少年成名，以一打三的江译。

江译没有生气，反而非常平静地说："我说，苦海无涯，回头是岸，学习才是你们该走的路。"

季文彬："……"

第三章
喜欢的女生

教室这一角，空气诡异地安静下来，除了季文彬嗓子眼儿里冒出了一声“呃”。

季文彬那时候虽然年纪小，但是那一幕记得特别清楚。他本来是去看热闹的，这一看把他吓得从此之后一见江译就有心理阴影；连带着，他开始留意跟江译有关的传闻；连带着，他分享给了发小李卫。

季文彬上了高中，没想到跟江译这么有缘，不但是前后桌，而且是一个宿舍的。李卫不是亲眼所见，倒还好，主要是季文彬的心理阴影太大，于是两人一起没出息地瑟瑟发抖。

季文彬的大脑飞速地转了转，眼珠子也转了一下，他咽了口唾沫，试探着小声接道：“嗯……对，译哥说完，那三个人回班里就开始学习了。”

舒甜：“……”

面对这漏洞百出的剧情，季文彬又是一副欲言又止怎么办要死了的样子，舒甜发现自己自从跟江译重新熟络起来之后，面部表情管理总是出现纰漏。

江译靠在舒甜课桌旁边，舒甜很配合地干笑了两声，起身给他让座。尽管现在是盛夏，江译从室外回来身上却没有汗味儿，只有很淡很淡的某种洗衣液的清香味。

李卫和季文彬趁机回头，老老实实地一声不吭。

舒甜中午住校这事儿在上学前就跟梁韵和老舒商量好了，尤其昨天经历了一番顶着大太阳骑车回家再回来上学，真是挺烦的。

舒甜没想到江译中午也留校。

舒甜："江译哥哥，你中午也住校吗？"

"嗯。"江译顿了顿，转头看她，"怎么了？"

"哦，没什么，"舒甜歪了一下头，"就是，我以为你会回家呢。"

江译："……"

江译本来是准备中午回家休息的，因为他不习惯跟别人住一个房间，初中也是全走读。但他开学前一天出门倒垃圾的时候遇到梁韵，就随口问了一句，才知道舒甜准备中午住校，所以他也就选择了不回家。

"嗯，"江译说，"住学校方便点儿。"

江译随手拿了支笔，戳前面男生的后背。

前面的人后背瞬间绷得紧紧的，进入十级戒备状态。

江译："……"

季文彬转过头，结结巴巴地说："译哥，您……您戳……戳我？"

江译："……"

江译实在是弄不明白这人为什么怕自己，也不记得自己有见过这张脸，沉默了一会儿，问："你初中的时候就认识我？"

季文彬飞快地点头。

"我，"江译本来想直接说"我打过你吗"，但左侧的视线让人无法忽视，因此话头一转，"我们……有过节？"

“没有没有。”季文彬飞快地说。

江译：“……”

江译这几天刚觉得舒甜应该已经适应了他现在的样子，闻人一就给他捅出了窟窿，还有前面这两个，不认识，没过节，那看到他就跟看到瘟神一样？舒甜就在旁边，这样多影响她对自己的印象。

江译面无表情，啪的一声把笔放下。

季文彬吓得脸又白了，忙道：“译哥，怎么了？”

江译：“……”

怎么了？江译越想火越大，又不得不压下来，说：“以后午休回宿舍。”

季文彬愣了一下，忙不迭地说：“啊，好。”

季文彬还没回过神，江译眼皮一掀，黑沉沉的眼眸表达着不满：你也不认识我，你怕什么？

季文彬：“……”

我就是单纯地怕那个传说中的校霸不行吗？

当天放学前，学校终于下达通知，这周四开始正式上课，课表都贴在公告栏了。

周三，七班的学生依旧是在马东立自由放养的政策下愉快地打着自习的旗号偷偷地不务正业。

江译今天依然有事儿，舒甜的午餐伙伴是两个新舍友。她们吃完了饭回宿舍，三个人都在床上玩儿手机，没一个睡觉的。

午休这事儿，一般得学习累了才会有想睡觉的欲望，现在这种上午玩儿下午也玩儿的日子，大脑没任何压力，压根儿就不困。

舒甜躺在床上实在无聊，拿出手机看了看屏幕上的一堆软件，打开给人回答问题的那个 App——《你问我答》。

舒甜现在一登录这个软件，会立马想起那个悬赏 800 金币采纳她答案的小学生。

舒甜翻了个身，发现许久不登录又有不少小红点儿的提示，大部分是她那些回答收获的赞，还有涨的粉丝。

舒甜把点赞的那些小红点儿都点掉，最后一个小红点儿是私信那块儿的。

嗯？还有人给她发私信？舒甜手指顿了顿，点开。

gosk08：在？有事儿问你。

因为单向关注只能发一条消息，互关的人才会取消限制，所以舒甜立马给这个名字很不走心但依旧被她记住的那个有钱没地儿花的人点了关注，然后开始打字。

Snlwkst：我回关啦，回关之后可以正常发消息，你以后有什么想问的别去提问了，直接在这儿问姐姐就行。

系统显示消息已送达。

说实话，舒甜玩儿这款软件的初衷只是好玩儿，不过她发现自己对上次得到800金币的那个问题耿耿于怀，怎么想怎么心虚，觉得自己随手答的，有些对不起那孩子的信任，所以决定从现在开始，真心实意地为对方出谋划策。

他们互关之后，其实这款软件和聊天儿软件功能差不多，不但能看到别人在线，还能看到“对方正在输入”呢。

舒甜翻了个身，手机振了两下。

gosk08：“姐姐？”

gosk08：“你怎么知道你比我大？”

舒甜：“……”

她总不能说实话，说因为你的问题描述太过梦幻，把自己给暴露了，那多伤人家孩子的自尊心。不行，她决定用夸张的手法糊弄过去。

Snlwkst：“姐姐谈过的男朋友一只手都数不过来，要不哪能这么懂你？相信我。”

gosk08：“哦。”

哦？小孩还挺高冷？舒甜觉得莫名有点儿搞笑，越是这么别别扭扭嘴不甜的小孩，她还就越喜欢占辈分上的便宜。

Snlwkst：“别哦了，快问正事儿。”

舒甜想了想，又加了一句。

Snlwkst：“放心，姐姐不会坑你的。”

经过中午跟痴情“小学生”一番勉强算是深入的交谈，舒甜下午去上课的路上，身心舒畅，发现自己真是喜欢这种为人排忧解难的快乐感。

舒甜哼着小曲儿到了教室，江译已经在里面坐下了，只不过是整个人枕着胳膊趴在桌子上的姿势，像是在睡觉。

舒甜有些诧异，走过去把书包放下挂在桌子旁边，观察了一下，江译全程没反应，姿势不变，呼吸平稳，应该就是在睡觉。他为什么在这儿睡？

舒甜虽然好奇，但并没有问，只是轻轻地从书包里把没动过的课本和笔拿出来。

江译根本没睡着。他觉得很奇怪，出了趟校门再回来的时候，心里异常烦躁，宿舍也不想回，闻人一他们回了宿舍，他就想找个没人的地方待着，因此径直来了教室。

江译烦躁不光是因为刚才的事儿。

江译尝试着趴在桌子上睡一会儿，但完全睡不着，于是他干脆打开问答软件，问点儿事儿顺便转移注意力，倒是有点儿效果，但治标不治本。

江译趴着的时候，身边的人靠近他、坐下、很轻很慢地拿东西，他都感觉得到。舒甜靠近的时候，他闻到她身上那股清新的花香，整个人平静了不少。

“哎，今天教室怎么人这么少？昨天这个点儿都多少人了，”昨天刚说过话，江译知道这声音是季文彬的，“怎么……”声音戛然而止。

江译的耳朵敏锐地捕捉到身边小姑娘说的话：“嘘，他在睡觉。”

音量极小，用的是气声。

小姑娘嘟着嘴，白嫩的指尖放在唇瓣上的样子，瞬间蹦到江译的脑海里。

等到季文彬和李卫安静地在前面坐下，江译直起身。

舒甜：“江译哥哥，你为什么在教室睡觉？”

江译：“……”

少女的声音轻软，江译心里发痒。

江译往左边看的时候，和刚才在他脑海中出现的画面一模一样，舒甜笑得眉眼微弯，梨涡显现。

江译愣了一瞬，不知道为什么，本来想说“没事儿”，脱口而出的却成了“不舒服”。

舒甜的表情有一瞬间的错愕，随后语速很快地问：“哪里不舒服？要去校医室吗？”

“不是那种不舒服，”江译顿了顿，实话实说。

“嗯？”话题跳得太快，舒甜两秒钟才反应过来。

少年身形清瘦颀长，午后的教室里，他微微垂着头，懒懒散散地用胳膊支着桌子，抿着唇，这样坐在座位上的时候没有了往日那种冲击力和杀伤力，声音带着初睡醒的低哑，音量也很小。

舒甜蓦地生出一种错觉——他这样就好像是身体不舒服，然后对她撒娇抱怨一样。

不是！舒甜下一秒又立刻在心里否定了。她想什么呢？撒什么娇？那可是江译呀！

舒甜沉默着，没立刻回答，转开视线，去拿自己的书包。

江译说完就有点儿后悔，不该跟她说的。

心情又变得烦躁起来的江译拨了拨头发，吐出一口气，正准备转移话题，就感觉胳膊被凉凉软软的指尖碰了一下。

江译愣了一瞬，迅速回头，还没等他说话，一道影子一晃，嘴里就被塞进了什么东西，硬硬的，葡萄的果香和糖的清甜一下子充斥了口腔，霸占了所有味蕾。

少女用细白的手指捏着刚刚撕开的棒棒糖纸，往桌上一放，抬起头笑嘻嘻地说："我爸暑假的时候也在戒烟，他说烟瘾犯了吃糖很有用。这个是我最喜欢的糖，很甜很好吃的。"随后，她眨了眨眼，睫毛纤长卷翘，"你也试试呀！"

教室里的桌子侧边都带着挂钩，一边一个，一般情况下，外边的钩子挂书包，里边的钩子挂垃圾袋，位置刚刚好，也不碍事。

舒甜在开学第一天下午，就从家里找了个干净袋子挂在两人的桌子中间，但这几天下来，垃圾袋里就只有她扔过的一张画废了的纸。

舒甜说完，把糖纸扔进垃圾袋。

江译全程都特别安静，舒甜本来也没打算让他回什么，但转头看过去的时候，发现他维持着最开始的姿势，一动不动，桃花眼因为诧异而睁大，下巴处的轮廓流畅分明，棒棒糖叼在嘴里，就这么盯着她。他左边侧脸上还有一道因趴着睡被衣服压出来的印子，泛着一点儿红，莫名有点儿可爱。

这种想法刚在脑海里形成，又立刻被舒甜给扑灭，什么可爱？这词儿能往江译身上用？

舒甜甩掉这种荒谬的想法，问："怎么样？好吃吗？"

江译："……"

江译其实有些没反应过来。

江译的嘴里含着糖，唾液分泌速度加快，他看着小姑娘鼻尖上细小的绒毛，还沾着一点点水珠的唇瓣一开一合，下意识地吞咽，葡萄的味道在口腔里更加浓郁。

江译没说话，只是点了点头。

"我还有好多根呢，"舒甜又说，"你要是还想吃就问我要。"

江译又点了点头。

教室里的人渐渐变多，舒甜从口袋里掏出手机，不知道在玩儿什么。

江译回过身，也掏出手机，盯着屏幕发呆，刚才舒甜抬手，把撕开糖纸的糖塞过来的那个瞬间不断在他脑子里回放。这大概是他和舒甜相遇以来，两人之间最亲密的举动。

江译记不清具体时间，但确实已经很久没有过类似这种高兴得快要爆炸的心情了，那种情绪堆积在胸口，满得像是要溢出来。

江译靠着座椅靠背，正想缓缓这种想要分享却又没人分享的情绪，猛地想起一个人，于是他打开问答软件，飞快地打字。

舒甜在入学之前就听说了S大附中校长和一中校长的“爱恨情仇”，但昨天跟两个新舍友吃饭的时候，了解得更透彻了点儿。

姚月说，传闻这两位曾经是校友，也是好朋友，却因为一个女人反目成仇，多年之后又恰好在同一时间段就任了这两所学校的校长，从此，附中所有指标、规章制度与学生学习成绩都力求碾压一中。学习成绩这块儿倒是不好碾压，但其他方面，比如设施上，跟秉持“勤俭苦学”的一中相比，这里简直是天堂，就比如食堂，每天十几个窗口都是不同的菜。

没有对比就没有伤害和优越感。伴着这样的传说，昨天在舒甜看来本来只算得上是“挺好吃”档次的食堂午餐也连升了好几个档次。

舒甜一手转着笔，一手托着下巴，看着讲台上正在激情演讲“每个孩子都是天才”的物理老师，觉得可能这里的老师的教学风格也和一中是反着来的。

开课第一天，这是下午第一节课了，周四没有连堂，上午四节课加上这节课，一共出现五位老师，马东立就不用说了，舒甜早就觉得会听一整节课演讲，但她真没想到，其余的老师居然也都是这个路子，并且演讲的主题都特别积极向上，走的都是不遗余力鼓励路线。

舒甜在女校被“贬低学生”路线教导了三年，那边的主旨就是“你考高分就觉得自己了不起了吗？一直保持高分才叫本事”，而这边则是“每个学生都是金子，没有发光那是因为没到时候”。这是什么神仙思想？

下节课是体育课，刚一打铃，就来了一群个子高高、笑得吊儿郎当的男生堵在后门喊江译的名字，看样子是他以前的同学，可能刚好一起上体育课。

江译跟闻人一一起出了教室，舒甜跟姚月和原弯弯磨蹭着上了个厕所才晃晃悠悠地往操场走。

全年级那么多个班，上体育课时有的班级就会撞上，舒甜早就知道这节课和高一九班一起上，短暂的集合过后，她立马精准地从人群中找到了林以桉。

舒甜的胳膊准确地塞进林以桉的臂弯里，她问：“林小桉！想不想我？”

这个问题换来一声清冷的回答：“不想。”

“喊，”舒甜早习惯了，也不生气，“我们就还是瞎逛呗，绕圈儿聊聊天儿？”

林以桉：“都行。”

“采访一下，请问我们译哥重回高一有什么感想？”

江译：“……”

江译眼皮一跳，拍开齐速当成话筒递过来的手，不耐烦地道：“没感想，滚。”

“哈哈哈，老齐你过分了呀！敢在我们译哥伤口上撒盐，你活腻了吗？”

“他哪有伤口？”闻人一不愿意了，“译哥现在的同桌你们知道是谁不？”

“谁？男的女的？”

“女的呀！”

“啊？女的？谁呀？”

江译听得心里一惊，这群人要是知道了肯定得来围观，他们一来围观，他这几天才是真白费功夫了。

江译长腿一伸，踹了闻人一一脚，说道：“闭上嘴。”

闻人一：“……”

闻人一一边翻白眼，一边做了个给嘴上拉拉链的动作，比了个OK（好的）的手势。

他们快到篮球场的时候，江译习惯性地摸口袋，发现手机没带，跟他们打了声招呼：“你们先去，我手机在教室。”

“好嘞！等你呀译哥。”

江译回了教室，教室里空无一人。他一眼就看见了老老实实躺在桌洞里的手机，没坐进去拿，而是直接站在舒甜座位旁边弯腰去够，余光不经意间扫到桌子中间的垃圾袋。

他们的垃圾袋里东西很少，除了昨天的糖纸，里面只有一张白纸，皱皱巴巴的，他没扔过，应该是舒甜扔的，露出来的边角上好像有个字。江译稍微压低了身子，凑近了看，是“江”字，舒甜的笔迹。

嗯？江？江译的呼吸一顿。

垃圾袋里就两样东西，江译反应过来之后，没有任何心理障碍地伸手把纸掏出来，坐到舒甜的座位上展开。

A4纸上中间画着一个人，标准的火柴人形象，胳膊、腿都是一条线，头上三条线，五官就是两个点加一道弧线的笑脸。

江译还没见过这么丑的火柴人。

江译接着看，纸上面写着“舒大画家赠江译画像”，这行字正是他刚刚看到的“江”字的来源。

江译：“……”

这应该是她之前那几天太闲的时候画的，估计是画完觉得太丑才没给他。

江译看着自己的画像，有一瞬间的恍惚。那个瞬间过后，他的心脏开始剧烈跳动，就像昨天小姑娘细白的指尖捏着糖塞给他的时候一样。

江译从教室出来，往篮球场的方向走，心跳依旧很快。

江译想了想，掏出手机打字，等他再抬头的时候，距离不远的前面有两个女生的身影，她们手挽着手，走得很慢。江译一眼就看出左边的人是舒甜，她身边那个，估计是林以桉。

两个女生走在前面，速度很慢，舒甜声音小，听不太清在说什么，江译本来想绕过去，结果两步拉近了距离。

“我初中的时候就觉得江译喜欢你。”一道明显不是舒甜的女声传来。

江译：“……”

江译生生停下脚步，然后悄悄地跟在两人身后。

舒甜没有立即回答，再开口的时候，声音变得异常惊讶：“你在说什么呢？怎么可能！”

林以桉不答。

“真的没有，你是说刚才那件事儿吗？他从小都对我这么好的，我妈都说他简直是把我当亲妹妹。”

林以桉还是没说话。

“真的，虽然我说不上来为什么江译哥哥跟小时候差别有点儿大，有些时候也有点儿奇怪，但是吧，”舒甜的神情看起来特别认真，“桉桉，我们俩真的是单纯的兄妹关系，你不要瞎想好吗？”

林以桉又说了什么江译没再听，他觉得舒甜那句话仿佛是有实质感地凝聚了空气，他被当胸穿过。

一节课 45 分钟，舒甜走了半个小时，累得不行，回了操场就拉着林以桉在看台坐下了。

林以桉接个电话的工夫，舒甜闲得无聊，拿出手机，滑动屏幕，发现那个《你问我答》又有十几条未读消息，于是点进去，出现加载界面。

舒甜自从昨天中午开导了“小学生”后还没上线，界面显示获得了十个赞，还有五条消息。

gosk08：“我觉得……”

gosk08：“她可能有点儿喜欢我。”

gosk08：“看到回。”

舒甜看了眼消息发送的时间，是昨天下午两点多，那时她正在上自习。她午休的时候跟他聊过天，短短一个小时都不到，发生了什么呀这是？

舒甜又往下看，这次消息发过来的时间是今天00:20:21。

gosk08：“？”

舒甜觉得他应该是经历了什么事儿，想和她分享，结果错过了。所以他到底发生了什么？这得是多大的事儿能让“小学生”觉得小公主喜欢他呀？自己居然没上线，错过了！

下面的消息，时间显示是半小时前。

gosk08：“我真的觉得她喜欢我。”

这又发生了什么？

舒甜刚想打字回复，屏幕最下方突然蹦出来最新消息，时间显示：刚刚。

gosk08：“好了，是我想多了。”

嗯？舒甜的手指停在键盘上，她把打好的字删掉，“怎么了”三个字还没发出去，底下又来了一条消息。

gosk08：“她不喜欢。”

舒甜：“……”

舒甜突然觉得自己像个智者，虽然不知道屏幕那边的人最后那个结论是怎么得出来的，可是患得患失，胡思乱想，想法几小时一变，整天怀疑喜欢我不喜欢我什么的，这不就是小学生或初中生的爱情嘛！

舒甜想了半天到底要回复什么比较好。

其实男生经历了什么事儿她猜也能猜到，无非就是小公主给了他点儿什么，比如糖之类的吧，然后这就要上天了，然后不到半天就被打回了原形。

其实这个男生还挺好玩儿的，平常语气很高冷，女生一有点儿什么风吹草动就开始疯狂脑补。

吐槽归吐槽，舒甜也不想太打击他，想了想，她回复："先别瞎想，晚上姐姐帮你分析。"

舒甜等了一分钟，没动静，他别是伤心过度吧？

舒甜想着要不要再安慰两句，身边传来林以桉的声音："你在看什么？"

舒甜回过头，看到林以桉拿着手机走过来，在她身边坐下。

"就那个，我给解答了爱情疑难问题的小男生，"舒甜解释，"你也知道的嘛，我不是给你讲了？"

林以桉有点儿印象，点了点头，道："哦。"

舒甜关了软件，收起手机，问："谁找你呀？说了挺久的呢。"

林以桉沉默了几秒，抬头道："我刚知道，许音也来了附中。"她一贯面无表情的脸上难得被舒甜看出点儿别的情绪。

"噢，"舒甜笑了一下，"来就来呗，附中又不是我开的，谁还能挡住她？"

许音也是个通俗意义上的大姐大，虽然现在她大不过林以桉。

舒甜初一的时候，许音初二，在林以桉转学过来之前，"校园一姐"这个位子许音坐得很稳。

许音性格嚣张，可能是"一姐"的位子坐得太稳了，整天满嘴跑火车。她说别的舒甜就当八卦听了，比如吹嘘家里有多少财产这些，可是她居然说江译喜欢她，她跟附中初中部最帅的那棵草两情相悦。舒甜特地打电话过去求证，结果江译说他压根儿不认识许音。这舒甜就不能忍了。

舒甜觉得 13 岁的自己胆子是真的很大，为了竹马哥哥的清誉毅然决然地就去了"校园一姐"所在的班级，叭叭叭说了一通，大概就是"江译是我哥，我都问过了，他不认识你，你不要再造谣了"。

许音很生气。“校园一姐”想要打压一个初一的小朋友太简单了，尽管舒甜自认是个机智的人，但还是免不了要受很多气。

封闭的学校消息传播速度很快，而且江译那时候主要是因为帅出名，照片论坛上都有，被许音一搞，学校里知道江译的人也都知道有个初一的女生说自己是江译的妹妹，这种往自己脸上贴金的行为，再加上许音的带头压制，舒甜大概有半个月的时间都很不好过。

某天，舒甜看着自己桌洞里被人塞满的垃圾，突然觉得自己很傻，她又不是冒牌妹妹，为什么不告状？于是智商上线的舒甜打了通电话，还是年龄太小，受了委屈，打着打着电话她就哭了。江译被她吓得够呛，舒甜觉得要不是因为这是女校，他肯定当场就能过来。

江译是在周五她们放学的时间过来的。少年身材高挑，容貌俊秀，没穿校服，在女校门口吸睛程度相当高。

尽管过去了好几年，但舒甜一直记得那一幕。

江译找到许音，指着她的鼻子上来就是一句：“舒甜不是我妹妹你是？”

舒甜没见过江译这么生气的样子，他整个人都是冷冷的，说：“我长这么大没跟女生动过手，再让我知道谁欺负她，都给我等着。”

因为江译的护短，所以舒甜的日子又恢复了平静。

江译这几句话还有几张江译拉着舒甜跟许音对峙的照片在论坛上火了之后，有不少江译的小迷妹都来跟舒甜套近乎。

唉，这幼稚又中二的初中生啊！

“所以你不要再说江译哥哥喜欢我了呀，”舒甜戳了一下身边的人，林以桉刚才指的就是这件事儿，“都说了是兄妹呀兄妹。”

林以桉看着舒甜，没说话。

林以桉战斗力超强，长得却一点儿都不像大姐大，瓜子脸，大眼睛，黑长直的头发，气质清纯，很标致的一张脸，却是个能和江译齐名的奇女子。

“啧，”林以桉撇了一下嘴，没有下任何评语，只是一字一顿地模仿舒甜的语气重复道，“江译哥哥。”语气暧昧，眼神也暧昧。

舒甜：“……”

舒甜本来觉得自己心里一片坦荡，怎么被林以桉这么一叫就变味儿了呢？

舒甜从操场回到教室，刚下体育课，她不能昧着良心说教室里的空气和平常一样清新，但其实还在可以接受的范围内。

江译居然比她回来得还要早。

舒甜从前门进的教室，现在教室里的桌子上书还比较少，江译靠着墙，垂着头摆弄手机，T恤那一截袖子被挽到肩膀处，能看到他的肌肉线条不夸张却很流畅。

舒甜回到座位坐下后，江译才有反应。

少年额前的头发半湿，侧脸和下巴处有水珠往下滑，不知道是水还是汗，眸子黑沉沉的，唇抿在一起。

舒甜不知道是不是自己想多了，具体说不上来哪里，但就觉得江译看过来的眼神有点儿奇怪。

“江译哥哥，”舒甜随口跟他闲聊，“你打了一节课篮球吗？”

“嗯。”江译点头，想到路上遇到她和林以桉的场景，顿了顿，还是问了，“你呢？”

“我去找林以桉啦，她在九班，跟我们一层楼。”舒甜说着，突然好奇起来，“对了，江译哥哥你认识她吗？”

江译点头，道：“不算认识，但我知道她。”

舒甜眨眨眼，捧脸做倾听状。

江译看着舒甜好奇的眼神，解释道：“有次她跟我们学校的男生起冲突，那群人来找我，我没去。”

那次冲突的理由江译记不清了，就记得他当时拒绝得很干脆，还罕见地劝了两句，想让那几个同学算了，怎么能跟女生打架？

江译没想到还真有能跟女生打架的男生，不过结果是三个男生对阵一个女生，男生输了。

就这事儿，那几个男生被初中部的同学嘲笑了大半年。

江译对人名不太感冒，三个字的人名，除了像闻人一这种特别的，他很难记得住，但就因为这件事，他一下子就记住了林以桉这个名字。

“后来不知道具体什么情况，她一打多赢了，在我们学校出名了一段时间。”

舒甜哇了一声，这段往事她竟然不知道！

舒甜接着问：“然后呢？然后呢？”

江译：“没了。”

舒甜：“……”

舒甜回想了一下，江译说的话太少，寥寥几句，她就下意识地以为他要展开讲，原来他只是把一段能讲 1 000 个字的故事给压缩到了 50 个字。

舒甜不知道是不是体育课后同学们去上厕所或者去了校内超市，江译都给她讲完 50 个字的小故事了，才陆续回来一半儿的人。男生走后门，女生走前门的多。

舒甜边喝水边欣赏着手挽手进来的女生，真心实意地觉得她们班同学的颜值还是挺能打的。

男生这边，除了江译这种每个课间上厕所或者打水都能吸引整个走廊 90% 女生目光的人，染回了黑头发的闻人一和他同桌，还有几个舒甜叫不上来名字也没说过话的男生，长得都不错。

女生长得漂亮的就更多了，姚月、原弯弯都是舒甜觉得好看的类型，因为没有军训，座位又靠后，所以别的人她也没什么机会接触。

“江译哥哥。”舒甜又叫道。

江译：“嗯？”

舒甜："你觉得女孩子穿裙子好看还是穿裤子好看？"

江泽沉默了几秒，然后抬头，顺着舒甜视线的方向看过去。因为现在高一还没发校服，所以班里的同学都穿的常服，三个女生挽着手走进教室，三个人都穿着裙子，长短、款式不一。

江泽看到这里，突然想起自己明明回来的时候心情还很不好，也没想好舒甜回来之后要说什么，但是她一回来，他们就自然而然地展开了对话，听到她问出这种无厘头的问题，就顺势开始思考，等回过神来的时候，躁郁的心情几乎都缓解了。

江泽又看了眼舒甜，开学四天，她连着四天都穿着短裤，黑的、白的、牛仔的穿了个遍。

江泽觉得这道题他会答。

"裤子。"江泽说完又补充了一句，"短裤。"

江泽话音刚落，舒甜唰地回过头来，杏眼瞪得溜圆，惊讶极了的样子："江泽哥哥，你不是吧？"

江泽："怎么了？"

舒甜："你居然不喜欢女生穿裙子，女孩子穿小裙子多好看哪！"

江泽往下一瞄，扫过舒甜白皙的腿，舒甜看懂了他的意思，撇了撇嘴，道："我这么穿不是要跟你一起骑车子方便嘛！"

江泽："……"

他其实觉得她穿什么都好看。

行吧，他答错了。

"你看她们，"舒甜往那三个女生的方向一指，想说什么，但随后神情骤变。

江泽疑惑地道："怎么了？"

舒甜很缓慢地把手里的瓶子拧紧，支支吾吾地道："江泽哥哥，你不会……你是直……"停顿了一下，她把声音压得很低，凑近了一点儿问道，"你喜欢女生吗？"

江译额角一跳："……"

江译："嗯。"

舒甜好像看出江译表情不对，于是很快开始解释："哎呀，你不要生气，关键是你长这么好看，我又从来没听说过你喜欢谁，刚才突然灵光一闪，"她歪着头笑，"我就问问，别生气。"

江译的视线落到她的两个梨涡处，半晌他才嗯了一声。

"所以，"少女拉长了尾音，整个人又靠过来，江译一下子闻到她身上的香气，像是牛奶糖裹着不知名的花香，"你有喜欢的女生。"

江译的心跳蓦地停了一瞬。

"吗？"舒甜又蹦出一个字。

越来越多的人从室外回来，勾肩搭背的男生说话声音很大，一群人刚进教室，教室立马喧闹起来，但这些声音似乎都蒙着一层什么东西，隔得很远。

舒甜问出问题的那一瞬，江译像是被戳中了心事，心跳停了一下，而后跳得飞快——答案就在喉间呼之欲出，五年前，甚至更早的时候，他就知道答案了。

毕竟是很私密的问题，舒甜离得很近，少女纤长卷翘的睫毛江译都看得一清二楚，她纯黑的眼瞳里有一个缩小版的自己。

江译耳边似乎瞬间回放了一遍刚才她说的那句"我妈都说他简直是把我当亲妹妹"，心跳一下子正常起来。

江译张了张嘴，正准备说"没有"，面前正睁着大眼睛，摆出洗耳恭听模样的小姑娘突然往后一闪，两个人的距离骤然拉大。

"舒甜甜走啦，陪我去厕所。"

"走走走。"

拉住舒甜的是两个女生，一高一矮，一个扎着长马尾，一个梳着娃娃头。扎长马尾那个女生江译有点儿印象，刚开学的时候她过来问他能不能做同桌。

舒甜招呼都来不及打，就被两个人一左一右给架走了。

江译挺好奇，也挺迷惑的，回头看到闻人一在身后摆弄手机，就侧过身，用食指敲了敲桌面。

“怎么了，译哥？”闻人一语气听着挺高昂、挺积极，但头都没抬。

“你知道女生，”顿了顿，江译补充完问题，“都非得找人一起上厕所？”

她们为什么这么做？厕所门都是好的，自己去不行吗？

闻人一抬起头，不可置信地道：“不是吧译哥，这你都不知道？”

江译：“不知道什么？”

“上厕所，”闻人一干脆把手机锁屏，一本正经地讲解，“堪称是校园内女生维持友谊的最频繁的活动之一。”

江译：“……”

女生一起上厕所是为了维持友谊？

“你看看你这是什么表情，”闻人一指了指江译的脸，又很快把手放下，“简单来说，女生的思维大概就是跟谁处得好就跟谁去上厕所，处得不好门儿都没有。”顿了几秒，闻人一灵光一闪，脱口而出，“译哥，这就是著名的‘厕所社交’！”

江译：“……”

江译不想再看他，正想回头，余光扫到闻人一把手机揣兜里，突然站起来。

闻人一对上江译的目光，道：“译哥你别说了，我都懂。”

江译：“……”

“兄弟，这么多年没看出来你还有这爱好，藏得这么深？”闻人一笑得高深莫测，“放心，我不告诉别人，我也不嘲笑你。”

江译：“……”

“你不就是羡慕人家小女生嘛，这有啥不好意思说的？”说着，闻人一去搂江译的脖子，“走，我陪你去厕所。”

江译：“……”

江译的太阳穴跳了两下，忍无可忍地从桌上随便拿了本书，直接反手向后面的闻人一身上砸去，怒道：“一边儿待着去。”

第二天是星期五，因为这周就没怎么上课，所以给人的感觉好像是刚开学就又要放两天假。高一七班只有英语和化学留了作业，都是很简单的课后习题。

感情受挫的“小男生”说完那句“她不喜欢”之后，一个晚上加白天都没上线。

周五晚上，舒甜习惯性地登录《你问我答》，琢磨着自己是不是应该发点儿什么。半天，她试探性地发了一句。

Snlwkst：“在？”

舒甜没想到那边秒回。

gosk08：“？”

舒甜没想到“小男生”还玩儿隐身。

Snlwkst：“那天怎么了？我前两天有事儿没上线。”

gosk08：“就是我给你发的，都是误会。”

误会指的是他以为那小公主喜欢他，但人家其实不喜欢吧？舒甜想了想，开始打字。

Snlwkst：“那你还喜欢她吗？”

舒甜虽然觉得这个“小男生”很痴情，但是他毕竟年纪小，哪天遇到了更好看的小公主，指不定移情别恋多迅速呢。

gosk08：“……”

gosk08：“嗯。”

舒甜翻了个白眼，决定教育教育这个孩子。

Snlwkst：“你是不是很不会聊天儿？跟你喜欢的女孩在一块儿也完全不知道说什么？”

这回那边沉默了得有一分钟。

gosk08：“你怎么知道？”

舒甜打字飞快。

Snlwkst：“因为从你跟我聊天儿就看得出来你肯定是不会说话、把天儿不断聊死的那种话题终结者呀！”

那边的人不知道是不是生气了，没回复。

Snlwkst：“你看，就算出于礼貌你也应该回复我一串儿省略号，你生气就直接不回了，跟女生聊天儿，这怎么行？”

舒甜这句话发完，那边的人倒是秒回。

gosk08：“她我会回。”

gosk08：“你又不是她。”

舒甜：“……”

他的意思是说，是那个小公主他才会回？不是，这孩子的恋爱明明八字还没一撇呢，为什么这两行字让她觉得自己被酸到了？

舒甜吸气呼气再吸气，还是没忍住翻了个白眼，亏她今天午休的时候还给他想了个办法。

Snlwkst：“大兄弟，姐姐告诉你，撩妹是要有套路的。”

gosk08：“？”

Snlwkst：“自古深情留不住，总是套路得人心，这是真理。”

gosk08：“所以呢？”

Snlwkst：“姐姐问了身边的朋友，最近很火的一个少女心恋爱游戏我推荐你玩儿一下，你以女生视角，好好体验一下男主是怎么说话的，怎么聊天儿的，怎么撩妹的。”

Snlwkst：“软件分享链接—游戏—撩爆少女心之我和四个校草不得不谈的恋爱。”

舒甜推荐的这款游戏不是她瞎说的，周五中午正好看到原弯弯和姚月两人激动地在床上抽卡，说是有什么充值大礼包活动，两人撅着屁股双手合十，十分虔诚，她就好奇地问了一句，这才知道了这个据说已经火遍全国的恋爱剧情卡牌类游戏。

舒甜：“这游戏干什么的？”

原弯弯：“跟我老公谈恋爱。”

姚月：“抽到跟老公谈恋爱的故事卡，然后谈恋爱。”

舒甜十分好奇，问：“跟纸片人谈恋爱？有这么好玩儿吗？”

原弯弯回：“呜呜呜，你不知道，我老公那些台词真是太暖心了！他替我挡刀、挡篮球，台词特别苏。呜呜呜，我爱他一辈子。”

挡刀、挡篮球？这么洗脑吗？

舒甜因为两个室友中二的行为记住了这个又长又玛丽苏的游戏名字，一听“小男生”说他不会聊天儿，瞬间就联想到了。她暂时想不出什么好办法，也不知道“小男生”会不会真的玩儿，但这游戏能做得这么成功，肯定有可以从纸片人身上学习的地方，就看他的悟性了。

周一一早，舒甜进教室之前去了趟厕所，回来的时候，发现前后左右的人都在奋笔疾书。这才开学第二周，一眼望去，一进教室就迎面扑来一股疯狂补作业的气息。

舒甜看来看去，她座位周围的那群男生，只有江译格格不入，他半倚在墙上，垂着头玩儿手机，状态很悠闲。

舒甜把书包放下，好奇地左右看了看，江译也抬起头来，对上视线的一瞬间，不知道为什么，舒甜总觉得他好像在暗示什么。

舒甜想了想，先开口问：“你不用补作业吗？”说完她又觉得这样好像不太好，换了个问法，“你写完了？”

江译迅速点头：“嗯。”

舒甜：“……”

大眼瞪大眼，江译的眼睛一眨不眨地看着舒甜，眉梢微挑，眼角微翘，也不说话，就这么盯着她，舒甜总觉得他这副表情是在暗示什么。

顿了顿，舒甜试探着夸了一句："不用补作业……也太棒了吧！"

日常面瘫的江译依然面瘫，只是眼中划过意味不明的情绪，唇角微微勾起一点点弧度，表达他高兴的情绪。

江译还真是在等她的夸奖？

还没等舒甜再说些什么，身后传来熟悉的声音："可不是嘛，我以前从来没想过有朝一日我闻人一居然能抄到译哥的作业。"闻人一下笔如有神，写得飞快，嘴也不闲着，"我感动得甚至想把这份作业撕下来裱个框挂在家里供着了。"

舒甜："……"

你也太夸张了吧少年？！

舒甜不知道江译以前除了老师亲自收的作业，其他的一概不写也不抄。

舒甜凑到闻人一桌旁，想看一眼他抄到哪儿了。

"你也没写？"闻人一抬头，"我马上写完，借你？"

"不用不用，我写完了。"舒甜说。

舒甜看到闻人一手边江译的作业本，上面的字是挺好看的，大气，连笔连得也漂亮。看着看着，舒甜突然觉出点儿不对劲。她也是最后时刻冲刺，昨晚睡前才补的作业，但这些答案怎么就一点儿印象都没有呢？

舒甜又往下看完所有题，十道题里，有九道题答案跟她的不一样，只有第一道题答案相同——这题太明显，课本第一页就有。

闻人一抄完，合上本子，嘴快咧到耳朵根儿了，把本子还给江译，还不忘感谢："谢谢译哥！"

江译很淡定也很矜持，声音里甚至还有点儿隐隐约约的骄傲："嗯。"

江译说完，还看了舒甜一眼。

舒甜："……"

他们一个是真敢写，一个是真敢抄。

第四章
我好像有夜盲症

面对江译看过来的真挚的求表扬的目光，舒甜不知道该说什么。

舒甜记得江译小时候是很高冷的，除了跟她和江言，面对别人真的是又冷又酷，那么小的年纪就能很好地管理表情，不笑的时候很让人发怵。因此，每次她受了欺负去告状，看着江译把欺负她的人吓哭，都觉得他太酷了。

他们那么多年朝夕相处的情谊，舒甜觉得一直到一星期前重新遇到，曾经的她可以说是非常了解他的，但是现在，不好说了。

他们重逢那天，有脑子的人都看得出来他在打架，但他撒谎不让她知道。

开学之后，他三番五次地把自己跟学习绑在一起，从第一天的自我介绍，到之前的劝学事件，然后还有这次的作业。

按照初中时自己听到的消息，还有校园贴吧上飘着的江译战况的照片，他的性格在初中时改变也不成立。

舒甜想来想去也只有一个理由能解释江译这些反常行为了——他一定是

因为四门功课不及格被留级的事情给打击了。留级的事儿发生在江译身上合理是合理，毕竟他每天忙着打架没空学习，但再怎么合理那也是不光彩的。虽然他瞒着打架的事儿，她死活想不通，但觉得这个动机可以完美地解释为什么他突然如此热衷学习了。

舒甜道：“江译哥哥，你以后有不会的题，或者上课听不懂……就来问我吧！”她眨了眨眼睛，指着江译手里闻人一刚还回来的作业本，暗示意味明显，“比如，这次的周末作业，我给你讲讲？”

“嗯？”江译不笑的时候眼尾的小钩子不明显，他挑着眉看过来，表情有些不解。

舒甜前后左右看了看，现在老师还没来，教室里有点儿吵，直接说的话可能要被别人听到。

江译看到舒甜突然把两只手放到唇边，直勾勾地看着他，整个人凑过来，明显一副我要跟你说悄悄话的样子，动作僵了僵，配合地偏头。

舒甜：“江译哥哥，你的作业好像有几道题答案不太对，我教你，你改了吧！”

江译：“……”

舒甜的手掌挨着江译的侧脸，女孩热乎乎的气息喷在他的耳边，热度仿佛传遍他半边儿身体，江译的手心迅速渗出了汗。

她说了什么？不知道，谁还有心情关心这个？

舒甜说完放下手，江译的耳朵重回岗位，但他心里的燥热像是要沿着耳尖的热度一路烧下去。

江译看着舒甜翻开他们的作业本，并排放在一起，她讲，他拿了支笔，什么都没听进去，照着她本子上的答案在旁边改。

他怎么还没改完？

江译回过神来，凝神一看，已经改到第九题了。

江译：“……”

就对了第一道题？十道题他错了八道？江译咬着后槽牙改完第九道题，刚要放下笔，好听的女声传入耳中。

舒甜："然后是最后一道啦，这道题你好像会，就是抄错分子式了。"

江译："……"

哦，他错了九道题。

江译面无表情地改完，靠在一边看着舒甜笑嘻嘻地把两人的作业本放在一起交给化学课代表。

舒甜交完作业，回过头来，似乎想对江译说些什么，但有一瞬间的愣怔。

"江译哥哥，你耳朵好红啊，"她很不解的样子，"耳朵红是因为什么？"

江译："……"

他总不能说是"因为你对着我的耳朵说话来着"。

江译拨了拨头发，看了眼前门，说："老师来了。"

"啊？"舒甜转过头，看到马东立熟悉的身影，点了点头，"哦。"

舒甜开始找语文课本，江译松了口气。

马东立踩着铃声进教室，以"一日之计在于晨，一周之计在周一"为开头，按照他的惯例，先是唠叨了大概十分钟的日常注意事项，比如最近天气总下雨，骑车的同学注意留意天气预报等，然后才开始正式讲课。

舒甜看了眼靠窗那排同学拿着书挡阳光的样子，默默地收回视线。

上周的古文课还没讲完，这节课接着往下讲，舒甜一边看课本，一边心不在焉地想着刚才的事情。

江译的耳朵真红，不正常的那种红。她看过去的时候，仿佛有道分界线将他耳朵的红和脸颊的白给分开，要不是知道不可能，她都怀疑这人耳朵上涂了腮红。

舒甜忍不住侧过头，又看了一眼江译的耳朵。嗯？为什么这么快就不红了？

江译侧着脸，半垂着头看课本，心完全不在这上面——页码都翻错了。

舒甜从来没这么仔细地观察过一个人的耳朵，江译耳朵上的颜色和他的肤色一样白，就好像刚才的红都是她的幻觉。

舒甜视力好，又盯了一会儿，手里一直在转的笔停下了，她感觉自己发现了什么不得了的东西。

舒甜的桌上已经摆好了书立，座位又靠后，她想马东立肯定看不到她的小动作。

舒甜把座位往里挪了挪，距离江译更近，特别清晰地看到他挨着耳郭的耳骨处有两个小小的洞。

江译从来没戴过耳饰，舒甜以前也就从来没注意过。

舒甜压下想说的感叹词，压低上身趴在桌子上叫他："喂，江译哥哥。"

江译："嗯。"

"你有耳洞？"舒甜好奇死了，追问，"你什么时候去打的？"

江译："……"

江译眼神有些诧异，想了想，答："初中，好像是初二。"

"哇！"舒甜压低的声音依然听得出激动，"而且是在耳骨上的，我超喜欢这种。"

江译听到她说"超喜欢"，有些没反应过来。

"那个，你当初打这个的时候疼吗？"舒甜想打耳洞很久了，身边这么个活生生的例子，当然得探听点儿消息。

江译没犹豫："不疼。"

他打完耳洞之后由于没怎么护理出过一次问题，遭了挺多罪，但对他来说那种程度的疼也还好。

"真的吗？"舒甜太开心了，但还记得这是课堂上，用气声语速很快地说，"你在哪里打的？我也想打，我想打在这个地方好久了！我买了一堆耳钉在家里，就是没有耳洞。"

江译："……"

她想打？这次不像刚才的秒回，江译沉默了有一分钟。

舒甜听了一分钟的课，看着突然陷入沉默的同桌，不解地道："江译哥哥？"

"嗯，"江译抬起头，语气不容置喙，神色十分认真，"你别打，疼。"

听了江译的话，舒甜愣住了，笑容凝在脸上。刚刚她没听错呀，他不是说不疼吗？

“可是你刚刚……”舒甜话还没说完，就被打断。

“你听错了，我说的是疼，”江译说，“是你听错了。”

舒甜：“……”

江译的神色依旧没有丝毫开玩笑的意思，真实到她都开始怀疑是不是自己真的多听了一个“不”字。

马东立的声音不疾不徐地传来，不管是语速还是语调都很催眠，闻人一和刘然的游戏术语一个接一个地往外蹦，他俩手指点在屏幕上的声音舒甜都听得见。

她又不聋，怎么可能听错？！

舒甜虽然觉得有些莫名其妙，但也不想问了，随口哦了一声，收回视线重新看课本。

第三节是化学课。

化学老师抱着作业本进教室的时候，讲台下同学们一片叫声。

“老师你批作业也太快了吧？”

“就是呀老师，您不累吗？批慢点儿，我们不急！”

化学老师是位中年女老师，说话干脆利落，讲课风格也是。她拿着教杆敲了敲讲台边，说：“行了行了，别吆喝了！”

同学们差不多安静下来后，化学老师叫了课代表的名字，让他把作业本发下去。

“这次题这么简单，我批起来也很快，大部分人全对，少部分人错一道两道的，”化学老师顿了顿，视线飘到后排几个人身上，“就是有一个人，十道题错了九道，我都佩服你。”

还没上课，化学老师这话一出，下面的人就开始笑，舒甜立马把错了九道题的人对号入座了——闻人一。她帮江译改了作业，但好像把闻人一给忘了，那现在全班唯一一个十道题错九道的人就只有他了。

舒甜正这么想着，就听到闻人一特别有标志性的嗓音带着笑说：“十道题错九道，牛哇，真不知道是谁，哈哈哈，哈哈哈。”

舒甜：“……”

中午放学，闻人一去了趟厕所，再回到教室的时候，教室里只剩下江译。

江译是侧着坐的，跟平时上课差不多，倚着墙的姿势，手里举着手机，屏幕是横过来的，肯定不是在玩儿“吃鸡”就是在玩儿《王者荣耀》。

闻人一放轻脚步走近，却看到一个完全陌生的界面，于是又走到舒甜桌边，离得更近了看，界面粉了吧唧，花里胡哨的，什么玩意儿呀？

江译的手机屏幕正上方显示“请输入您喜欢的昵称”。

江译修长的手指敲键盘：JY。

“抱歉哟，该昵称已被注册，请您再想一个。”

闻人一忍不住吐槽：“这什么游戏？译哥你喜欢这种画风的？”

江译没理他，接着敲键盘：江译。

“抱歉哟，该昵称已被注册，请您再想一个。”

“哎呀，”闻人一看着急了，一把把江译的手机夺过来，咔咔打上字，点了确认。

“恭喜，昵称生效。”

“好了，给。”闻人一把手机还给江译。

江译接过手机，问：“你打了什么？”

“我打了……”闻人一本来要说的话被打断。

“天哪！里面是江译！啊啊啊，你快回来看。”

“真的假的？这都几点了他还……啊，居然真的是。”

“喂！你小点儿声！”

被打断话音的闻人一心想：你们都快喊破喉咙了，还知道小点儿声呢？

教室后门开着，他们这里离后门最近，因此外面的声音听得真切。

闻人一听完她们说的第一句就明白了，对着江译扬扬下巴，说：“你迷妹，啧啧啧，”他撇了撇嘴，“咱就算留级魅力也还是这么大呀！”

“话真多。”江译没接话，把手机锁屏起身，“去吃饭。”

闻人一直接身子后仰，跟门外那俩女生对上视线，道：“喂，江译真在呢，进来玩儿？”

两个女生可能是没想到会被人听见，瞬间羞红了脸，摆了摆手就跑了。闻人一兴味索然地把上半身收回来，重新把胳膊支在舒甜的桌子上，没想到正对上江译黑沉沉的视线，锋利如有实质。

江译：“你是不是欠？”

闻人一：“……”

闻人一开始转移话题：“啊，我觉得吧，那俩女生不咋好看。”

江译：“……”

闻人一：“嗯，反正是没有舒甜妹……咯，跟舒甜比是差远了。”

闻人一观察到他说完这句话，江译的脸色好看了点儿。

两人并肩出了教室，往食堂的方向走，闻人一打算继续夸：“我第一次见舒甜，就觉得这小姑娘太好看了，她得亏是在女校，初中要是在咱们学校，肯定是那种引起腥风血雨的妹子。”

江译：“……”

闻人一没意识到身边的人低气压开始弥漫，越说越来劲：“译哥，你不跟我一个宿舍，你不知道，舒甜座位不是靠后嘛，咱们班后边儿那群男生整天在宿舍里讨论女生，她被提名次数最多，从脸夸到腿，我看你妹妹八成马上就要被抢了。”

“闻人一。”一直没出声的江译突然打断他。

闻人一顿了一下，茫然地道：“啊？”

江译：“闭嘴会不会？你再说一个字试试。”

闻人一：“……”

妹控，不是夸妹妹会开心吗？这又是什么情况？

闻人一如江译所愿安静了一路，到了食堂，打完饭找了座位，拿起筷子刚准备开吃，“闻人一。”江译的声音从对面传来。

闻人一抬起头看过去。

江译眉眼、神情发冷，语气冷冷的，带着威胁："你宿舍那两个男生叫什么？"仿佛下一句他就会脱口而出"我去会会他们"。

闻人一："……"

今天江父、江母回家，还有江言。

江译中午没在宿舍休息，骑车到家的时候他们还没回来。

江译坐在沙发上看着手机屏幕主界面，想了很久，还是戳开了舒甜推荐的那款游戏。

其实这款游戏他下载三天了，只是看着那个油腻的图标，还没碰过。今天，闻人一被叫走之后，他上网搜了搜这个游戏的评价，在一堆女生"啊啊啊，啊啊啊，我老公 ×× 我爱他一辈子"的评论里，居然被他看到两个异类。

"我是男的，被我们班女生安利了游戏，我是来学撩妹的。"

"不少人说这款游戏可以学撩妹，玩儿了之后我信了。里面的霸道情话大家可以学一下，剧情虽然夸张，也不是不可用，祝好。"

论好的游戏评价对游戏推广的作用有多大，看到这两条看起来很真情实感的评论，江译坚决不玩儿的心就这么被说动了。

游戏界面加载的时候，四个男人的脸填满屏幕，他们除了发型和衣服，明明长得一模一样。

江译强忍着关掉游戏的冲动，游戏加载成功后，看到的是和刚才注册的时候截然不同的画面。

游戏特效做得不错，樱花瓣呈动态状往下飘，刚才出现的四个男人再次现身—— 一个推眼镜，穿着白衬衫；一个叼着烟，黄头发，戴着耳钉；一个穿着运动服，头上绑了个发带；一个穿着西装，身后背景是别墅和劳斯莱斯。

"亲爱的江译爸爸，库里斯汀金莉丝学院欢迎您！"

系统提示："江译爸爸，请选择您的初始理想型，该选项将会影响今后的游戏旅程。"

江译点了一下屏幕。

一号白衬衫站出来，头上浮现出一个对话框：“你好哇，我叫徐息，是你的同班同学，你的班长，请多多关照，江译爸爸。”

江译：“……”

什么爸爸？江译还没反应过来，系统自动切换新画面。

二号黄头发很跩：“喊，我的名字你不知道吗？王麟。我只说一次，听好了你这个女人——江译爸爸，不要招惹我。”

江译：“……”

这是之前取的那个昵称吗？

三号人物蹦跳着出场：“嘿，美女！你好哇！我是席连，我知道你的名字，江译爸爸是吧？走吧江译爸爸，带你打球去。”

江译：“……”

四号人物特效最多，他从劳斯莱斯上下来，身上还飘着花瓣：“我的名字想必不用介绍你也知道了，皇甫元，皇甫集团继承人。”画面一停，系统自动放大了男人的脸，而且是动画版。“来了，就逃不掉了，”男人邪魅一笑，口型也跟着变化，“江译爸爸。”

江译：“……”

江译的手机音量只开了两格，游戏的音乐声及这四个人介绍自己的那一小段话能听到一点儿，好在这些声音是早就录好的，没那么智能，昵称不会被念出来。仅仅是看着就让人浑身难受的昵称，如果被念出来，简直要人命。

平心而论，虽然从男生视角来看这款游戏肯定是无法接受的，但画质和画面及声音上，这款游戏做得还可以，不然这游戏论坛上也不会有那么多女生整天吆喝着“我把我老公13–4支线剧情里的语音录下来当闹铃一个月了”这样疯狂的言论了。

江译搞不明白的是，游戏开篇就是这么劝退的台词，这款游戏到底是怎么火的？

手机上叮的一声响，江译重新看过去。

“所有人物已经出场完毕，请您选择自己的理想型，除了皇甫元以外，选择谁，谁就将是您的同班同学。”

江译手指一顿，所以这是选皇甫元，四个人都不会跟他有关系的意思吗？因为高中生总裁的设定让他日理万机？

行吧！江译点了皇甫元。

“系统已经收到您的理想型。鉴于您选择的角色平时非常忙，所以不常出现在学校，其余三位和您都是同班同学呢。”

江译：“……”

游戏还能这么玩儿？这是什么脑回路？

系统那行字消失之后，屏幕左下方出现了一个女生的头像，中长发，规规矩矩的动漫人物形象，没什么特别。

“你叫江译爸爸，是来自克里兹区的一名少女，家境普通，长相清秀，因学习成绩优异而被贵族学校破格录取。”

“江译爸爸，点击旅程开始，就可以开启你在库里斯汀金莉丝学院的征途啦！”

“少女江译爸爸，帅哥、星辰和大海在等着你！加油！”

江译：“……”

这破游戏他是玩儿不下去了。

江译正准备退出游戏，家里的防盗门传来从外面开锁的声音。

这房子早在他们出国前就装修好了，暑假只是装修了一些边角的地方，钥匙每人一把。

江译锁了手机屏幕，从沙发上站起身的时候，门刚好打开。

“阿译。”江译听到熟悉的声音，抬头，看到熟悉的人。

江译为了赶上开学，提前回国，所以他们分开也才半个多月。江言比在医院的时候气色好了很多，只是看着依然偏瘦，脸色有点儿苍白，脸上的笑很浅，眼睛微弯，温润的样子一直没变。

江译拿着手机走过去，笑着打招呼：“哥。”随后他对江言身后的两人道，“爸、妈。”

“嗯，”江父在换鞋，“下午跟你哥一起去学校吧！我送你们。”

江译：“嗯。”

“这段时间都是骑车去的学校吧？以后早上你也不用骑车了，爸送你们。”江父道。

江译本来准备回房间，闻言停下脚步。

江译：“爸。”

“嗯？”江父疑惑地道，“怎么了？”

江译：“我……早晚还想骑车，你送我哥就行。”

“嗯？你……”江母也觉得奇怪，正要问出口，被一边儿喝水的大儿子打断：“爸，你送我就行了。”

江译注意到江言往这边看了一眼，眼底闪过笑意，随后对父母弯了弯唇，道：“阿译跟舒甜一起，你们别操心了。”

非常规的一周过去，第二周，学校的一切步入正轨。

第二周的头两天，舒甜也不知道是怎么回事儿，感觉自己好像突然变成了香饽饽，几乎每天都得被人找好几趟，而且找她的人都是女生，从校服可以看出来她们从高一到高三都有，最关键的是，自己一个都不认识。她们把舒甜叫出去之后的流程都差不多，看两眼，然后对她笑笑就走。舒甜觉得她们这样，自己像是动物园里被参观的猴子。

舒甜当了两天被人参观的猴子，周三到周五，又开始当起了鸽子——信鸽。

还是熟悉的配方，还是熟悉的那群人。曾经把她当猴子观赏的人纷纷拿着自己粉的、黄的、绿的、蓝的小信封再次赶来，说的话都相似：“你好同学，麻烦帮我把这个给江译好吗？谢谢你啦！”

舒甜就笑着回道：“不麻烦，不麻烦。”

舒甜奇怪了好几天这些人到底是怎么知道她的名字的，最后还是在姚月和原弯弯的指点下才知道附中也有校园论坛这东西，还挺火。

这一切的根源都来自一个叫作“江译在高一七班！而且他这次还有个同桌，是女生！”的帖子。

帖子的主旨大概就是，喜欢江译的姐妹们注意了，从前投递无门的情书终于有了归宿——江译的新同桌。

真相大白！

成为信鸽的舒甜其实对自己每天送的信非常好奇，但又觉得这么私密的事儿还是不要主动问比较好，可是每次她把信给江译，江译看都不看直接扔了，她也不好去垃圾袋里捡吧？！

舒甜没想到，当她再一次磨磨蹭蹭地把情书拿回来的时候，可能是她故意放慢的动作被闻人一发现了，他当即说道：“你是不是特好奇信里都写了什么？”

舒甜猛点头。

“就是比如‘我喜欢你’‘我叫 ×××’，再加上联系方式。”

舒甜不信，道：“骗人的吧？怎么可能这么写情书？”

闻人一：“懂行情的人都这么写。”

舒甜：“什么懂行情？”

闻人一笑道：“我们高一的时候，有个比江译高一届的才女追他，一天一封情书，封封不少于 800 字，文采很绝的那种，”停顿了一下，他说，但已经憋不住笑了，“然后人家问江译为什么无动于衷，江译说，她写的那些东西他看不懂，哈哈哈，我当时就在旁边，快笑死了，那女生伤心都没来得及，直接蒙了，哈哈哈。”

舒甜：“……”

舒甜于是看向故事的主人公，问道：“江译哥哥，你都不看的吗？不好奇？”

江译最近总是靠着墙玩儿手机，横着屏幕，不像是《王者荣耀》，因为他只有一只手在点屏幕，最精彩的还是他的表情，时而厌恶，时而恼火，总之就没给过手机好脸色。

啧啧啧，神了，真不知道什么游戏能让他这么讨厌却又欲罢不能。

江译抬起头，眼神有一瞬间的茫然，像是在反应她的话，直到注意到桌子上的新信封，才明白她在问什么。

江译摇头，道："不好奇。"

不等舒甜说什么，他又道："反正不可能。"说完，他接着靠回去看手机，时不时点点屏幕，眉头皱着。

"可是为什么不可能？"这句话在嘴边转了几转，最后被舒甜咽回了肚子里。

周四、周五来找江译的人少了点儿，但一天两三个还是有的。经过数天观察，舒甜发现来的次数最多、频率最高的还是高二的女生。这可能是因为江译本来应该上高二，所以在高二女生中比较出名，也可能是高一女生胆小，高三女生太忙。

总之，周五放学的时候舒甜是真正感到了一丝放松。太可怕了，江译的魅力实在是太可怕了。

周末两天，舒甜窝在房间里打游戏打得昏天黑地，终于从青铜打到了白银。

舒甜打完游戏，看了眼凌晨三点半的窗外夜空，睡觉前满脑子都是自己胜利、敌方水晶爆掉的场景。这可真是太不容易了！下星期冲黄金希望能顺利！

舒甜打游戏打得挺爽，起床却成了问题。

舒甜只睡了四个小时的后果就是头昏脑涨、眼睛疼，困得连车子都骑不稳，中途有一次还是江译伸手把着她的车把，不然当天可能会有"高一女生熬夜打游戏惨死街头”的新闻。

他们到了教室，前后左右桌纷纷发来慰问，闻人一的话最可气：“哟！舒甜你这烟熏妆画到眼睛下面了我是服气的。”

舒甜都不想理他，脑子也转不动，不知道该回什么，象征性地扯了扯嘴角，等江译坐进去后直接趴下就开始睡觉。

“舒甜，有人找。”

舒甜：“……”

“舒甜，在吗？有人找。”

舒甜猛地坐直，幅度很大，余光扫到身边正在喝水的人动作顿时停住，她心情太差，直接站起来走到正门。

门外站着三个女生，她们都穿着校服，中间的女生最漂亮，旁边的两个女生挽着中间的女生，看见她出来，三个人往前走了一步。

“那个，你好，你就是舒甜吧？”最漂亮的女生问道，声音细软，跟长相很符合，“请问你是江译的同桌吗？”

又来了！又来了！小学的时候自己也整天跟在江译身后，怎么没这个烦恼呢？难道是因为小学生的文笔和思想还没成熟到能够写情书的地步？

想起上星期也有这种时候，舒甜刚才被吵醒就一直憋着气，现在听到这话，火气噌的一下蹿到了头顶。

舒甜没回答她的问题，直截了当地道：“几班的？叫什么？”

女生愣了一下，才回：“啊，哦，许昕，高一六班的，那个……”

许昕话还没说完，面前的女孩子面无表情地点点头，说：“那你在这儿等着。”

舒甜的黑眼圈儿在白嫩的皮肤上很明显，表情也不算太好，头发有些乱，穿着校服站在门口，清晨的阳光洒在她身上，却依旧好看得令人挪不开眼。

舒甜揉了揉脸，转身进教室前还在叮嘱：“别走哇，等我一下。”

许昕：“……”

许昕来之前，听说江译的同桌是个女生，性格很好，比江译好说话得多，但真正见到之后，就有些不是滋味了，原来江译的同桌长得这么好看。

教室里同学们干什么的都有，如收作业的、擦黑板的、说话的、打闹的，舒甜穿过人群，拿着情书回到座位旁，就站在桌边也不坐下，盯着江译。

江译懒懒散散地靠在椅子上玩儿手机，睫毛垂着，密而黑。可能是舒甜的目光太过炙热，大概过了五秒钟，江译似有所觉地抬头朝这边看过来。

江译知道有人把舒甜叫出去了，但没注意到她什么时候回来的。

平时总笑着的小姑娘此时一脸严肃，黑黝黝的杏仁眼一眨不眨地盯着他。

江译直起身，把手机放下，问："怎么……"

舒甜截住他的话："江译。"这两个字说得很慢，声音脆生生的，就算语气不怎么好，听着也觉得好听。

江译愣了一下，这好像是她第一次直接喊他的大名。

"外边有人找你，"舒甜指了指正门的方向，"你现在就去告诉她们你没有同桌。"随后，她细白的手指夹着什么东西一甩，朝江译飞过来，江译下意识地接住，一个鼓囊囊的粉信封，上面写着"江译收"。

江译再次抬头，小姑娘平常总能看见的梨涡不见了，而现在这种十分罕见、一脸冷漠的样子居然有点儿说不上来的可爱。

"以后你自己的情书，"她明显在生气，眼睛睁得大大的，指着桌子上的粉信封，一字一顿地道，"自己去收。"

舒甜没用多大音量，除了他们俩，别的人都在忙自己的事儿，没人往这边看。

舒甜说完也没坐下，今早她的状态他也看到了，的确是困得不行，一来教室把自己的作业本分给前后左右的同学后就开始趴着睡觉。小姑娘黑眼圈儿很重，但皮肤特别白，比不上漫画里那种有点儿夸张的熊猫眼，但在她脸上就莫名地有些喜感。而且她说的什么话，什么叫"你现在就去告诉她们你没有同桌"？明知道她在生气，江译心里却只想笑，她怎么能这么可爱呢？

江译手里的游戏正卡在要选选项上。

[？] 江译爸爸，好惨噢，这道题不会做，该问谁呢？

A. 徐息吧，他学习那么好，又是我同桌

B. 王麟吧，他虽然倒数第一，但他长得帅呀

C. 席连吧，他虽然学习不如我好，但他人活泼开朗，聊聊天儿也好呀

D. 打电话给皇甫元，电话指导也很甜蜜呀

江译前一秒还在分析，以他现在攻略的好感程度，选谁能听到土味情话，现在还选啥，只得默默地把手机收起来。

舒甜站在旁边催他："人家在外面等着呢，你快去。"她强调，"等你呢。"

江译这次没沉默太久。

"好，"江译放下手机站起来，对舒甜点点头，"我去跟她说。"

随后江译从里面的座位出来，经过舒甜身边，不可避免地有一点儿肢体接触，淡淡的木香一飘而过。

高一上星期一就发校服了，虽然学校没有规定说不穿校服就不准进教室，但所有人都穿上了蓝白相间的运动款校服。

江译拿了校服就没穿过，始终是自己的黑、白T恤轮流着穿，偶尔下雨的早上降温，就套个外套，里外的衣服基本都没有图案。

舒甜也非常想向江译看齐，但是不敢，她要是有样学样的话可能会被梁韵的口水淹死。不管她心里想干什么，好学生的形象还是要维持一下的。

江译走出教室这一路，过道很挤。

语文课代表站在李卫身边，吆喝："季文彬你抄快点儿！快上课了。"最后的尾音减弱、上扬，因为江译正卡在她身边，微微侧过脸跟她说了句什么。

舒甜眼睁睁地看着语文课代表狂点头，抬头瞄江译一眼，一眼，又一眼。这姑娘的脸开始变红，江译人都走了，她还留在原地脸红，作业也忘了催。

舒甜："……"

舒甜想到门外还有仨女生，忍不住抬头看天花板，翻了个白眼。

果然，江译的杀伤力可怕呀！

江译很快回了教室。

可能是因为江译总在教室后边，也就是在后门到座位那一两米范围内活动，不知道是不是舒甜的错觉，这么一个惹眼的存在一出现在前门，教室里好像都稍微安静了几秒。

舒甜给江译让位子，看着他坐进去，全程无话。

舒甜坐好之后，余光扫到江译拿起刚才她甩到桌子上的信，然后塑料袋的声音响起，跟以前一样，他把信扔进了垃圾袋里。

他一封信都不拆，还真是一视同仁！

舒甜一边拿出一会儿要用的语文课本，一边留意着身边的动静，江译倒是没干什么。

季文彬回过头对舒甜摇了摇手里的本子，说："舒甜我抄完给你一起交上去了，化学、生物的作业本。"

舒甜点点头，回："好哇，谢谢了。"

季文彬立马夸张地道："是我们谢谢你好吧！我这辈子就没抄过正确率这么高的作业！上次不知道你学习这么好，抄了个全对真是太丢人了。"

舒甜："……"

舒甜的作业总是被借来借去，季文彬这种话她都听习惯了。

舒甜从小学开始学习就很好，初一的时候也是年级里数得上的名次，但是初二认识林以桉之后，一切都变了。林以桉那儿八卦故事太多了，她跟着林以桉也干了不少事儿、跑了不少地方，生活变得充实了，学习成绩自然就降下来不少，本来稳坐第一的宝座，后来勉强能在班级里排个第五名左右。

舒甜笑了笑，说："那你记得改错两道。"

"两道能够吗？"季文彬也笑嘻嘻的，"怎么也得五六道。"

两个星期下来，关于季文彬和李卫，除掉最开始对江译的恐惧让他俩看起来唯唯诺诺的，舒甜发现其实前面这俩男生身上的朝气不比闻人一差多少。

江译从刚才回来就沉默着，前面两个人、后面两个人聊得热火朝天，他们这儿反而比上课还安静。

舒甜气了这么一通，该发泄的也发泄了，狠话虽然不怎么狠，但也是放了的。其实她仔细想想，这事儿也不能全怪江译，毕竟这些人不是他组织的，帖子也不是他发的。

舒甜其实是不想继续这样的，但是要怎么和好也是个大问题。

他们就这么不尴不尬地上了一节马东立的课，下课铃声一响，舒甜立马出了教室，直奔林以桉的教室。

舒甜这么做有两个原因。首先是她刚刚发了脾气，不知道要怎么跟江译待在一块儿；其次就是她真的不想再被江译的迷妹们叫出去了。

她怕了，她认输。敌方太可怕，所以她决定采取鸵鸟策略。

舒甜到了九班，她知道林以桉惯常坐的位置跟七班闻人一是一样的——后门守门员，而且从来没有同桌。

嗯？

舒甜在九班教室没看到林以桉的影子，她干干净净只放了一本书和一个水杯的桌子旁边居然坐着一个人，是个男生，他上半身的腰背处被凳子挡住，腿倒是很长。

舒甜盯着那个背影，简直不敢相信自己的眼睛。

舒甜不知道是不是自己的视线穿透力太强，那个男生被盯了几秒钟后转过头。

男生黑发黑眸，长相是没什么棱角和攻击力的那种好看，脸部线条很柔和，脸色带着一丝病态的白，唇色也很浅，脸上是明显愣住的表情。

舒甜也愣住，她在想这人的脸怎么这么眼熟呢？她什么时候认识的这种极品帅哥怎么不记得了呢？

“啊！”舒甜的记忆像是被打通了一样，她靠在门边，小心翼翼地道，“你是不是江言哥？”

“对，你还记得我呀？”少年笑了，“舒甜，好久不见。”

舒甜："好久不见。"

如果说舒甜之前还有什么不确定的话，那在她看到这人的笑容之后，疑惑全都不见了。她一下子把面前这个人和小时候记忆里那个很温和的大哥哥重合。每次江译带着她玩儿过头回家，都是江言跑完这家跑那家，让他们免受责骂。

"你来找谁？"江言的声音听起来很舒服，"她吗？"他指了指身边的桌子。

舒甜看着林以桉的桌子，点了点头，道："啊，对的，你……"

"来来来，都回到座位上，把课本拿出来。"舒甜话还没说完，九班的老师已经进了教室。

舒甜很识相，对江言说："也没什么大事儿，我过会儿再来吧。"她对江言笑了一下，摆摆手，"江言哥再见。"

九班在走廊尽头，舒甜转身走了还没两步远，这一趟要找的人正好站在面前。

林以桉手上滴着水，明明清纯的眉眼愣是被她的气质衬得偏冷，舒甜的视线跟她对上，一时间一肚子的话不知道该先说什么。

林以桉这人傲娇到了一定程度。招惹她的，她十倍还回去还能余下点儿，但对她喜欢的，她平常也是冷冰冰的样子，除非真遇到什么大事儿了才能看出她那珍贵的小情感，比如姐妹情深什么的。

舒甜好多年不见江言，但印象中这真是个被江家叔叔阿姨保护得严严实实的易碎品，尤其是在江译说了他这半年都躺在病床上的经历之后，虽然寥寥几句，但是她听了就觉得难过。

舒甜出来好几分钟了，眼看着快上课了，于是决定长话短说："江言哥，啊，也就是你同桌，他叫江言你知道的吧？"

林以桉看了舒甜一眼，眼神像在说"有话快放"。

舒甜拍了拍林以桉的肩膀，轻声说："他身体不太好，真的！"

林以桉："……"

舒甜语重心长地道："所以林小桉，你可千万别气他，你跟江译打架可是我最不想看到的场面。”说完，她叹着气走了。

林以桉：“……”

舒甜不知道出来这趟有没有把来找她的江译的迷妹们躲掉，但从后门回教室时她心情好了不少。结果她刚一进门就差点儿迎面撞上一个人，舒甜及时止步抬头看，两人俱是一愣。

江译手里拎着水杯，空的，估计是要去打水。

舒甜侧身给江译让了一下位置，闻人一就在旁边，只见他大大咧咧地往后一靠，拿着水杯往后递，说道：“给我也打杯水呀，谢了译哥。”

舒甜沉默地看着两人交接水杯。

江译接过杯子，没立刻走，但也不说话，就这么站着。

闻人一观察这两人，平时他们挺和谐的，今天怎么奇奇怪怪的？但他也没看出来什么端倪，催促道：“喂！译哥，干什么呢？你俩这是啥？语文课本上咋说的？执手相看看对眼儿？”

舒甜：“……”

舒甜深吸一口气，觉得在这儿当门神实在是太丢人，于是率先侧身经过江译身边走进去，到了自己的位子，听到身后刘然老实巴交地说：“哥，那叫执手相看泪眼，好像是两个人看着看着看哭了的时候才能用。”

闻人一：“得看哭了才能用？这么悲情吗？那这句诗根本就用不上吧？”

舒甜：“……”

舒甜翻了个白眼，觉得柳永的棺材板要压不住了。

下节课是生物课，舒甜刚坐下把书拿出来，刚才出现在后门说要去打水的人就站在了她的桌边。

舒甜疑惑，他再怎么快，两杯水也不至于一分钟就打完吧？他都走不到打水的地方啊！

事关闻人一的水源问题，舒甜立刻就听到他在后边嚷嚷：“哎，译哥，怎么回事儿啊，现在就回来了？我这杯子还空着呢。”

江译都站在桌边了，舒甜自觉地站起来给他让座。

江译进去，落座，非常淡定地说：“那边没水了，你下节课自己上楼接。”

闻人一：“哦，那行吧。”

没水了？舒甜瞄了一眼自己的同桌，只见他面不改色，再看一眼，她忍不住了。

舒甜怕被闻人一听到之后闹，就把自己藏在书立后面小声说：“我出去的时候看到了，很多人装满水回了教室。”

江译：“……”

舒甜：“水房肯定是有水的。”

江译：“……”

“你骗人。”舒甜下了定论。

江译：“……”

他刚才只是想去看看舒甜去哪儿了，杯子是幌子，谁知道闻人一把杯子也递过来了，那总不能直接拒绝，所以只得顺势接了闻人一的杯子。

不管因为什么，江译觉得小姑娘肯开口说话已经是一大进步。他想了想，问：“你还生气吗？”

“我没有生气。”舒甜一本正经地纠正他，“我说得不对吗？你自己想想。”

江译顿了一下，疑惑地道：“嗯？”

舒甜：“自己的情书应该自己收，这不是应该的吗？”

江译：“对。”

上道儿！得到这个答案，舒甜在心里单方面宣布这场以江译美貌为起因的冷战到此结束。

高一的课程还是挺丰富的，周一还有美术课可以上，虽然不去学校画室，只是在教室里学理论，那也比学枯燥的字母、数字强多了。

美术老师讲课的时候，下面倒是安静，只不过所有带着手机的同学都以各种姿势藏在书立后面玩儿手机。

江译又横着屏幕在那边戳呀戳，不知道在玩儿什么。

舒甜本来准备打开《你问我答》去看看“小男生”近况如何，准确地说是恋爱技巧学得如何，但还没等她打开呢，微信来了两条消息，是宿舍三人群里的。

原小弯：“@ 姚小月 @ 舒小甜 快来看哪，啊啊啊，啊啊啊，我在线尖叫！”

原小弯：“亮点在 156 楼！”

原弯弯发来的是一个帖子的链接，题目舒甜很眼熟，就是把江译新同桌给暴露的帖子。

反正闲着没事儿，舒甜戳进去，跳转到校园论坛。帖子楼层已经超过 100 层，她开始往下翻，找原弯弯说的楼层。

156L 匿名：“说两句呀，江译今天才知道这个帖子。我是江译班的，他不想注册账号，所以派我来发一句话。江译说，再有去他们班以各种理由骚扰舒甜的，来一个揍一个。”

157L 猫腻：“……”

158L 译哥头号迷妹：“迷妹有一些伤心。”

159L 喀嚓喀嚓：“生病了躺在医务室床上睡不着的我打开我收藏的帖子……现在更睡不着了。”

160L 嗯：“楼上的都是什么鬼？这说不定是哪个路人随随便便说的，你们这就信了？”

161L 猫腻：“回楼上，那是江译，反正我信了，我不敢赌，小命要紧。”

162L 译哥头号迷妹：“虽然我是迷妹，但是楼上 +1。”

163L 小命要紧：“+1。”

…………

这个消息是谁发的？是江译找的人，那应该是闻人一？可是这个语气也不像啊！舒甜还没想明白，屏幕最上方弹出来新的消息。

姚小月：“啊啊啊，我的天哪，好宠啊！”

原小弯：“姐妹儿，来一遍。”

姚小月：“走起！”

原小弯：“哪个女生再来我们班以各种理由找舒甜的，呵……”

姚小月：“来一个揍一个！”

舒甜：“……”

朋友，你们怎么这么多戏？

她们住一个宿舍半个月了，舒甜对这两人发起疯来是一点儿办法都没有，她们能自顾自疯够为止。

上星期姚月说看到舒甜给江译讲题了，江译非常乖巧、认真地听着，场面特别感人，她还冒着风险拍了照片留念。说江译乖巧、认真就算了，舒甜想不通那个场面有什么可感人的。不提江译上课睡觉的那些时间，他上了高中以后是真的爱学习了好多。可你也不想想毕竟他是因为四门功课不及格才来的高一，好好学习多正常啊！

舒甜看她们在微信群里疯了半天，闲着没事儿干，重新点进帖子看了一眼。

帖子跟刚才的走向差不多，基本上就是发“嘤嘤嘤”和“敢问江译跟舒甜真的是纯洁的同桌关系吗”的两拨人。

舒甜看到最下面一条怀疑他们关系的消息，忍不住回复：“关系纯的，纯洁得不得了。”她发完就锁了手机。

舒甜看了眼美术老师，偏过头小声喊：“江译哥哥。”

江译本来皱着眉在看他横着的手机屏幕，表情是一贯的一言难尽，他看过来的时候，眼睛里的不解与厌恶还没消散。

舒甜表示疑惑，所以他每天到底在玩儿什么？这么烦还非要一直玩儿？

江译看了舒甜几秒，舒展眉头，恢复常态，问：“怎么了？”

其实舒甜刚才在门口就想跟他说了，一直憋着，现在再也忍不住："我刚刚去找林以桉的时候，看到江言哥了，他在九班。"

"嗯，"江译点点头，"他上周回来的，我忘了跟你说。"

而且江言有江父接送，放学时间跟他们也不一样，舒甜碰不到也正常。

"他同桌居然是林以桉，你知道吗？"舒甜想想林以桉的性格，还是有些担心，"你说江言哥是心脏不太好吧？会不会像电视剧里演的那样，气急了就晕过去？"

舒甜问完，发现江译的表情凝固了一瞬。

江译沉默了几秒，说："不用担心，我哥……对林以桉这种人，特别有办法。"

舒甜："……"

这人怎么好像一副经历了很多的样子？不过既然他这么说，那应该是没什么问题了。

舒甜手机快没电了，她伸进书包想摸个充电宝出来，结果却在书包底部摸到了硬硬的圆球，圆球上带着一根棍儿。

啊，棒棒糖。

舒甜每天早上出门之前都带几根棒棒糖，到了教室就给他一根，偶尔自己想吃也会拿。

舒甜今天早上一来就睡觉了，后来又冷战，到现在棒棒糖也没给江译。

舒甜刚刚看完那个帖子，其实心里还是有那么一点儿，也就一点点的感动。为了表达一下，就把糖给他吧！

这么想着，舒甜慢吞吞地摸出那根棒棒糖，放在两人桌子中间的缝里，又慢吞吞地推到旁边的桌子上。

江译那边的游戏进程已经到了"交心"那一章。这游戏是有剧情线，又要抽卡来走卡片剧情赚好感度从而去到下一个副本的模式。每一张卡片都会有一个查看评论的功能，可以看到同样抽到这个剧情的人留下的评论。

"啊啊啊，啊啊啊，拐弯抹角的息息妈妈爱你，呜呜呜，你怎么这么可爱！”

“打卡！集齐了所有人的表白卡，四个人里的表白最喜欢息息的！”

…………

江译刚抽到一张徐息的告白卡，评论都是这种画风。他虽然能看到评论，却因为好感度不够而无法解锁这张卡。江译卡在“交心”好多天了。

不光徐息的，他充钱抽了几张卡，四个人的告白卡都集齐了，但居然没有一个人的卡片可以解锁，全是灰色的，没有一个人可以跟江译爸爸告白。

江译就没玩儿过这么憋屈的游戏，肺都快气炸了。

江译看着再次弹出来的“解锁失败，请继续努力哦江译爸爸”的提示，差点儿摔了手机。

江译深呼吸，闭了闭眼，再睁开眼睛的时候，视野内的桌子上多了个什么东西。他往旁边一扫，原来是形状很圆的一颗糖，带着一根白棍儿，是他每天都吃的那种；再往下看，捏着棍儿的是两根细白的手指，舒甜的校服比起她的体形要大不少，袖子又宽又长，把手遮住了一半，衬得手更小。

江译刚才的烦躁瞬间消失。

舒甜把糖放下后，手指也缩了回来，声音更小了：“我早上忘记给你了，现在给。”

江译看到舒甜眼神躲闪，不敢跟他对视，差点儿忍不住笑出声。他拿过糖，开始撕糖纸。

舒甜虽然没有直视他，但刚才瞄到他脸上的笑意，听到包装纸被扔进垃圾袋里的轻微声响，才回过头。

两个星期过去，舒甜算是发现了，江译是真的很喜欢他右边那堵墙，他可以侧着靠、背靠不说，书立跟墙壁形成的那个角落还能给他挡掉无数老师的目光，让他能够睡个好觉，虽然可能也没有老师会管他。

舒甜瞄到江译把棒棒糖送到嘴里，对着她的这半边脸鼓出来一块儿，白色的塑料棍儿从唇边露出来，刚刚那种酷酷的气质瞬间被破坏，舒甜的心脏突然跳乱一拍。

美术老师在讲台上侃侃而谈，座位上的少年半靠着墙，垂着眼睫，嘴里叼着糖，微微蹙眉盯着手机，修长的手指时不时点一下屏幕。教室里的光线强度刚刚好，这个角度刚刚好，一切都刚刚好。

舒甜就这么看着，过了几秒钟，突然生出一股想把这个瞬间拍下来的冲动，这种感觉真是莫名其妙。

S 大附中高中部有个惯例，每年开学的第四个星期的周一都要找个晚自习来开动员大会。

前两个星期大部分学生的心还没从假期里收回来，第四个星期一开始，还差两个星期月考，这时候搞这种激励性活动正合适。

开学第四个星期的周一，也就是今天，走读生也不能离开学校，要跟住宿生一个时间放学。

“因为礼堂座位有限，所以只有高三学生会过去看，咱们高一的在教室看看大屏幕上放的实时跟进录像就行。”马东立笑眯眯地站在讲台上解释，“希望同学们好好听听，不要觉得高考离你很远，虽然说三年是稍微有那么点儿远。”

他说到这儿，本来无精打采的同学们瞬间笑出声，胆大的同学回道：“老师不要给自己拆台呀，哈哈哈。”

“就是，老师您这怎么还前后矛盾上了？”

马东立也不生气，耐心地道：“我就是想说，你们要是往近了看，这不是快月考了嘛，听听这个绝对有帮助。王主任——咱们年级主任都知道吧？”

“知道。”

“谁不知道王大疯，啧啧啧。”闻人一的声音从后面传来。

“王大风？”舒甜从来没听人说过年级主任的名字，都直接叫王主任，“他叫王大风？”

闻人一：“舒同学，你思想这么单纯？这是疯子的疯，王大疯子的意思。”

江译刚好看过来，舒甜跟他对视一眼，对闻人一点点头，道：“哦。”

马东立接着说：“咱们王主任哪，每年为了这个大会真是绞尽脑汁、呕心沥血地给你们写稿子，据说这回熬了两个通宵，千万得好好听、用心听，知道了吗？”

大会准时开始。

期望越大，失望越大，舒甜觉得马东立不是屈于王主任的淫威就是收了广告费——就王主任这个普通话、这个演讲稿，他熬了两个通宵？怕是两小时赶出来的吧。

舒甜百无聊赖地看周围的人，左边的一桌两人都是学霸，就这种会还记笔记呢，牛！前面两个理所当然地睡着了，后面两个也是，右边的也是。她这周围一圈儿五个人全睡了，众人皆醉我独醒，挺好。

王主任接下来的讲话越来越无聊，让人越看越困，还没等舒甜加入睡觉大军，室内所有的光源突然同一时间消失。大屏幕变暗、白炽灯灭了，从窗外能看到对面的楼也在一瞬间变得漆黑。

“噢……”教室里一片哗然。

居然停电了！这么难得的事儿，没想到刚开学四个星期就碰上了。

教室里瞬间炸开了锅，一直到讲台的方向传来马东立整顿纪律的声音，下面的人才稍微收敛了一点儿，但情绪依旧高涨。

舒甜注意到身边的江译抬起头，一动不动地看着前方。

舒甜适应了黑暗的环境，叫了他一声：“江译哥哥，停电了。”

“嗯。”江译应了一声，停顿了得有十秒钟才再次开口，沙哑的嗓音听起来有些迷茫，“看到我的水杯了吗？”

舒甜以为他刚睡醒，估计还不适应这种黑暗，就伸手去给他拿水杯，没想到他的手也刚好往那个方向摸索，于是他的手就这样准确无误地完全覆盖在了她的手上。

江译的手比舒甜的手大很多，舒甜掌心微凉，手背被完全包裹住的时候很舒适，陌生的肌肤触感让舒甜愣住了。

闻人一早在第一个人叫出声时就醒了，意识到停电之后，他缓了缓眼睛，才隐约看清现在教室的大致轮廓，看了一圈儿，其实还是困，正准备趴下接着睡，就听到了以下对话。

“江译哥哥，停电了。”

“嗯。”熟悉的声音带着浓浓的倦意。

这电应该一时半会儿来不了，闻人一闭上眼想再睡一觉，但前面两人的对话一直往耳朵里钻。

“江译哥哥？”舒甜说话声很小，但是辨识度在一片嘈杂声中依旧很高，“你看得见吗？”

“嗯？”江译的声音这么听居然有点儿性感，“你看到我的水杯了吗？”

“哎，就在这里，你摸到没？啊！”

舒甜短促地啊了一声之后，不知道发生了什么，两人的声音同时戛然而止。

嗯？闻人一心里生出一万个好奇，这是摸到什么了？他在好奇心的驱使下，默默地往前挪，靠前边近了点儿，接着竖起耳朵听。

舒甜再次开口的时候，莫名带着几分尴尬：“你还看不见吗？”

啧啧啧，闻人一翻了个白眼，换了个姿势趴着。

高一的时候有人来找碴儿，约的晚上十点，两拨人在黑灯瞎火的地方打架。当时闻人一其实都打蒙了，有时候都不知道自己打的是敌人还是兄弟，反正抓着就揍。然而他们有江译，别说有路灯了，就算连月光都照不进去的胡同里他依然能够拳脚生风，仿佛眼睛能够看破黑暗。

闻人一记得当时他想打开手机手电筒，还被江译嘲笑，说他夜盲。所以，不管是谁看不见，江译也不可能看不见。

“嗯，还是看不见。”江译的鼻音很重，却是十分认真的语气，“我好像有夜盲症。”

闻人一：“……”

闻人一腾的一下坐起来，连带着本来没醒的刘然都被他的大幅度动作弄醒了。

夜盲症？这已经不是他在这学期第一次生出这种感觉了，江译绝对有问题。

第五章
总会想起你

这次的停电持续了大概有十分钟，一群人在黑暗里玩儿得不亦乐乎的时候，头顶上的灯一盏接一盏地亮起，整个教室瞬间亮如白昼，没给人反应时间，所以被强光刺得捂着脸趴在桌子上的人不在少数。

大会也开不下去了，马东立说高三那边依然在礼堂开会，高一、高二剩下没看的部分，会在下周班会课上由班主任播放录像。

走读生陆陆续续地离开教室，闻人一也是走读生，但他跟家里说的是正点放学时间，没想到能提前放学，因此只能坐在教室里等。

闻人一看着江译和舒甜从他身后有说有笑地出了教室，或者说是舒甜一个人说说笑笑，江译在她身边听，偶尔回复一句态度也特别好，总之就是很和谐，联想到刚才那一幕，他现在看这两人是怎么看怎么觉得不对劲，或者说是看江译一个人不对劲。

闻人一最开始就觉得，江译从国外回来后就变得特别不正常。准确地说，江译是从搬完家、在小区后面见到舒甜的那个下午开始变得不对劲的。

先是之前那次。

他们一伙儿从初中通宵打游戏开始，那么多次，江译是从来没有中途退过场的，巅峰时期甚至 kd（kill/death，杀敌数与死亡次数的比例值）能超过主播的江译对游戏一直都有非常浓厚的兴趣，他就不信了，出了趟国，江译连这爱好都能变？

再然后，就是他去江译家那次，更是疑点重重。

首先，他确认了江译是妹控，这就算了，毕竟舒甜那样的妹妹给他，他也愿意当妹控。

重点是江译为什么撒谎呢？为什么让自己给舒甜讲他好好学习的事儿？

马东立提的问题，他连自己的理想都懒得编，还说爱好是学习？

就刚刚，江译那俩 5.0 的眼睛都能跟 X 光比了，为什么还在那儿扯自己有夜盲症？

而且从舒甜的反应来看，江译重读高一的原因应该也没告诉人家。

不是，学习不好有什么丢人的？换句话说，就算丢人，从初中到高中他都这么多年不好好学习了，怎么突然有了羞耻心和上进心？

哦，对了，江译最近连《王者荣耀》都不打了，迷上那什么四个校草与少女恋爱游戏了！

…………

闻人一要不是确认过揍他时候的身手的确是江译，真觉得这人可能是被魂穿了。

最关键的是，所有的一切都是在舒甜面前，江译才跟抽风一样反常。

这叫什么呢？

闻人一觉得单纯地在妹妹面前要面子、妹控，这些都无法解释江译的行为，所以真相只有一个。

放学的时候八点多，舒甜本来还担心路上如果很黑的话江译要怎么办，但没想到从学校到家这一路，包括自行车棚都有很亮的路灯照着。

他们到了家门口道别，舒甜回家之后洗完澡，拿出手机，趴在床上打开和“小男生”的对话框。自从给他推荐这款游戏后，舒甜发现两人聊天儿次数明显多了起来。

舒甜开始打字：“姐姐来了，最近有什么进展？”

那边隔了一分钟才回。

gosk08：“破游戏！”

Snlwkst：“游戏怎么了？”

男生大概描述了一下自己的状况，总之就是四张告白卡都集齐了，但是一张都没能解锁，因此很生气。末了，他又发来一句：“而且我之前充钱了，还是解不开。”

看到这句话，舒甜实在是忍不住笑出了声。她翻了个身打字：“姐姐花了两个小时就攻略完了四个人的告白卡，你截个图，我指导指导你。”

那边隔了一会儿才回复。

舒甜打开图，哟，还知道给游戏 ID（identity document，身份标识号码，也称序列号或账号）打马赛克，看长度，ID 应该是四个字。

这张图舒甜从来没见过，这个剧情都是灰色的，画面里，皇甫元邪魅的脸十分严肃：“××××，不要再纠缠我，上次你已经伤透了我的心，以后不要再见面了。”

这是什么东西？他干了什么才会出现这个？

Snlwkst：“你理想型选的谁？”

gosk08：“皇甫元。”

Snlwkst：“……你为什么不选一个贴近自己的校园人物？选霸道总裁干什么？”

Snlwkst：“算了算了，我教你。”

舒甜回忆了一下自己攻略皇甫元的过程，开始打字。

Snlwkst：“我记得皇甫元的关键剧情是，你放学之后去他办公室找他，结果发现了女人的裙子，还有他衬衫上的口红印，是不是？”

那边很快回复，并且纠正她。

gosk08：“不是裙子，是内衣和口红印。”

这个剧情舒甜刚玩儿过去没几天，隐约记得那几个选项，无非就是相不相信他。

选相信他，或者不闻不问选择冷战，还有一个激进派，好像是扇巴掌，反正是个一看就知道是错、有点儿智商都不会选的答案。

Snlwkst:“你选了什么？应该不是相信他吧？相信的话已经通关了，你选了冷战？”

gosk08：“为什么选择相信？”

gosk08：“当然选扇他一巴掌啊！”

舒甜：“……”

怪不得这么简单的恋爱游戏都有人过不了关。

Snlwkst：“不是，这种剧情不管在恋爱游戏还是言情小说里，百分之百都是误会，不可能真的有什么。你不能选扇巴掌啊，选完了好感就成了负数，你应该选相信他。”

那边秒回。

gosk08：“我凭什么相信他？”

gosk08：“不管什么原因，能造成这种误会的都是傻子。”

舒甜：“……”

凭什么相信他？舒甜竟然无言以对。听听这义愤填膺的语气，他当时发现皇甫元身边有女人内衣和口红印的时候一定气炸了。

舒甜又看了一遍“小男生”发过来的那句话，忍不住趴在床上笑出了声，这意思是他不会搞这些？他真是一个纯情又正直的“小男生”。

但是舒甜依然要实话实说。

Snlwkst：“你不原谅、不相信，你一辈子都过不去了，兄弟。”

gosk08：“那就不过了。”

舒甜翻了个白眼，给出中肯的建议。

Snlwkst：“看你这么刚正不阿，眼睛里比女人还要容不下沙子，你还是去攻略徐息吧！”

Snlwkst：“温柔学霸人设，超多女孩儿喜欢，他说的情话也不油腻，适合学生。”

那边隔了很久才发过来消息。

gosk08：“你不早说。”

舒甜跟“小男生”深入探讨游戏到凌晨一点半，熬夜一时爽，起床则成了困难户。舒甜起晚了，一睁眼，看向房间里的时钟，还有20分钟上课。

舒甜瞬间从床上弹坐起来，摸到枕头边的手机，想给江译发微信让他先走，打开手机就看到屏幕上显示一分钟前江译发来的两条消息。

JY：“你起了的话先走。”

JY：“我刚醒。”

舒甜飞快地打字回复：“我也是，我也是！刚醒，快去洗漱，五分钟后见！”

梁韵女士正在客厅摆早餐，跟舒爸爸你侬我侬地喂面包片，简直没眼看。

七点四十五分，舒甜洗漱完换好衣服，拿了盒奶就冲出家门。

今天第一节课是英语。

英语老师是九门任课教师里最不符合画风的一个，学生出点儿错就“怼”，脾气差，不好惹。

舒甜跟江译火速赶到，同时出现在班级门口的时候，时钟的分针正指着数字五——八点零五分。他们迟到了五分钟。

英语老师在同学们的注视下背着手走过来，慢悠悠地道：“几点了？”

“八点零五，老师。”舒甜飞快地答道。

英语老师挑眉道：“那你们俩这同进同出的，是约好了？”

这点舒甜倒是没想过。她总不能说“老师我们俩住对门，每天一起上下学，刚刚好今天又同时起晚了”吧？

舒甜怕江译实话实说，于是抢着答道：“老师，我们是在教室外面偶遇，不是约好的！”

“偶遇？”英语老师推了推眼镜，冷嘲热讽地道，“偶遇不知道一个一个地进？你俩这遇到了就一起进，气我是吧？”

舒甜：“……”

您这是什么脑回路？

英语老师也没太为难他们，很快松了口：“赶紧回去坐好！一迟到一桌都迟……”

英语老师放他们回去座位的话还没说完就被另一道声音打断：“报告！”

舒甜咬着牙闭了闭眼，心说闻人一你挑什么时候不好，非得这时候到。

“哎哟，”英语老师果然上头了，“闻人一，你也是跟这两人偶遇的？你们三个座位在一块儿，怎么，迟到还约好了？”

班里的同学虽然没闹出什么动静，但舒甜面对同学的方向，能看到有人在英语老师背后对她挤眉弄眼，幸灾乐祸，舒甜回了动作幅度最夸张的姚月一个万分无奈的白眼。

英语老师：“舒甜，你还敢翻白眼？！”

舒甜：“……”

舒甜的这个白眼把聚在闻人一身上的火力瞬间吸到她身上，眼看英语老师张开嘴，瞪圆了眼睛准备数落舒甜，全程闭嘴的江译第一次开口：“老师，上课十分钟了。”

班里的同学静下来往这边看，舒甜也跟着英语老师一起转头。

江译被几十双眼睛盯着，脸不红心不跳。他没穿校服，黑衣服黑书包，黑发有些凌乱，尽管骑了一路的车子，眼睛还是半眯着，困得不行的样子。

他们俩都没睡醒，舒甜觉得自己的声音跟平时没什么不同，但江译就不一样了。也不知道男生没睡醒的时候是不是都像他这样，鼻音重，声音透出一股让人不能忽视的性感，尤其是站在他身边，这种感觉更明显。

江译再次开口：“上课吧老师，我想听课。”江译说这话的时候，勉强撑开了眼皮，满脸真挚。

舒甜：“……”

闻人一："……"

班里的同学："……"

英语老师："……"

多么感人的两句话。江译差点儿被指着鼻子骂，还句句不离上课，这是多想听课？

英语老师好像突然被这两句话提醒了，看了一眼教室墙上的钟，转身走回讲台，说："你们几个赶紧回去坐着，再迟到一次就给我罚站！"

舒甜不知道江译为什么会起晚，她起晚，是因为她真的困，英语老师虽然骂人的时候中气十足，但讲课倒是十分催眠。

英语老师："江译，起来回答一下。"舒甜昏昏欲睡之际，一句话把她惊醒了。

舒甜一下子睁开眼，粗略地看了一眼黑板上的填空题，正准备在桌子底下推江译一把，没想到江译一下子就醒了，还立刻站了起来。

舒甜趴在桌子上，躲在书立后面，拼命想给他传答案，奈何江译刚被叫醒，神志还没恢复，根本没理她。

英语老师敲敲黑板上的填空题，说："你来回答一下这个句子该怎么变形。"

被打扰了睡眠的江译一脸不耐烦，但清清楚楚、干脆利落地答道："我选C。"

舒甜闭了闭眼，江译总是有能让全班安静到极点的能力。

英语老师深吸了一口气，点了另外一个人："闻人一，你起来说一下。"

闻人一也刚睡醒，但听到江译说了错误答案，就换了个答案："我选B，老师，对吗？"

英语老师："……"

"江译、舒甜、闻人一，"英语老师推了推眼镜，气得声音都在发抖，"下课后跟我到办公室去一趟。"

舒甜："……"

下了课，英语老师的办公室，三个人站成一排挨训。

"都学会了吗就玩儿？舒甜你成绩好，那你也不能上课迟到啊！你睡觉我也看见了，仗着自己中考考得好就不想好好学了？"

舒甜其实会了，但是这种时候说"老师我学会了"，那意思就是"老师我要跟您对着干，您看着来吧"，她又不傻。

舒甜没想到有人替她说了。

"她学会了。"江译说。

舒甜："……"

舒甜在心里叹了口气。

"你还有脸说呢？啊？"英语老师腾的一下站起来，"你还说呢！我今天要训的就是你，还有你闻人一，你笑什么？有这么好笑吗？"

"江译，我问的是变换句式，你给我选C？就这么喜欢那个C？啊？"

舒甜发现英语老师不光嗓门儿有点儿大，而且训人的时候有个习惯，每个问句后边都带着个上扬的"啊"，而且越生气，声调越高。

"还选C呢？啊？"英语老师都快气破音了，才稍微降下点儿音量，"上学期期末考试没选够是不是？"

嗯？舒甜抬头，什么上学期期末？

"江译、闻人一，我是不知道你们俩怎么想的，上学期期末考试英语成绩自己看到了吧？"

"江译，我没记错的话你英语成绩应该最好，知道你英语不及格，我还回去看了看你的卷子。明明前边选择题、听力题、完形填空题都做得不错，怎么到了阅读理解题就开始瞎做？啊？作文还不写。"

舒甜看着英语老师拿了本书在手里，拍得啪啪响，怒其不争地道："那个阅读题40分，你是怎么想的就全蒙上C了？"

舒甜："……"

他全蒙C？

“老师……”闻人一在最边上举起手，“喀，关于这个我问过了，江译说他当时太困，做不下去不想做了。”

舒甜：“……”

论起吸引火力，他们是一个比一个厉害。火力从舒甜身上转到江译身上，最后全给了闻人一。

“你呀！闻人一！你说说你，抄都不知道改改？他全选C你就跟着全选C？”

闻人一无言以对。

“你们俩刚好四门功课不及格，英语就差了两三分。”不知道为什么，英语老师的语调突然变得沉重而惋惜，“C刚好是答案里出现次数最少的，那份卷子，老师都给你们算过了。”

英语老师说着说着，沉痛的语调又转为生气：“你们两个知不知道，假如当时阅读理解题你们全选A、全选B，或者全选D，你俩早就……”英语老师一边说一边用课本拍闻人一的胳膊，说一个字拍一下，应该不疼，但是声音特别响亮而富有节奏感，“早就上高二了呀！”

舒甜：“……”

江译：“……”

闻人一：“……”

因为困了不想往下做所以阅读理解题全蒙C，作文也不写，结果导致以几分之差没有及格，这是什么理由？

江译全选C，这么明显蒙上的答案，闻人一也毫不犹豫地跟着选C，估计作文也没写，不然也不会不及格，这是什么坚不可摧的友情？

舒甜愣在原地，乖巧的皮相已经兜不住了，一时间不知道自己该做出什么表情才好。

这才下了第一节课，后面还有别的课，英语老师不能训太久，用书拍完闻人一，看了看表，说："行了行了，还有两分钟上课，赶紧回去吧！你们几个，都别再迟到了，早点儿睡早点儿起，听见没？"

舒甜不知道那两个人什么动作，反正她是老老实实地点了点头。

三个人出了办公室，非常整齐地往教室的方向走，谁也没说话。

也不知道谁先开始笑的，好像是闻人一，听到男生的笑声，舒甜也憋不住笑了。一开始她只是低着头无声地笑着，后来越想越觉得离谱，回忆起刚才英语老师咬着牙揍闻人一的样子，直接笑出了声，停都停不下来。

三个人回到教室的时候，数学老师还在跟同学们聊天儿。数学老师是隔壁班班主任，看到他们几个人从后门进来，胖胖的脸上露出笑容，调侃道："哟，来啦？"

数学老师好像跟马东立是好朋友，他俩不光外形、衣着、发型差不多，性格也差不多，都有一副好脾气。同学们私下里开玩笑说，估计这两个人在一块儿聊天儿的时候，肯定身上都得冒佛光。

舒甜脚步一顿，数学老师笑得更开心了，边笑边走上讲台，慢悠悠地说："就等你们仨回来呢，赶紧坐下吧！同学们，现在开始上课。"

对啦，这才是正确的画风嘛！

舒甜上完上午的课，中午回宿舍睡了一觉，不知什么原因中途莫名其妙就醒了。她躺在床上好一会儿，感受到下腹有微微作痛的感觉，于是算了算日子，"大姨妈"好像来了。那种感觉在直起身来的时候更加明显，不光有疼痛感，腰部还发酸，小腹往下坠。

舒甜扶着腰去厕所，垫好卫生巾出来的时候刚好打午休铃。

姚月和原弯弯被铃声吵醒，姚月又一头栽倒，原弯弯抬起上半身睡眼蒙眬地看过来，问："你怎么起这么早？"

"嗯，"舒甜走回床边，"我应该要来'大姨妈'了。"

原弯弯明显还没睡醒，啊了一声，说道："一会儿是不是要上体育课了？下午第一节？"

舒甜点点头，回道："好像是。"

舒甜摸了摸腰，预感到接下来的折磨，叹气道：“唉，一会儿我去请个假吧，不去上体育课了。”

“行，那你好好休息，提前倒点儿热水备着。”

“嗯。”舒甜应完，脸垮下来，呜呜呜，一周才两节的体育课呀！

周二下午有体育课。

体育课一周两节，周五的体育课刚好能跟江译之前班级的体育课碰上，周二的则不能。

要说跟班里的男生打球也不是不能打，但闻人一憋了一肚子的话，打球跟这事儿比什么都不算，所以今天不打球。

闻人一费了一番口舌，再加上死皮赖脸地拉、扯、拽，终于把江译带到了人最少的乒乓球台区。

这边一般都是女生对打，闻人一也见过厉害的女生两个人打得飞快，胜负都在细节，他能看花眼的那种。现在这里也有一对儿。

“哎，你慢点儿，你怎么每次都打出这个台子呀？我看电视上比赛都是要先在球台上弹一下再回过去的！”

“我也不知道啊！”被指责的女生也很苦恼，“那我要是不用力，不就被网拦住了吗？”

她的小姐妹叹了口气，道：“唉，我们接着来，这球也太难打了吧，我看奥运会上他们好轻松啊！”

这明显是一个来回都打不成功的。

闻人一看了一眼专心致志打乒乓球的俩女生，虽然她们现在非常专注，但因为之前由江译引发的事故，他觉得还是警惕点儿好。

闻人一带着一脸“你要干啥”的江译到最里面的球台边坐好，清了清嗓子，试探性地叫了一声：“译哥。”

江译低头看手机，头也不抬，说：“说。”

他们这个位置很隐蔽，在树荫下面不说，这球台的位置是真偏，要不是找人，绝对不会发现这里有俩男生在谈心。

闻人一双手一支，坐到球台上，往操场上随便一扫，就看见一对儿边走边腻得恨不得贴成连体婴儿的情侣，他们穿着高二校服。

闻人一戳了下江译的胳膊，江译转头看他，他的下巴往那对情侣的方向一扬，说："啊，译哥，你看那边。"

江译转头。

闻人一关注着江译的表情，从视线来看，他明显第一眼就看到了自己想叫他看的人。

江译眯了眯眼，道："有话快说。"

闻人一："……"

你这臭脾气！

闻人一本来想剑走偏锋，打江译个措手不及，先从那对情侣开始试探，比如："你看他们是不是像极了爱情？""你羡慕不羡慕？""你单身这么多年，又这么帅，真没想过找对象吗？""那么多追你的你看都不看，是不是有喜欢的人了呀？"等等。但他现在不想了，而是决定直来直去。

闻人一："译哥，我全知道了。"他的语调跟嬉皮笑脸的时候完全不同，一本正经，还压低了声音。

江译看了闻人一一眼，表情也是正儿八经的。

闻人一这人平时太浮夸，所以尽管五官、身材都不赖，但睡觉或者面无表情不说话的时候才是他最好看的时候。

江译问："知道什么？"

闻人一非常笃定地说："我知道你喜欢舒甜了。"

江译："……"

江译自认这事儿藏得很深，而且确定自己从来没跟任何人提过，这么被直接戳中心事，心里咯噔一下。

江译尽管一直在进行心理暗示：你面前这个人是闻人一，他满嘴跑火车习惯了，你不必当真。但这种感觉，就像是一直把自己的小秘密藏在外衣底下，然后有人过来一声不吭地就把衣服掀开让小秘密见了光。

江译不知道有多庆幸自己从小到大表情不太丰富这件事儿，他木着脸，心脏狂跳，但面上丝毫不显。

江译想说你知道什么，结果话一出口，自己拐了个弯儿：“你怎么知道的？”

江译：“……”

闻人一：“……”

空气诡异地安静了几秒钟。

“啊啊啊，我的亲娘！”闻人一瞬间绷不住了，噌的一下从台子上跳下来，死死地盯着面前的人，“你就这么承认了？不是，我以为你要开喷了，你竟然就这么承认了？”

江译：“……”

江译面无表情地往外走，一句话也不想跟他说，可闻人一还在身后穷追不舍。

“我真没想到，我还没想好你要是直接承认了我要问什么，我的妈呀！”

江译：“……”

江译有点儿后悔了，他用尽全身的力气控制着不要一拳揍到闻人一的鼻子上，咬了咬牙，快步往前走。

“译哥，你等等我呀！译哥！”闻人一依然不死心，“喂，你跑什么？你恼羞成怒了呀？”

江译：“……”

江译猛地停下脚步，回过头，眼神很危险地问：“谁？”

“我，”闻人一立刻道，“是我恼羞成怒。”

闻人一被江译盯了几秒，赶在他再次扭头要走前急忙道：“喂！译哥，其实我大概想了想，差不多懂了你之前在干什么。”

江译：“……”

闻人一：“我觉得你……要是想洗心革面什么的……”

闻人一还没说完，江译眯着眼，伸出一根修长的手指指着他的脑门儿道：“你再说一个成语试试。”

闻人一："……"

闻人一忙不迭地点头，道："行，行，我不说。"

江译收手。

"你要是想……嗯，做什么改变的话，"闻人一接着刚才的话说，"我可以帮你呀！"

江译明显不信，皱了皱眉，问道："怎么帮？"顿了顿，他又说，"以你这智商？"

闻人一："……"

闻人一真想现在就把江译的真面目抖给舒甜。

"啧，你想啊，每个言情偶像剧里，都有那么几个给主人公打听消息的人，比如说我吧，我去帮你问清楚舒甜小同学喜欢什么样的人，你就照着那个改，再加上你这张脸，你俩又认识这么多年，啧！"闻人一拍手，"简直完美！"

"这样的人，就是所谓的关键剧情推动人物。"闻人一接着说，"咋样？你觉得咋样？是不是很有道理？"

江译没回答，继续往前走，只是这次他的步伐及速度明显正常了许多。

闻人一深知江译的脾气——虽然他没说话，但这是动摇了。

果不其然，江译走了三步，问道："你怎么问？"

啧啧啧，他上道儿了。

闻人一不喜欢干这种给人牵红线的事儿，但假如这个人是江译，那就太有意思了，他超级愿意。

"你别管了，交给我你放一百个心！"闻人一去搂江译的肩膀，"我打入敌人内部，从舒甜小同学的室友入手，你放心。"

"哦，"闻人一想到了关键点，双手举过头顶，"译哥我发誓，我不会告诉别人的。"

江译看了他一眼，嗯了一声，突然说了一句风马牛不相及的话："你，直接叫舒甜。"

闻人一："啊？"

“加什么‘小同学’，”江译补充道，“难听死了。”

江译说完，径直转身，大长腿一迈，往教室的方向走去，留给闻人一一个令无数人垂涎过的完美比例的背影。

闻人一：“……”

行啊，第一次见面“妹妹”不让叫，叫了之后直接在游戏里把同为队友的他给打死无数次。后来他叫舒同学、舒甜同学。现在他加个“小”字怎么了？“小同学”怎么了？不是，“小同学”究竟怎么了？你摸着你的良心说，是因为难听才不让我叫的吗？

闻人一觉得自己的脾气很好，但还是有点儿被气到了，江译，你控制一下你那该死的占有欲行吗？

闻人一跟江译走到篮球场就停下了，江译看样子是要直接回教室，也不知道是被他给刺激的还是想回去玩儿那款甜甜的少女恋爱游戏。

那款游戏太可怕了，他也好奇回家下载了，开头被实力劝退，江译居然能玩儿这么久，真不知道该说什么好。

闻人一右手边就是篮球场，班里的几个男生在打球，虽然水平参差不齐，但是还挺开心的。

闻人一本想加入他们，一条腿还没踏入篮球场，余光扫到一个身影，便下意识地偏头去看，前面走来一个女生。

女生娇娇小小，闻人一觉得有点儿眼熟。

闻人一又仔细看了看，一直到女生走到他面前，跟他打了个招呼他才想起来——这不是那个理想是“世界和平”的小姑娘嘛！

这事儿的记忆点太过深刻，闻人一没怎么努力回忆就想起来了，紧接着却怎么也不记得人家的名字了。

“哎，”闻人一记得这人总跟舒甜一起上学，应该是舒甜的室友，便伸手稍微拦了一下，“同学你等等。”

女生因为身高问题，仰起头，细细的脖子，从闻人一的角度看像一朵小蘑菇。

闻人一跟女生对视了几秒，说道：“嗯……想问你点儿事儿，有时间吗？”

篮球场外边的路上设有专门给学生休息用的座椅，闻人一带着女生去了就近的一个座椅坐下。

“同学，你是舒甜的室友，”闻人一开门见山地说道，“对吧？”

女生：“对呀！”

“我想问你点儿关于她的事儿，不影响她生活什么的，就是关于个人喜好。”闻人一笑了笑，靠在长椅上，“你看行吗？”

女生并没有立刻上道儿，反而眨巴了两下大眼睛，谨慎地道：“你先说你要问什么。”

闻人一因为太着急，话没过脑子就说出来了：“你知不知道舒甜喜欢什么样的男生？”

女生的表情非常震惊，眼睛眨了又眨，她问：“你……你喜欢……你要干什么？”

闻人一短暂地停顿了一下，觉得太直接了好像容易引起误会，但是他也不能实话实说，于是开始编瞎话。

“你室友，舒甜，嗯，就我前桌的同桌，”他拐了个弯儿，“我是高二下来重读的，但是她长得太好看了，我同学里有人让我帮他问问，舒甜喜欢什么样的男生。”

女生的表情没那么奇怪了，但她还是对问题避而不答，慢吞吞地道：“是谁不能告诉我吗？”

闻人一摇头笑道：“不能，我得给我兄弟保密呀！”

女生盯着闻人一看了一会儿，突然开始脸红。

闻人一觉得可能是他离人家太近了，毕竟好学生能跟他这种差生说话他就觉得很不容易了，于是非常识趣地跟她拉开了一点儿距离。

女生语不惊人死不休：“你那个兄弟，长得有江译帅吗？”

闻人一：“……”

女生问上瘾了：“他有江译认识舒甜的时间长吗？”

闻人一：“……”

女生最后问道：“他也住我们甜甜的对门吗？他也像江译一样从小到大都给我们甜甜摆平一切欺负她的人吗？”

闻人一：“……”

闻人一直接被这三连问给整蒙了。他确定自己一个字儿都没说过关于江译的事儿，甚至没有提过“江”和“译”这两个字。

“帅的方面可能比江译差一点点，”闻人一硬着头皮往下说，“别的也没有那么……不是，妹妹，你为什么要提江译？我不是说了那是我兄弟嘛！”

“我不是你妹妹。”女生一脸平静地打断他。

“行，”闻人一点头，“你不是，但是这跟江译有什么关……”

闻人一话还没说完，女生就站了起来，说：“那抱歉了，我不会给你提供情报的。”

闻人一：“……”

女生微微嘟起嘴巴，自上而下地看着他，坚定地吐出四个字：“我站江译。”

闻人一：“……”

江译还不知道自己被人给坚定不移地站了 CP（coupling，配对或泛指两人之间的亲密关系）。

他一路走回教室，路过校内超市的时候顺道进去买了瓶冰水。

要说喜欢，暗恋是一个阶段。这个阶段他持续了好多年，最开始是觉得他们都太小，他也不确定感情到底是什么，一直到初一搬了家跟舒甜彻底没法见面，他才明白。

暗恋被人发现了其实就已经不算数了，虽然他没想过这个人会是闻人一，但现在，要是闻人一问出来之后……江译拧开瓶盖，喝了口冰水，不想了。

江译回到教室，本以为教室里会空无一人，视线习惯性地扫到自己座位的时候，却发现旁边桌子上趴着一个人。

江译愣了一下，轻轻走过去，侧面看到舒甜正把头埋在胳膊里，手放在腿上玩儿手机，应该是感受到他的视线，或者听到脚步声，她抬头望过来。

舒甜今天穿着校服，校服的袖子边儿带着蓝条，领子是蓝色，后背、前襟都是白色，这么丑又没特点的校服她穿着也好看。

舒甜皱着眉，唇色发白，脸也白得不正常，仔细看，光洁的额头上有细小的汗珠儿。

“江译哥哥？”舒甜眨了眨眼睛，问道，“还没下课吧，你怎么回来了？”声音也跟平时的清脆不太一样。

江译皱了皱眉，把水隔着她的桌子放到自己的桌子上，站在桌边低声问：“你怎么了？”

舒甜：“……”

下午第一节体育课，因为不少人会直接从宿舍去操场，所以之前舒甜来教室找体委请假的时候，根本没见到江译。

舒甜犹豫了几秒，纠结着不知道跟他说“大姨妈”他会不会懂，面前的人突然抬手，速度很快，舒甜几乎是下一秒就感受到额头上的触感，温热干燥的皮肤，轻轻地一触即离。

“没发烧。”江译摸完她的额头，又皱眉问道，“到底怎么了？肚子疼？”

他们的桌椅靠的是墙那边，不是窗，因此江译站在过道上，刚好是背着光的位置。他的桃花眼垂着的时候眼尾微微敛起，眼睫洒下一片阴影，唇角平直，一看心情就不好。

江译虽然心情不好、表情不好，而且从舒甜这个角度看过去又是自下往上的，但依然阻挡不住他的帅气。

舒甜愣了几秒，小幅度地甩了甩头，回答道：“就是女生才会有的肚子疼。”她抿抿嘴唇，觉得这是最合适的说法，要是他不懂再换，“你知道吗？”

江译：“知道了。”

舒甜想站起来让他坐进去，刚离开椅子一点儿，就被肩膀上的一股力道给压了下去，头顶传来一声：“你别动。”

“啊？”舒甜坐回去，一脸蒙，“什么？你不进来坐吗？”

江译没说话，伸手越过她的书立，摸到她摆在一边的水杯。

原弯弯她们走之前帮舒甜灌了水，半节课过去，水不热了，喝了不管用。

舒甜一来月经最不喜欢的就是活动，疼是一方面，另一方面是一动血流量就会加大，而且腰酸得不行，还觉得好不容易坐了会儿积聚起来的热气都散了。因此，即使水变成温的，她也没去灌。

“不热了，我去换。”江译摸了摸杯身，拎着她水杯边上的带子提起来，直接迈开大长腿走向后门。

江译腿长动作快，舒甜回过神来的时候，鼻尖隐隐还留着他刚刚伸手过来的时候留下的那种很淡的香。

舒甜笑了一下。

江译看起来明明是完全不会照顾人的类型，可是她记得自己小时候发烧，他来家里探病的时候，虽然很生疏，但是真的特别努力地在跟着梁韵学要怎么叠毛巾，然后给她敷在额头上。

一转眼这么多年过去了，那些跟他有关的他们的从前，好像还是会在不经意间蹦到她的脑子里。

江译离开得有点儿久，舒甜边玩儿游戏边数着，大概过了五分钟，身后传来脚步声，她感觉到身边被走路的人带起一阵风，下一秒，面前就出现了自己的透明水杯。

舒甜直起身，还没说话，桌子上又多了个热水袋——透明的带着卡通图案的大号的热水袋。

舒甜摸上去，习惯性地想要把热水袋放在小腹上，但又想到江译的座位在里面，他还一直站着，于是又抬起屁股，刚要离开座位，又被一股力道给压下去。

江译：“不用，你坐着。”

舒甜回头，看到江译走到闻人一的桌子边，把整张桌子往后拉，然后他的座位处空出一大块儿地方，接着，他一只手撑在闻人一的桌子上，施力，舒甜感觉眼前闪过一道影子，江译就跳了进来。

舒甜睁大眼睛，实在忍不住道："这么厉害！"

江译听到她的夸奖，唇角以极小的幅度翘了一下，他看过来，冲着她的桌子扬了扬下巴，催促道："热水袋。"

午后的阳光照进教室，刚刚跳进座位的少年刚从外面回来，额发微湿，跳进来的动作帅气利落，一气呵成。他穿着黑衣服，带着冷冷的少年感，笑起来的时候越发强烈。舒甜恍惚了一下，下一秒，也弯起唇笑起来。

同学们上完体育课回了教室，因为校园大，大家走路又磨蹭，所以基本上体育课之后就没有课间了。

下节课是历史课。

历史课前五分钟，江译没玩儿手机，密切地关注着身边人的动静。舒甜脸色苍白不说，还一直冒虚汗，刚刚江译问她的时候，她还说自己吃了止痛药。她有热水、肚子上有热水袋、吃了药，但怎么看着越来越难受了？女生来月经可真麻烦。

江译抬手拨了拨头发，老师滔滔不绝地讲着春秋战国史，他完全没兴趣，想了想，干脆拿出手机在下面打开浏览器搜索起来。

江译一开始搜"女孩子来月经了该怎么做"，搜出来的结果看着看着觉得不太对劲，是给女生自己用的。

于是江译又改成搜"女孩子来月经男生该怎么做"，结果答案更奇怪，一些风马牛不相及的搜索结果都蹦出来了。

江译沉思了三秒钟，状似不经意地看了一眼舒甜，她正看着黑板，一手支着头，一手捂在小腹处的热水袋上，神情专注。

江译异常清晰地感觉到身体上的某些变化，本来觉得教室里温度刚好，现在却觉得莫名燥热，手心渗出一层汗，手机开始发滑，他觉得以前考试作弊都没这么紧张过。

江译深吸一口气，然后憋住没呼出来，像做贼一样，把手机藏在桌洞里，搜索“女孩子来月经，男朋友该怎么做”。

江译不知道是不是他的错觉，也可能是他周围的人都没好好上课在用手机，总觉得这次的网速像是卡住了一样，半天也没加载出来。他等了得有十秒钟，终于加载出来一整个屏幕的字，还穿插着不少图片。

江译吐出一口气，看向第一行。“其实对女孩子来说，痛经这种事儿，很难根治，疼起来除了吃药最管用，男朋友也帮不上什么忙。”

江译：“……”

这什么东西？江译忍下一肚子的脏话，耐着性子往下看，觉得这时候应该会有一个“但是”才对。

“但是，男朋友可以通过以下做法让女孩子因为痛经而产生的坏心情得到好转，请学起来。”

这还差不多。江译接着往下看。

“一、热敷。”

江译转头看了一眼，刚买回来的热水袋在敷着呢。

“二、给她进行腹部按摩，手法如下：……”

江译：“……”

这段内容不光有文字描述，还有图示，穴位和方向顺序都标注好的那种，看起来有模有样。

先不说这是在课堂上，就算不在课堂上，他也不能这么做呀！

江译上一秒还在想这网站真是各种不合理，下一秒就看到了标题里面的“男朋友”三个字。所以，其实这种做法对男朋友来说好像就很合理，可他不是，他不是！

江译烦躁地拨了拨头发，长腿往前伸了点儿，接着往下找。

网页上的内容再往下就和他之前想的差不多了，有说要泡红糖水的，有说要贴暖宝宝的，有说要喝热水、要躺着的……一直拉到页面最后，江译被吸引了注意力。

“十、其实之前的九条都不如最后这条管用，这才是精髓。”

嗯？精髓？江译重新打起精神，接着往下看。

“抱抱她，对你女朋友说一句‘我爱你’，让她由内而外地觉得幸福，身体上的疼痛自然而然会得到一定的缓解，这是你身为男朋友能给她的最好的关怀。”

江译：“……”

这什么破攻略，瞎扯的吧？说个……说个……说个那个怎么就能缓解了？

江译不知道这个网页靠不靠谱，说得对不对，这第十条是不是真的最重要，但他知道他真的不该搜这些，找这个刺激，太糟心了。

深深觉得自己被坑惨了的江译一气之下把手机扔进桌洞里，咚的一声，很响，但是老师离这边远，除了前边两个人被吓得在座位上哆嗦了一下，左边的舒甜看过来，也没吸引来谁的目光。

江译对上舒甜带着询问的视线，声音放轻道：“没事儿。”

这节课过得格外快，下课铃响，江译盯着历史书上都长一个样并且都很丑的人物画像出神。

“江译哥哥。”身边传来熟悉的声音。

江译瞬间回神：“嗯？”

“我上课的时候跟我妈发短信说了我的情况，她打电话给我请了假，我要先回家了，”舒甜停顿了一下，笑了笑接着道，“放学就不能跟你一起走了。”

江译：“……”

她什么时候发的短信他都不知道。

江译很快问道：“梁阿姨已经到了吗？”

“说是还有五分钟，”舒甜点了点头，“司机有事儿，我妈不敢开车，路上肯定是龟速，所以现在还没到。”

“你要去校门口？”

“嗯。”舒甜点点头。各科作业还没发，估计她今晚也不用做，于是往书包里象征性地塞了几张卷子，背在背上轻飘飘的，很完美。

舒甜站起身，回头跟江译打招呼：“那我走了。”

“我送你到门口。”

“嗯？”舒甜愣了一下，反应过来他在说什么，“啊，不用的，这两步我还是可以走的。”

江译没答话，但已经站起来了。

舒甜看了一眼教室里的电子时钟，算了算时间，说道：“可是你送完我回来下节课就迟到了。”

江译还是沉默。

舒甜大概从他脸上读出了坚持，于是忍着笑，把手机装进校服口袋，说道：“那我们走吧！”

高一一到五班在一楼，六到十班在二楼。

舒甜虽然走路的时候难受，但是其实来“大姨妈”对她来说就没有不难受的时候，因此还可以接受。

现在上课得提前两三分钟就在教室里坐好，他们在教室说了几分钟话，上厕所的、打水的人都回教室了，走廊里空荡荡的。

舒甜跟在江译身后下了楼梯到一楼，左右看了看，说：“我们走……”

“吧”字还没说出口，高了她一头的人突然蹲在她前面，舒甜半天没反应过来，愣在原地。

江译一只胳膊往后伸，一边拉她，一边说：“上来。”

舒甜咽了口唾沫，难为情地说：“我其实没有那么痛，走路还是可以的，江译哥哥，你陪我走到校门口就好啦。”

江译依旧没动，只是收回了手。

他们的距离很近，从舒甜的角度看，少年的脊背线条贴着纯黑的 T 恤，显得清瘦修长，他微微把脸侧过来一点儿，能看到睫毛长得过分，鼻梁直且笔挺。

江译没看过来，但话是对她说的：“上来。”

舒甜已经很久没被人背过了。

舒父对她以抱为主，她只记得自己被江译背过，还是小学的时候。

舒甜小学时候的记忆不太深刻，能一直记到现在的，对那时候的她来说可以算是天大的事儿了。

舒甜记得，那时候她也是因为一件非常幼稚的事儿跟同学闹矛盾，同学先告老师的，她小时候不像现在这么能言善辩、伶牙俐齿，小时候嘴笨，吵架永远吵不赢。所以在老师面前，同学一直说，就显得很有理，她反驳不了，一着急就更不知道说什么，直接被老师给盖章是她的错。

其实那次就是同学之间的一场小打小闹，那个同学甚至告完老师后就想跟她和好了，不过她没同意。

不知道是放学早还是她小小年纪就学会了逃课，舒甜记得那天她蹲在江译的教室门口哭，等到江译下课出来看到她的时候，她蹲得脚都麻了。中间他们说了些什么话舒甜不记得了，但记得江译就像刚刚一样蹲在她身前，拽着她的胳膊把她带到背上，也不怎么轻松，但他还是背着她一直走到校门口。

这算是给舒甜在学校地位的提升奠定基础的关键一背。

江译和那时候相比变化太多，她也是。

现在要是有人欺负到她头上，甭管男生还是女生，在老师那儿她能把黑的说成白的、红的说成蓝的，再配合上天衣无缝的演技，吃亏的怎么也轮不到她。

舒甜总觉得江译比起以前话少了很多，可是一想到自己，立刻就释然了，人总是在变的，都要学会长大，而且就算他变了，话很少，但这半个多月里，他的一举一动还是能戳到她的心窝。

舒甜本来是直着后背，手臂搭在江译肩上的，但现在她精神脆弱，身体痛苦，再加上回忆杀席卷大脑，因此需要依靠一下尽职尽责背着她的竹马哥哥，于是伸了伸胳膊，身体往前倾，直接整个人伏下去贴在江译的后背上，心满意足地把脸埋到他的肩膀处蹭了蹭。

两个人的距离骤然拉近，江译浑身一僵，脚步停顿了一下，背上小姑娘的长发因为这个动作垂到了他身侧，被风吹到他的脸颊边，刮得脸痒痒的，还带来一股少女身上特有的甜香。

江译垂眸，舒甜的两只手在他胸前交叉，因为校服袖子长，盖住了她大半的手掌，只露出又细又白的指尖交叉在一起。少女独有的曲线与他的后背无缝隙贴合，让他能清清楚楚地感受到起伏。

江译还没来得及反应这一切，舒甜又开始说话。

“江译哥哥，你知不知道快月考了呀？”

江译：“……”

“月考之后才开运动会，然后国庆假期还有个郊游可以参加，那个地方好像蛮好玩儿的，你去吗？”

江译：“……”

“我正打算报名呢，你去吗？”

江译：“去。”

舒甜：“唉，马上要考试了呀！”

江译：“别担心。”

舒甜：“我当然不担心啦，就是……嗯，那个，你要不要我帮你复习一下课程？除了数学我都 OK（好）的。”

江译："……"

舒甜："喂！"

江译："……"

舒甜："江译哥哥，你不要不好意思嘛！"

江译："没有。"

舒甜："那你要我帮你吗？"

江译："要。"

他们从教学楼出来，一直到校门口都是一条直路，路很宽，上课铃已经打响好几分钟了，此时大道上除了他们，一个人也没有。

江译走得很稳，托着舒甜的腿的手也很有力，舒甜回忆了一下半个月前被她撞见的那次"切磋"，那个虎哥看着那么壮实，结果直接就被看起来很瘦的江译擒住，估计他那只胳膊得疼个把月。

"江译哥哥，"舒甜也不知道自己是因为回忆过往而变得多愁善感还是"大姨妈"在作祟，在他非常平稳而富有节奏的步伐里，突然心生感慨，"我们初中没怎么联系的那两年……"她没说下去。

江译目测了一下到校门口的距离，放慢脚步，问："怎么了？"

"就是，虽然联系得少，"舒甜的声音变得更轻，憋了很久，眼看着要到校门口了，才像是憋不住一样，含混不清地在他耳边丢下一颗炸弹，"我总是会想起你。"

江译："……"

"我见到很多我们一起玩儿过的东西，一起吃过的好吃的，甚至听到有女生跟你说一样的脏话，都会想起你。"

江译："……"

舒甜："虽然那三年也就见了一面，但我真的挺想你的。"

江译直接停在原地，心神俱震，大脑乱成一团。他透过校门看到梁韵的车，感觉得到耳朵的温度急剧上升。

舒甜有些疑惑他突然的停顿，不确定他是害羞了，还是吓到了。

舒甜正准备再开口缓和一下气氛，他又迈步往前走，舒甜趴在他的背上，感受到他胸腔的起伏。

“没有脏话。”他的声音低而轻。

舒甜蒙了：“啊？”

“我哪有在你面前说过脏话？”江译的声音有些不自然，“没有。”

舒甜：“……”

第六章

这是书信

闻人一是上着上着课才发现前面没了两人的。

他们班上完体育课后，教室里空调开着，温度刚刚好，后排的男生打完球后消耗了不少体力，因此倒了一片。

闻人一看了眼讲台上滔滔不绝的物理老师，又看了眼身边睡成死猪一样的刘然，伸手把他拍起来，问道："你看没看到前面那两人干什么去了？"

"嗯……"刘然睁开眼，小幅度伸了个懒腰，回忆了一下课间听到的两人的对话，"就是……舒甜好像是哪儿不舒服吧，要回家，然后译哥去送她了。"

闻人一看了一眼时间，问："课间走的？"

刘然："嗯，你那时候不在教室。"

闻人一："……"

这都送了半个小时了，从这儿到校门口用得着这么久？

闻人一又拍了一下刘然，说：“那行，你接着睡吧，我去上个厕所。”

刘然非常配合地倒头就睡，跟几百年没睡过觉一样。

闻人一趁讲台上老师转身写板书的工夫，悄无声息地从后门出去，想了想，往楼梯那边走去。

江译正坐在二楼和一楼交界的楼梯上，低着头看不清脸，一条腿屈着，一条腿伸直，手里摆弄着手机，一圈儿一圈儿地转，整个人既颓废又惹眼。闻人一很担心他的手机下一秒就得跟地面来个亲密接触。

“哟，译哥。”闻人一走过去，坐在他旁边，“这是干什么？在楼梯旁思考人生？送妹妹出学校把你送抑郁了？”

江译抬头，面无表情地盯着嬉皮笑脸的人。

闻人一就是过过嘴瘾，接触到江译不悦的目光，立刻举起双手，讨饶道：“我开玩儿笑，您怎么可能抑郁？您当然没抑郁。”

江译最开始听到舒甜说想自己的时候都怀疑自己产生了幻觉，小姑娘身上的香好像还在周围，她的声音轻轻地回荡在耳边，说“那段时间，我真的挺想你的”。他当时觉得这和告白差不多，整个人完全傻了，回了句什么都记不清了。

江译送走舒甜，在回来的路上仔仔细细想了想，那点儿狂喜渐渐消退。其实她那句话，认真翻译翻译，就能变成“我跟我哥哥两年没见啦，这两年我挺想他的”。多正常啊，什么告白？完全是他自作多情。

江译觉得心情要是这么大起大落，那还不如直接别起。

江译不想跟闻人一说，跟他也没法说，于是停下转手机的手。不管是声音，还是整体看起来，都让人觉得这人情绪消沉。

闻人一决定给他报点儿喜讯。

“喏，那什么，体育课上我说服舒甜的一个室友帮我打探情报了。”

江译看过去，挑了一下眉。

接收到信号的闻人一不遗余力地吹捧自己：“就是在我不懈的努力下，

她决定帮我问一些无关痛痒的小问题。”

“问到了？”

“哪那么快，”闻人一撇嘴，“她只是同意了而已。”那姑娘是你跟舒甜的 CP 粉，闻人一在心里补充。

他的手段虽然有点儿不光彩，但第一步成功了。

“那个女生还挺可爱的，”闻人一笑嘻嘻地支着身后的台阶，也不嫌脏，跟江译分享自己的感想，“不愧是把‘世界和平’当成自己理想的女生，带劲儿。”

舒甜出了校门跟江译道别，坐上梁韵的车，阵阵冷气把她打得一激灵，边拉安全带边说：“妈，你把空调关一下吧，我冷。”

梁韵：“哎呀，我给忘了，这就关。”

梁韵去找按键，舒甜打开车窗，外面的热气进来，里面的冷气出去，她才好受了点儿。

“这次很疼吗？”梁韵说，“用不用带你去看看，做做按摩什么的？”

舒甜家附近有个中医馆，平时疼到药都不好用的时候，梁韵就带她去按摩，管用是管用，但她不是很喜欢。

舒甜：“嗯……我先回家吃药看看吧，今天没有暑假那次严重。”

梁韵：“行。”

因痛经而请假对舒甜来说是常事儿，她们又简单聊了几句学校里的老师后，舒甜看着窗外发呆。

这块儿除了附中，还有一所初中和一所职高，学校都不算太出名，但也还可以，这两所学校的校服舒甜都认识。她往车窗外张望，发现明明是上课时间，却有一群穿着职高校服的人在外面晃荡——说是穿着校服，不如说是校服挂在身上。

梁韵掉转车头，开到路边的时候，舒甜这边的车窗正对着那伙人，她跟一个人不小心对视上，那人愣了几秒，飞快地拍了拍身边的人并往舒甜这儿指，几人看到舒甜，又是起哄又是吹口哨，梁韵听见了，直接控制不住音量朝外面吼：“作为学生不学好，你们还穿着校服呢！大下午的在外边转悠，真是！”

梁韵气得直翻白眼，车开走了之后又说了两句才稍微平静了点儿。

梁韵想起刚才看到江译背着舒甜出来的场景。

高挑的少年，长得干净又俊秀，有礼貌但话少，虽然年纪小，但他背着舒甜的样子让她莫名觉得可靠。

梁韵知道舒甜跟江译每天一起上下学，现在舒甜肚子疼江译又把她送到校门口，梁韵依稀记得这两个孩子小时候那些事，忍不住笑道：“哎，还是江家那俩哥哥好哇！”

舒甜侧头看了一眼梁韵，不知道她为什么突然提起江家的两个哥哥，但还是配合地点点头，说：“嗯，我也觉得。”

舒甜靠在皮质车座上，想起刚才那伙人，他们吊儿郎当，漫无目的地瞎逛，看到好看的女生一起吹口哨调戏，这大概是多数不学无术的不良少年的样子吧。

舒甜觉得江译这人的传言有点儿奇怪。

她上论坛一搜，全是“江译大战 ×××”“××× 挑衅江译被血虐”“江译居然长得这么帅”。

舒甜初中的时候也懂了不少事儿，知道妹妹哥哥这样的关系其实在外人看来是带着点儿暧昧的。

她想过，要是以后见面江译有了女朋友，她绝对不会像小时候那样在他后面当跟屁虫，也不会叫什么哥哥了，到时候就离得远远的，别给人家添堵。虽然她每次这么想，都觉得“跟江译疏远”这件事让自己不太乐意，而且她从来没听过关于他身边有女生的传闻。

舒甜又想起，好像她问过江译有没有喜欢的女生，被什么给打断了，他没来得及回答。

这段记忆在脑海里一浮现，舒甜发现她最先产生的想法居然是“他应该会说‘没有’。”

舒甜愣住了，腹部的疼痛也没那么明显了。她为什么会这么想？因为他有喜欢的女生之后她就要避嫌了，还是……

“喂！我说，没有油了就去加！开这么慢影响后边的人哪！现在真是什么人都能开车了。”

舒甜的思绪被一道男声打断，她往车窗外看的时候，只看到一辆车的车屁股，以及它绝尘而去的车影，并且不只这辆车。

舒甜一直在发呆，没注意梁韵的车速，原来她们一路上都在被人超车，前方全是超过她们的车。

舒甜看了一眼手机屏幕上的时间，大概算了算自己上车有多久了，又转过头，看着梁韵不服气地嘟囔：“我这叫稳中求进，他懂个啥？开那么快让我出车祸吗？”

舒甜实在忍不住了，翻了个白眼，说：“妈，以后我爸和司机都有事儿，你千万别自己开车了。”

“这孩子说什么呢？我的车技没有问题呀！”

舒甜中肯地建议道：“你还是打车吧，打车好。”

你可别祸害跟在你后面的司机了。

梁韵千辛万苦地把车停进车库，折腾到家，立马把药给舒甜找出来，舒甜吃了药之后，缓了40多分钟疼痛才慢慢减轻。中途舒甜的手机振了好几次，但她因为肚子疼瘫在床上一直没去看，这才拿起来打开微信，原来是江译问她到家了没有，还有宿舍群聊里问她怎么样了。

舒甜挨个儿回复了信息后，江译秒回，告诉她“好好休息”，舒甜发过去一个可爱的小猫点头的表情。

舒甜退出和江译的聊天儿界面的时候，群聊上显示着两个小红点儿，她点进去。

姚小月：【#网页链接—震惊！十六岁高中生竟穿这个行走在光天化日之下！伤风败俗！#】

姚小月：……

没几秒，又有信息显示。

原小弯：“你咋了？”

舒甜也很疑惑，跟着发了一句。

舒小甜：“你咋了？”

姚小月：“哎呀，就是下课，浏览器给我推送的新闻，分享给你们。”

姚小月：“话说你俩觉得，咱们这个年纪的男生，穿啥比较好看？”

原小弯：“新闻里这人长得跟癞蛤蟆差不多，也不全是衣服的锅。我觉得穿啥好看跟穿啥关系不大，跟脸关系最大吧！”

舒甜笑了，觉得原弯弯说得对，正准备赞同一下原弯弯的观点，突然想起刚才梁韵开车回来的路上遇到的那伙职高学生，他们的校服，不是围在头顶就是系在腰上，没一个好好穿的。

舒甜把打好的字删掉，重新打了一句。

舒小甜：“这个年纪就是咱们学生呗？学生当然是穿校服吧！我不是说那种拉链开到四分之三处的，就规规矩矩特板正的样子穿，多好看，多学生气呀！”

姚小月：“OK，了解。”

原小弯：“对，帅的男生穿校服也是真的帅，我去九班找我同学的时候见到一个极品，坐在最后一排穿着干干净净的校服，巨好看！”

舒甜没注意原弯弯说的是几班什么座位，看到“极品”两个字，立马想到了自己的同桌。他整天黑、白颜色没有图案的T恤换着穿，酷得不行，再配上他那张脸和气质，也是超好看。于是舒甜又补充了一句。

舒小甜：“我也十万分同意好不好看关键在脸这个观点，脸和气质真的太重要了。”

舒甜的这次痛经没有持续太久，她睡了一觉，第二天竟然奇迹般地有了好转，但她早上起床失败，在家里躺着玩儿手机玩儿一上午，下午才去上学。

舒爸爸抽时间开车送她，舒甜在车上的时候发了条消息给江译："我一会儿去上课。"

结果那边半天没回复，舒甜想了一下江译的作息，记起来这个点儿他应该在教室里补觉，然后一气儿睡到下午第二节课。也是，他能回复才不正常。

舒甜这次不用去车棚，就近从另外一个门进了教学楼。

这边的楼梯口一上来就是卫生间，舒甜进去上了个厕所，洗了手抽纸巾擦干，走出来的时候，听到隔壁传来有些熟悉的声音。

"不行，不行，我今天不能脱！"

"你没给我带！"

"我忘了呀！我那件校服压箱底了，我是真忘了，明天，明天给你带，明天一定带！"

"但是她来了。"

"哥，你不能这样，你都这么长时间了，不急这半天哪！"

"哥，哥，你放了我，我今天真的不想脱。"

嗯？这是怎么了？

男女洗手间隔着一堵墙，往里面看都是并排三个洗手池，得往里面拐弯才是厕所。

舒甜本来想听两句就走，但是这两道声音她天天听，天天在耳边响起，熟悉得不能再熟悉了，所以她就下意识地往里面看了一眼。

每天在教室里张牙舞爪除了江译谁都不怕的闻人一，正被一只手控制住，压在洗手台上。

闻人一嘴里一直在嚷嚷："我今天早上起晚了，不光忘了给你带，我还穿错T恤了，这么幼稚的衣服你叫我裸着穿我真不活了。我不脱！就不脱！"

舒甜又看了看摁着闻人一的那只手，那只手她很熟悉，是她同桌的。

江译的手指修长有力，往下一拽，直接毫不留情地把闻人一的校服外套扒下来拎在手里，顺势松开他。

闻人一校服里面的T恤是亮黄色，上面印着巨大的海绵宝宝正在对着舒甜微笑。

舒甜：“……”

他们这又是搞哪一出？

舒甜的记忆力一直不错，据说她小时候被带出去，跟别的小姑娘又唱又跳的不一样，她的才艺表演是背《三字经》。

舒甜记得刚刚他们那番对话，没理解错的话，意思是：闻人一忘记给江译带校服，因此江译想要闻人一的校服，而闻人一不想让自己幼稚的T恤暴露在外所以不想给，但由于武力值不足，闻人一败了，校服归江译所有。

可是闻人一为什么要给江译带校服呢？江译又不穿，他要了也没用啊，而且，校服每人发了两套，江译自己的校服哪儿去了？

虽然疑点重重，但他们俩这一方把另一方摁在洗手池上的画面被她直接撞见，三个人都会尴尬。因此，舒甜本来想在那两个人看到她之前转身走掉，结果刚一迈步，手机提示音响了。她刚从舒爸爸的车上下来，这两天也是待在家里，手机根本没调成静音。

舒甜：“……”

舒甜闭了闭眼，转头看向那两人，三个人视线相交，只觉得尴尬简直要溢出走廊。

闻人一转过身，他的T恤正面也是一只巨大的海绵宝宝咧着嘴笑。

“那什么，”舒甜硬着头皮跟他们摆摆手，“下午好。”

舒甜不知道为什么最后校服还是在闻人一身上。

下午第一节课是马东立的课，三个人迟到了三分钟，马东立根本不在意，反而一直等他们到教室了才开始讲课。

“课本翻到第31页，今天先讲这一课。”马东立说完，在黑板上写了要讲的课文题目。

上周讲的是古文，可能马东立想让他们换换口味，今天要讲的是现代文，舒甜快速扫了一遍文章内容，是一篇记叙类散文，跟小情小爱有点儿关系。

“这篇文章呢，是作者对于曾经一段时光的怀念，而他儿时的邻居是那段时光很重要的一个人物，所以在看这篇文章之前，你们四个人一个小组，讨论一下你们对‘青梅竹马’这个词的理解，一会儿每组找个代表起来简单说说。”

开学三个星期了，舒甜大概摸清了规律，每天都有那么几节节奏非常紧张的课。

她周围一共五个人，前面一桌俩，后面一桌俩，右边一个。好像有几门课的老师认识江译和闻人一，就算提问的时候是一整排的人轮着来，也会单单跳过他俩，说是小组代表起来讲，那估计就是她了。

马东立话音刚落，下面的人讨论得热火朝天，毕竟是“青梅竹马”这种带着点儿青春感的词汇，在平淡如水的高中生活中，这可以说十分引人遐想了。

舒甜他们的四人小组就是她跟江译、闻人一和刘然。

舒甜、江译回过头，三个人很诡异地陷入沉默。

刘然对刚才的“厕所事件”毫不知情，非常天真地问：“你们怎么都不说话呀？”

舒甜：“……”

说啥呀，三个人一照面，满脑子都是刚才的画面。

闻人一像是突然醒悟过来，抓了抓头发，说：“来呀，来呀，赶紧讨论，青梅竹马。”他说着，视线自然而然地落到前面两人身上，“那就是你们哪！”

舒甜：“……”

刚才厕所的小插曲被抛在脑后，闻人一来了精神：“来来来，舒甜同学，讲讲你俩小时候的事儿给我们听听。”

闻人一这句话一出口，几个人之间萦绕着的尴尬气氛以肉眼可见的速度消退。舒甜松了口气，调节气氛还是闻人一比较拿手。

舒甜不想问刚才厕所那一幕是怎么回事儿了，不管江译为什么要闻人一的校服，要就要吧。

闻人一又翻了翻课本，说：“我看课本上说，人家两个人四五岁的时候还亲过脸呢，你俩有没有这么劲爆的？”

江译听出来了，闻人一这话明显是想暗示舒甜说出点儿什么。

江译要校服未遂又被撞破，现在心情很差，闻人一说完之后，他刚想说“说个屁”，耳边却清清楚楚地传来一句：“哦，亲哪？亲很正常啊，我记得小时候他也总亲我。”

舒甜这话一出，剩下的三个人瞬间陷入一种安静到尴尬的氛围。

江译：“……”

亲？他怎么完全没印象？

舒甜眨眨眼，说：“你们怎么这么惊讶？其实我本来也不会记得，但他特别喜欢在我们一起吃东西的时候亲我的脸，我们嘴上都是吃的，他嘴上那些就都蹭到我脸上了。”

江译：“……”

“每次从他家回我家，我妈妈都边训我边给我洗脸，”舒甜接着说，“小时候的事儿我就记得这个，因为印象太深刻。”

江译：“……”

怪不得他没印象。

闻人一：“……”

译哥牛。

马东立最后没叫舒甜这组起来回答，神奇的是，说完那件事之后，舒甜跟江译之间心照不宣地避开了“厕所事件”，谁也没提，照旧和谐相处。

人的想法一天一变，谁知道江译那天是因为什么，比起那种聚集在空气里的尴尬，舒甜觉得她也不是太好奇。

舒甜以为校服这事儿就这么过去了。

舒甜身体还没完全好，因此上学、放学都不能跟江译一起骑车了。第二天她早早地坐了舒父的车到了学校，作业本被五六个人拿去抄，同学们基本上都到齐的时候，江译才踩着铃声进教室，还是从正门。

江译进来的时候，全班静下来，安静到一丝一毫的杂音都没有的那种，50 多双眼睛直勾勾地盯着门口的人。

江译一脸没睡醒的样子，站在门口，头发微乱，看起来很有型，眼睛都没睁开，半开着，睫毛打下的阴影很明显。这都不是重点，他的美貌大家天天见，已经比别的班级的同学有了一定的抵抗力。重点是江译身上穿着的，是他从去年上高中就没穿过的蓝白色系的校服，并且从蓝领子能看出来，他里外穿的都是校服——里面是夏季校服的短袖，外面是秋季校服的外套。

舒甜记得她在论坛上看到过，说附中学生一直对自己学校最为不满的地方就是校服。

附中在绝大多数时候显示着自己的财大气粗，然而在校服设计上非常不走心，布料还好，款式太丑，在全市高中生校服里太没特色。

一向都很注重学生意见的附中在这方面没有做出什么改变，只是针对学生提出的校服裤子肥到能塞进去两条腿这个问题，特地设了一个裁衣服的小铺子，专门改校服，舒甜的裤子也是改过的。有人也纳闷，这直接跟服装厂说别做那么大不行吗？结果学校在校服这块儿就非常有脾气，就不行。

校服不好看、校服得二次裁剪，这些都是一部分不怕被班主任和年级主任“修理”的学生不穿校服的理由。当然他们还有一个理由——彰显个性。江译属于后者。

江译现在穿着校服，站在正门口，鼻音很重地出声：“报告。”

江译迟到了挺多次，这好像还是他第一次喊“报告”。

讲台上的政治老师也了解这个满身传闻的留级生，眨了眨眼，舒甜从政治老师的眼睛里看到了她在由衷地为江译感到自豪和高兴，极富感情地说：“快回座位吧！”

江译走到倒数第二排，舒甜起身给他让座。

江译落座之后，塞好书包——天，他今天居然还带了书包。

舒甜实在忍不住，转头看过去。

她好像是前两天才跟姚月她们讨论过男生穿什么衣服好看这个问题，她说校服。结果今天，巧合一般，她从来没穿过校服的同桌就穿着校服来上学了。校服的那种蓝因为本身过于普通，想穿得好看，真的非常挑人，而江译就属于被挑出来的人。

江译似乎察觉到她的视线，把政治课本拿出来之后，转头看着她，却不说话。

少年的面部轮廓就像是照着比例一寸一寸刻出来的，从鼻子上画一条线，估计是轴对称图形。这么近的距离，舒甜甚至能看清他根根分明的睫毛、微微发红的眼角。

舒甜摊开课本，从书立后面撕下一张便利贴，伏下身子写了个问号。

江译接过去，很快回复过来。

舒甜打开，只见上面有两个问号。他也回了问号，还是两个。

舒甜决定不打哑谜，直接写：“你怎么想起来穿校服啦？”

字条递过去之后，没立刻回过来。

舒甜一边心不在焉地听课，一边时不时瞄一眼江译那边的动静。

过了三五分钟，她扫到江译抬笔，写字速度很快，干脆利落地叠好字条递给她。

舒甜接过字条的时候，心里有些激动——究竟是什么理由让江译重拾校服梦？她展开字条，只见上面写着：“改邪归正，好好学习，天天向上。”

舒甜："……"

星期五，舒甜提前给自己四天没动过的自行车打好气，重返跟江译一起上下学的时光。

江译这人自带流量。虽然他不上课间操，不会在全校师生面前出场，但厕所总要上吧？附中手机查得不严，几乎人手一部，上厕所的时候遇到江译，拍个照片给别人看总可以吧？论坛发个帖就更简单了。

因此，关于江译穿校服这件事儿，从他穿的第一天也就是前天开始，就已经在认识他的人里传遍了，并且传闻都离不开两个字——“好帅”。

周五的课明明跟平时一样多，但可能是因为周末的假期有了盼头，因此总给人一种过得很快的错觉。

舒甜放学回到家，不喜欢在星期五就开始写作业，通常是先玩儿一晚上游戏。

舒甜努力了两个星期，段位终于从白银到了黄金，铂金虽然看起来遥不可及，但是她相信自己可以。

舒甜现在的排位拼的不是技术，而是运气，只要匹配到大神队友，那简直是分分钟逼得对面投降。

游戏过了一周有了更新，舒甜正等着加载，手机屏幕上方一下子弹出来好几条消息。

姚小月：“甜甜甜快来呀，啊啊啊，你来看看哪，啊啊啊，啊啊啊！”

姚小月：“@舒小甜 @原小弯”

姚小月：【#链接—校园论坛—江译突然穿上校服究竟为何？我有一个大胆的想法#】

舒甜："……"

就算主人公不是江译，冲着这题目她也得看哪！

舒甜毫不犹豫地退出游戏，点开姚月发来的帖子。
帖子的发布时间是一分钟前。
舒甜惊呆了，一分钟前的帖子姚月都能发现？姚月是住在论坛里吗？
页面加载完毕。
1L楼主：

写在最开头：“纯属个人猜想！迷妹别打我呀！

“不认识江译的人直接出帖吧！

“那个什么，我现在有点儿激动，手抖。

“我们开学快一个月了，我看最近不少帖子很好奇每天跟江译一起上下学的那个同桌小姐姐是什么来头、跟江译是什么关系，半小时前放学时我拍到一段视频，给大家看看。

“[点击观看完整视频]

“我不太懂自行车，但江译的车子应该就是那种好几万块钱、变速的炫酷山地车吧？！

“然后他同桌的那辆车子大概就是来卖萌的，白白的，轮子也很小，就是小女生最爱嘛，也很好看。

“我录视频的本意是觉得好不容易遇见他们，这两个人的背影还挺般配，就录了。

“我回来后看了一遍视频，发现为什么江译骑车子都不蹬脚踏板呢？

“我又仔细一看，啊，他同桌一直在努力蹬，但是车子的原因，她蹬三圈，江译蹬不到一圈，那个画面看起来异常宠溺。

“江译，那么一个风驰电掣的男生，肯为了她，骑出龟速。

“那什么，我就有了一个大胆的猜测：江译突然穿起校服，是为了跟这妹子穿情侣装吧！”

舒甜：“……”

姚月把链接发在群里后，又找出某人把链接发了过去，他拿着她的手机非要给她加上自己的微信。

同样是刚到家的闻人一正准备洗澡，手机一振再振，他滑开屏幕。

小蘑菇：【#链接—校园论坛—江译突然穿上校服究竟为何？我有一个大胆的想法#】

小蘑菇：“你看到了吧！”

小蘑菇：“他们已经锁死了！你不要替你的兄弟痴心妄想了！我跟你讲，站错CP是超级痛苦的！”

闻人一：“……”

闻人一看得一头雾水，本来想直接发个问号过去，想了想又删掉。

站错CP很痛苦？结合上次姚月“我站江译”的惊人言论，这CP说的是江译和舒甜？

闻人一发现江译不对劲是因为太了解他，而且整天观察他，这才寻到蛛丝马迹，可最后的答案不是直接问出来的，而是诈出来的。

闻人一真是纳闷了，姚月哪里来的底气就能这么肯定？

闻人一把想带进浴室的东西放在一边，坐在床沿点开姚月发来的链接。

可能是早就知道了江译喜欢舒甜这事儿，闻人一看到楼主说的这些话，内心毫无波澜，甚至还有点儿想给他们爆料，但他不能，他想活着。

闻人一粗略地扫了眼文字，直接点开视频开始播放。

视频的背景音很嘈杂，拍的人手一直在晃，看得出来内心的激动程度。

视频中先是两个并排骑车的身影，他们骑行在最里面的地方，不断被其他人超车，但那两人依旧不紧不慢。

此时镜头放大。

闻人一也彻底认出江译那辆又黑又酷又死贵的车，这车他也借过，性能没的说，正常速度蹬一圈儿能出去十米吧。

黑酷山地车的搭档，是小小白白的……闻人一不知道该怎么形容这类车子，小轮子、轮盘不带变速、前有筐后有座，纯白色看着倒很可爱，所以这叫卖萌车？萌车？可爱车？还是女孩儿车？

不管什么车了，总之舒甜妹妹骑着这么个小可爱，不算多卖力，但脚下速度一直不慢，就没停下过蹬动。舒甜跟身边的人有说有笑，完全没注意江译的腿。

小白车身边的黑酷山地车每次被江译蹬半圈，得等小白转完四圈才能进行下一个半圈。

视频总共60秒，有40秒都是两人的背影加上车子的特写，他俩全程没露脸，只有后脑勺出镜。

视频结束前一秒，毫无预兆地，不知道他们说了什么，舒甜转过头看江译，江译也转过头看她，虽然五官看不清，但女孩子脸上明显洋溢着一个大大的笑容。

啧，闻人一觉得这楼主挺有潜力的。首先，她有一双善于发现美的眼睛。其次，她手这么抖，也没个后期特效，拍出来的效果居然让人觉得画面一直泛着粉红色的爱心，一颗一颗地往外冒。楼主是个人才。

视频看完了，闻人一接着往下滑跟帖。

2L柠檬成精:“啊啊啊,啊啊啊,我的妈呀,这两人莫名有点儿甜……可那人是江译呀！我在想什么？”

3L土豆成精：“楼上你不是一个人。我还没见过跟江译传了半个多月各种传闻的女生呢，这个视频是第一次见，但是光背影看起来就很漂亮啊，这头发，黑亮长直，是用了飘柔吗？”

4L……：“哈哈哈，楼上飘柔是要笑死我吗？”

5L青苹果成精：“飘柔给你多少钱？我海飞丝出双倍！”

6L江译迷妹一号：“啊啊啊，江译又来了！我这星期特地跑到江译他们班级那边去看他，真的超好看！看完江译，我第一次觉得我们校服那个让人无法喜爱的蓝色居然很显白！”

7L？？？：“校服显白？粉丝滤镜拖出去打死。”

22L 冷静一下：“喂，楼主，还有楼里这些嗷嗷叫的，不要乱猜行吗？不是很多人开始传江译不喜欢女的吗？怎么又突然出来这个？理智点儿，脑补最可怕。”

23L 太甜了：“我不管！最后那个对视，我的天，这是什么绝美的骑友之情！这四舍五入就是爱情！”

24L……：“绝美的骑友之情……牛！”

25L 柠檬 4 号：“天哪！最后那相视一笑，真的像极了爱情！啊啊啊！”

26L 柠檬 5 号：“我好酸，我柠檬了，我酸死了，我也想跟江译一起骑车，啊啊啊！”

闻人一：“……”

这太可怕了！

闻人一回到微信界面，看着备注“小蘑菇”三个字，脑子里突然浮现出姚月的娃娃头，体育课那次好像碰了一下，松松软软的发丝摸着很舒服。她肯定是瞪着大眼睛，噘着嘴一脸不服气地给他敲下这么多感叹号。

噗，闻人一忍不住笑了，给姚月打了几个字过去：“知道了，小粉头。”

舒甜看完帖子，刷新了一下跟帖之后，又看了三遍那个视频。

其实两人一起骑车的时候，因为总是在聊天儿，她负责说话，江译负责看路，偶尔回她，所以她一直没怎么注意速度这方面的事儿，没想到居然是这样。

这个视频真是看得很清楚了。

撇去那些人的猜想，这是江译一直在等她的意思吗？

舒甜说不上心里是什么感觉，看着宿舍群里原弯弯和姚月的语音夹杂着“啊啊啊啊啊啊”一起发，她还能很平静、很稳地发语音：“你们别号了，不可能的。”

那个楼主猜的，情侣装什么的实在是太扯了，江译突然穿上校服的原因成谜，具体还有待商榷；车子这个事儿就很好解释了，毕竟他们是说好一起走的呀，她骑得慢他就等她呗。

舒甜以前看过一句话，说小时候的感情，尤其是友情，不能当真。

舒甜初中遇到林以桉已经不算小时候，她倒也没什么小学到现在一直关系很好的闺密，要真说起来关系好，也就是跟江译了，所以不光是兄妹情，这人还囊括了她小时候所有的友情。

看看，一个桀骜不驯又缺乏耐心的哥哥每天上下学帮她把车把、帮她看路，还因为她减速不蹬脚踏，怎么不能当真？真得不能再真了！

下星期就要月考，舒甜是那种平常怎么学考前也怎么学的人。她想了想，退出论坛回到微信，给江译发了条消息。

舒甜：“江译哥哥，下周考试了你知道吗？”

江译可能也正在玩儿手机，因此秒回信息。

江译：“知道。”

舒甜笑了笑，又打字：“那，周末一起复习？”

舒甜晚上关心了一下纯情“小男生”，发现对方不但没有任何进展，反而十分不争气地连游戏都没过关。

舒甜觉得他实在是太㞞了。当然，这种㞞她能理解，就像很多小说、电视剧里不是就这样嘛——“万一告白了连朋友都做不了”的担忧。

舒甜觉得“小男生”不知道是魔怔了还是怎么了，好像爱上了那款少女恋爱游戏，也不能说是爱上吧，可能就是怎么都过不去，也没有被人表白过，心态崩了，有了执念。

舒甜马马虎虎地进行了一番口头指导，也没再深入，最后祝福了一下他的游戏进程。

舒甜昨天跟江译约好了下午两点碰面，因此两点准时出现在对门门口，摁了门铃进去，轻车熟路地跟江父、江母打了招呼之后，江母给她开门让她进了江译房间。

舒甜进江译房间的时候，江译刚从浴室出来，好像刚洗完澡，看表情，显然是没听到她进来。

江译肩上搭了一条纯白色的毛巾，头发还有点儿滴水，凌乱但很有型，抬眸跟她对上视线的时候，桃花眼里雾气氤氲，眼睛里的错愕显而易见，莫名有些可爱。

舒甜觉得自己上了高中以后怕不是得了失心疯。江译可爱？江译可爱！这个念头不止一次出现在她的脑海里。

她想什么呢一天天的！江译哥哥怎么能跟可爱挂钩？

江母出去的时候顺便带上了门。

舒甜弯唇笑了一下，对江译扬了扬手里的书，说："现在开始吗？"

江译点点头，道："好。"

舒甜坐下之后，突然想起自己刚才进来的时候没看到的人——学霸江言。

"哦，对了，"舒甜转头问，"江言哥呢？我都忘记他现在回来了。"江言学习比她好多了，因此她中肯地建议道，"不然让江言哥跟你复习吧，他比我厉害多啦。"

江译："不用了。"

"嗯？"舒甜想了想，问道，"他有事儿？"

江译想起刚才吃午饭的时候非常有精神并且贴心地询问过他需不需要帮他复习的哥哥，淡定地道："我哥累了，在休息。"

江译的这番话让舒甜瞬间联想到那个少年的身体状况。唉，江言哥真的惨。

舒甜表示理解，点点头，道："那我们开始吧，先复习物理。"

两个小时后。

江译觉得学习真是太难了，世界上怎么会有这么难的事儿？为什么要画电路图？为什么要算函数？生活中遇到个灯带着开关谁会亲自去画它的电路图？出去买个菜而已，谁会设白菜为 x，芹菜为 y 后再开始算钱？

江译觉得现在他的脑子里一团糨糊。这幸亏是舒甜讲的，有她的魔法加持他才没直接上床睡觉，不然就算是家里那位年级第一给他讲，他肯定也早就没耐心了。

不过有耐心是一回事儿，听懂并且学会是另一回事儿。

舒甜走的时候是下午五点多，没多久吃完晚饭，江译回了房间，打开了昨天同一时间打开的游戏界面，游戏卡在同样的地方。

这一个星期以来，江译一直致力于一个角色。他把徐息，也就是人设为颜值极高、说话温柔、撩人不倦的大学霸这个角色给摸了个透。

他发现了这个游戏的精髓——在撩一个角色时，不能跟别人产生太多的暧昧关系，但也不能毫无关系，因为毫无关系的话，无法触发“吃醋”副本，也就无法开启“告白”。太阴了！江译研究了一个星期才研究明白。

一个游戏而已，何必做得这么较真儿？！

大概是出于一种“好东西要留到最后”的心理，江译打开告白卡，点了一下右上角的评论区，观赏了一下 ID 名为“徐息的老婆”“徐息的媳妇儿”“息息妈妈爱你一辈子”等人发的评论。他太想知道这人是说了什么能让她们这么激动。

江译点开告白卡，“开始旅程”四个字总算不再是灰色了，他点进去。

这是一个放学后很普通的空教室场景。

游戏开始前进行了一串无意义的人物对话，徐息的建模比较柔和，总是在笑，江译面无表情地看着屏幕上的字。

徐息笑着说：“江译爸爸，我有话要对你说。”

江译点了一下屏幕。

江译爸爸：“好呀！我听着呢，你说吧。”

徐息的脸突然泛红，屏幕上出现一行字。

徐息声音很轻：“我还是写给你看吧！”

江译爸爸害羞地点头：“好的，好的。”

江译等了大概十秒钟，徐息写好了。

江译面前出现一张纸，三行字，三句话。

嗯？江译看了又看，除了第三句的“江译爸爸，我喜欢你”，前两句他怎么看不懂？

江译把前两句复制了去网上搜，出来的结果是一堆“啊啊啊，我息息太撩了”“啊啊啊，我爱他一辈子，呜呜呜”之类的，没有人解读。

没有人解读？这是什么玩意儿？所有人都知道吗？

江译愣了几秒，把这一幕截了个图。他刚想出门，想了想，又找了纸、笔把句子抄在纸上，然后出门右拐，动作娴熟地敲门。

门很快被打开，江言出现。他一身居家服，宽松的衣服显得整个人更瘦了，该是刚摘了眼镜，笔挺的鼻梁两侧还有两个红印。

两人身高相似，对视之后，少年诧异了一瞬，随即又笑开，眉眼霎时间变得温柔，问：“怎么了阿译？”他边问，边侧身让江译进门。

江译走进去，看着江言带上房门后，才把手上的纸递出去，道：“哥，帮我看看这两句话什么意思。”

江言又是一愣。他都不记得江译有多少年没找过他问学习方面的问题了。

“嗯，”江言伸手把纸接过去，笑着说，“两句话？是语文阅读还是英语……”江言看清纸张上的字的一瞬，笑容僵在唇角，话语戛然而止。

纸上是江译张扬的字体，写着：

——自从遇到了你，

我的 pH 总是小于 7。

——你是北大西洋暖流，我是摩尔曼斯克，

因为你的到来，我的世界成了不冻港。

“哥？”可能是嫌江言看得有点儿久，江译的声音再次传来，“这两句话是什么意思？”

江言：“……”

房间灯光颜色偏暖，光线穿过灯罩，打在站姿随意的少年身上，少年墨色的眼瞳满满都是浓浓的求知欲。

听江译这个口吻，江言以为肯定是什么阅读理解或者文科大题不会做，虽然他对于江译开始做题这件事有些惊讶，但这毕竟是件好事儿，结果不是。

这两句话江言当然看得懂是什么意思。

江言看着手里的纸，被催了一遍之后依然没有开口。

江言确定这不是江译写的，他甚至不懂，所以这应该是别人写给他的。那，谁写的呢？

江言转身，走到床边坐在床上，江译也跟过去站着。

江言心里飞快地掠过几个想法，比如是直接问出口还是用迂回的方式，过了几秒，他放弃了第二种想法，直接开口道：“这是别人跟你说的？”

这是游戏人物跟他说的，也算是吧。江译点了点头，道：“嗯。”

江言的心情一瞬间变得复杂，他有些纳闷江译为什么不去网上查，反而跑来问他。

“先说第二句，”江言捏了捏鼻梁，“摩尔曼斯克港，是俄罗斯在北冰洋的港，它虽位于北冰洋，但常年不结冰，是因为有北大西洋暖流经过，你可以理解成是一股暖空气流动经过了这个地区。”

“所以，”江译缓慢出声，“这句话的意思就是……”你是我的暖流？你温暖了我？

这话直白地说出来好像有点儿奇怪，江译领悟了之后点点头：“我知道了，那第一句呢？”

江译站着，江言坐着，自上而下的角度，他能看到对方许多微表情。

江译观察到江言皱了皱眉，张了张嘴，却又合上，把纸对折，抬起头看他，说：“这句说得有点儿奇怪，我也不确定。pH 表示酸碱度，小于 7 的话呈酸性，也就是说，”江言的嘴角微微带了点儿笑意，“遇到你之后，就开始呈酸性，我猜是吃醋的意思。”

江言解释完，房间突然安静下来，两人之间的气氛莫名地有些尴尬。

江译在心里翻了个白眼，那个徐息，这么迂回的吗？不就是告白嘛，至于弄得这么花里胡哨的吗？

“这个就是……情书，”总不能一直不说话，虽然没有被问，但江译还是找了个最合适的理由，“今天放学之前一个人给我的，我打开看了发现不懂，就来问你。”

江言顿了一下，抬头对江译笑了笑，说：“嗯，好。”他一身白，皮肤也白，笑起来的时候眼睛微弯，声音温和，带着说不出来的感觉，仅仅两个字，刚才那种尴尬瞬间消失。

江译松了一口气。他其实知道江言不会追问太多，就像从小到大，江言身为哥哥对他的好一样，很多，却永远恰到好处。

江译用余光扫过房间里的桌子，那上面摊着书和本子，他随口问道：“哥，你在写作业？”

江言这次沉默了得有五六秒，说：“不是，我帮别人整理笔记。”

“谁？”

“我同桌。”

江译不知道他同桌是谁，又不是一个班的，也不打算问，点了点头，道：“噢。”

同桌呀，估计也是因为快要月考了，有江言当同桌也是够幸运的。想到这儿，江译突然想起下午的时候，在他房间给他讲题的小姑娘，也是他的同桌，忍不住垂眸笑了一下。

舒甜觉得前一天的复习效果不错，因此晚上又问了江译要不要周日继续，仿佛转性了一样热爱学习的江译理所当然地同意了。

于是周日下午的同一时间，舒甜再次来到江译房间。她看着江译微湿的头发，闻着他身上散发的沐浴后的香气，沉默了几秒钟后，实在是忍不住了，问道："江译哥哥，为什么连着两天你都是这个点儿洗澡？"

江译："……"

他刚起床，并且习惯起床后先洗个澡，但总不能这么回答吧？

江译本来在拿笔，侧脸对着舒甜这边，听到问题后动作顿了顿，转过头来，说："因为我习惯中午洗一次，晚上洗一次。"

舒甜："……"

舒甜觉得身为一个不拖到上床前最后一刻不去洗澡的人，不配问这个问题。

她有什么好奇的呢？还不是人家爱干净！

舒甜打开物理课本，若无其事的样子做得非常到位，点了点头，道："那我们开始吧。"

临近九月底，S 市室外温度依旧很高，室内空调开到 24℃，窗外有阳光照进来，显得整个房间暖洋洋的，却又一点儿也不热。

江译一开始还能集中注意力在物理课本的那些字上，舒甜的声音很好听，他必须努力分辨出她在讲什么，然后用这些话去理解那些字，说实话，工程量很大。

江译作为一个学渣，走神儿这个技巧可谓是练得出神入化。他也不知道自己专心听了多久，看着舒甜说话的时候微微上翘的唇角，看着看着就走神儿了。

江译想到昨晚解锁出来的那几句告白，江言一看就能懂，那舒甜应该也是，而他不仅不会，也不喜欢这种方式，但是看那张告白卡下面的评论，好像那些女生对此都特别疯狂，不过别的告白卡她们也很疯狂。

舒甜会喜欢这样的告白吗？不然他去把所有的卡都过一遍，也看看别人的？

江译想了半天没想出结果，可能是费心、费神又费脑，再加上昨晚没睡好，越想越困，并且第一次听舒甜讲课的新鲜劲儿已经过去了，他缓缓合上了自己的眼皮。

舒甜讲了大概有半个小时，不知道是因为她的声音轻缓柔和还是怎么回事，接受一对一指导的江译就这么明目张胆地睡着了。

这个点儿是平常午休的时间，舒甜来的时候其实也有点儿困，但是可能是一直在说话的缘故，并没有困成他这样。

舒甜放下笔，转过头，发现江译是单手撑着头睡着的，还维持着听课的姿势——整张脸对着她和课本的方向。

江译刚才还带着点儿湿气的头发已经干了，发顶看起来毛茸茸的，舒甜一下子想到上次顺他那绺儿翘起来的头发的时候，他的发质触感很柔软。

少年的脸型很瘦，下巴微尖，闭着的眼睛显得更狭长，睫毛长长地在眼下打了一圈儿阴影。

房间里一片静谧。

他们看同一个课本，两人距离很近，近到舒甜能闻到江译身上那股香味，淡淡的草木香混着水果味，很好闻；近到舒甜甚至听得到他很轻很浅的呼吸声；近到舒甜对着他的脸，心跳开始加速。

舒甜就这么看了一会儿，等反应过来的时候，手上正拿着手机，打开的是照相软件的界面，镜头正对着身边这张放大的帅脸。下意识地，她用拇指点了一下屏幕中间的圆圈。

嗯？你干什么呢？怎么就给人家照相了呢？舒甜无语地看着屏幕上的照片，照片拍得是很好，人家本来就非常棒的皮肤在镜头里简直白嫩得要掐出水了，但偷拍这种行为不太好。她想删除，然后手指却自发地移动到了“保存到相册”上面去。

舒甜真的不知道自己在干什么。

舒甜的手机是静音模式，照相的音效没出来，江译没醒，谁也不知道她拍了照片，那就存着吧，一张照片而已。他们都同桌快一个月了，拍一下同桌的睡颜而已，过分吗？不过分吧！爱美之心谁还没有呢？！再说这还是她的竹马哥哥，不过分，不过分。

舒甜折腾完，脸红心跳不说，还觉得亏心，而被拍照的人没有丝毫反应，依然睡得安稳。

舒甜觉得这样不行，得做点儿别的来转移一下注意力，于是将手机重新解锁，进了校园论坛，想着看看帖子，等江译睡醒了随时都可以继续学习。

舒甜有追帖的习惯，点进收藏夹，想查看收藏过的帖子，从上往下一扫，被自己震惊了。

“震惊！江译穿校服了？没错就是那个江译！”

“报！我们班有一个超级无敌帅，笑起来超级无敌好看的男生姓江，长得跟江译还有点儿像，我有一个大胆的想法……”

“最近小说看得多，想象力有点儿丰富，理性讨论一拨，你们说江译会不会是那种装作学习不好其实学习很好的人？”

“自从江译上了高中，咱们学校论坛有没有哪怕一天，跟江译有关的帖子没待在首页呢？没有！”

自己收藏的都是这些吗？全是关于江译的？！这半个月自己都不看别的帖子吗？

舒甜又看了一眼此时化身为睡美人，安安静静地在她身边睡着了的人，随后双手交叠放在桌子上，把头埋进胳膊里，趴着，长长地叹了口气，这怎么回事儿呀？

周一返校之后，哪怕是再佛系的老师也恨不得用个大喇叭每节课在学生耳边吆喝七个字：要月考了，学习吧！

马东立身为班主任，没给学生太大压力，而是反其道而行之——用即将到来的美好假期诱惑他们。

“同学们哪，你们想，熬过了月考，就是国庆长假，还有咱们学校组织的郊游呢，在外面野营什么的，想想都美呀！

“还有运动会呢，假期回来就开，老师给你们算了，这次月考考好了，你们足足能玩儿半个月！

“但要是考不好——那你们就自己寻思吧！”

马东立说的话极具煽动性，又恰到好处地留白，真不愧是语文老师。

马东立将气氛烘托得很成功，周一那天，每个课间舒甜身边都围了一圈问问题的人，她除了上厕所和睡觉就是给人讲题。

第二天，本来节节课间都在睡觉的某人突然像是学习之魂燃烧起来一样，霸占了舒甜课间的从此只有江译。

江译问的问题有时候很奇怪，不是很简单就是特别简单，而且舒甜讲题的时候，他明显是撑着眼皮在听。

舒甜很疑惑，问他：“你这么困，怎么不补觉？”

江译：“快月考了，想学习。”

舒甜顿时无话可说。她从未见过一个想学习的人课上睡得暗无天日，课间勉强醒着学十分钟，真是太牛了，江译跟一般人就是不一样。

月考的座位表是在考试当天早上发下来的，考场按成绩排。

江译和闻人一因为留级所以成绩直接默认倒数，两人不光在最后一个考场，座位还是挨着的。

马东立交代了考试期间的作息及回教室自习的时间后，所有人都准备离开教室去考场。

舒甜站起来，江译从里面的座位出来，她准备跟他打个招呼就走，肩膀却突然被人从后边拍了一下。

舒甜回过头，看到闻人一笑得不怀好意，听到他问："舒甜同学，带手机了吗？"

"带了呀！"

"我想问问你能不能把选择题的答案写在卫生纸上，然后中途说自己上厕所，给我们……"

舒甜学习好，认识学习不好的人倒是有很多，这样的事儿她从初中就挺有经验，监考不是很严就能实现。舒甜都准备点头了，闻人一的话却戛然而止。

江译不知道是什么时候出现在闻人一身后的，他比闻人一要高一点儿，手很精准地捂住了闻人一的嘴。

江译对舒甜点了点头，道："走了。"然后他就用那个姿势，拖着闻人一出了教室。

闻人一快气死了，拼命挣也挣不开江译的桎梏，眼看着答案离自己越来越远，悲从中来："你……呜呜呜呜呜呜！呜呜呜！"

——你又不是没抄过！

——真能装！

闻人一被拖着下了楼，江译松了手。

闻人一一得到解放，立马打开话匣子，一长串儿话劈头盖脸地砸下来："译哥，你冷静一下，我知道你在树立好学生人设，我都懂，之前你那些做法什么的我都看到了。"闻人一觉得自己说得有理有据，他要是江译，早就被说服了，"那你这回不作弊你怎么立人设呀？你几斤几两自己没数吗？你要自己考？考出来倒数？"事关成绩，闻人一实话实说，也不怕被揍了。

"倒数是倒数，"江译沉默了一会儿，接着道，"但是作弊，不好。"

闻人一："……"

你现在知道不好了？那你去年为什么还参与其中？

江译看着像是心意已决的样子，走廊上都是来来往往准备去考试的学生，路过的女生看到江译能蹦跶好一会儿才一步三回头地走掉。

闻人一没想好该说什么，就听江译说："从这次考试开始，我都自己写。"

江译向来是人群中的发光体，但此时他身上的光快要把闻人一给闪瞎眼了。

闻人一试图做最后的挣扎，可还没等他开口，就听江译说："我不抄，也不帮别人抄。"江译满脸正色，一脸认真地说，"这次英语你自己做。"说完，他抬腿就走。

闻人一愣在原地好半天："……"

他什么意思？难道他喜欢上个学霸，为了学霸改邪归正，而自己连保底的 100 分英语成绩都要失去了吗？

第七章

掌心的潮意

一个班级里一般三四个人在一个考场，舒甜的考场不用走太远，下了楼一拐弯就是——第一考场，高一（1）班。

附中也是尖子生聚堆儿的地方，据说高三文理火箭班每次大考小考都要跟一中的小班比，争全市最高分是哪个学校的。

舒甜的座位排在靠窗那排倒数第三，她在七班的学号是 3，是这个尖子生考场里吊车尾的水平。

舒甜不是那种临时抱佛脚的学生，考前也跟平常一样该怎么学怎么学，离考试还有 15 分钟，别的学生都在争分夺秒地翻复习资料，她就看着窗外的景色发呆。

舒甜中考其实算是超常发挥了。

舒甜学习最好的时候大概是小学六年级和初一，稳坐班级第一、年级前三，每次家长会，她都属于被老师摁着头表扬那伙儿的，舒甜这个名字简直是贯穿整场家长会的标杆。

舒甜六年级的时候觉得这种事儿非常光荣，同学们大部分也是真心实意地为她鼓掌。而她到了初中，也就长大了一岁，老师一直表扬的学生好像就变了味儿。

舒甜不太明白为什么六年级和初一只差了一年，身边的人会变化这么大，就因为小学到初中换了两个字？

舒甜长得好，家住在京园别墅区的事儿也在班里传开了。不仅如此，她还跟不少女生心目中最符合《霸道校草爱上我》真人版男主江译有着说不清道不明的兄妹关系。这种种原因加起来，她的存在就成了某些人眼里的刺。

监考老师阅读《考试须知》的声音打断了舒甜的思绪，她收回看向窗外的视线，托着腮，另一只手百无聊赖地玩儿着笔。

高一共学九门功课，考两天，主科考两个小时，副科考一个小时，因此时间就必须集中。

这才第一个上午考完，舒甜刚到宿舍，迎接她的就是姚月和原弯弯的抱怨。

两人抱怨完题有多难、题多做不完，就开始了自己的八卦正业。

姚月神秘兮兮地道："不知道为什么，明明我是咱们班学号靠前的，排考场跟弯弯一栋楼，在实验楼那边——然后我跟她就看到两个女生在最后一个考场门口晃悠。"

原弯弯道："我们觉得可疑就过去看了看——后门坐着江译。"

姚月咂巴着嘴说："那俩女生穿着超短裙，一个染了头发，一个烫了头发，脸上的妆可浓可浓了，都看不出来原本长啥样。"

原弯弯接道："但是腿是真的挺好看的，她们一个光着腿，一个穿黑丝袜，我看路过的男生眼睛都挪不开了。"

舒甜终于忍不住了，问："那江译呢？他也在看？"

“江译坐在教室里呀，”姚月说，“我们俩看不到他有没有往外瞅。我看他们的样子好像以前认识，闻人一也在跟她们聊天儿，也可能不是高一的，是高二的同学下来找他的。”

姚月表情夸张，伸出一只手，道：“只见穿黑丝袜的女生搔首弄姿，靠在门框上。”

原弯弯声情并茂地道：“递出去一个粉红色的信封。”

姚月闭上眼睛做捧心状，说：“上面写着，‘啊！江译，我爱……’”

舒甜越听越烦，也不知道这是怎么了，换作以前她应该会对这些很感兴趣，但现在满脑子都是让这两个人赶紧闭嘴。

“你们俩够了，”舒甜忍无可忍，出声打断，“刚考完试，来对一下数学答案吧，你俩最后一道题算出来了吗？我告诉你们？”

姚月：“……”

原弯弯：“……”

你是魔鬼吧！

原弯弯：“不用了！”

姚月：“嘤……”

下午第一门考英语。

考场环境嘈杂，毕竟要考试了，平日里看着潇洒的不用功少年，每个人都挺惆怅的。

有一个人更惆怅。

闻人一记得初二刚认识江译的时候，他俩就很有缘，基本上一直在一个考场——最后一个考场。

闻人一从小英语就不好，一窍不通，他又懒，单词不背，上课不听，就算选择题多，他蒙的正确率都极低，100 分能考 20 分就不错了。

他那时候是江译的同桌，刚跟江译称兄道弟没多久，期中考试之前，他大概跟江译抱怨了得有整整一星期。江译可能是被他说烦了，当时脸色不太好地敲他的桌子，说："别唠叨了，英语我给你抄。"

闻人一："……"

江译的成绩闻人一还是有所耳闻的。就算他没有耳闻，那大家总是在最后一个考场相遇，你说这说明了啥？说明水平相当！水平相当的人抄来抄去成绩会变好吗？闻人一曾实践过，答案是不能。

闻人一那时候顿觉自己前段时间实在是太放肆了，看看吧，把江译惹怒了，都开始口不择言说要给自己抄了。

于是江译说完，闻人一再也没抱怨过。

后来期中考英语，闻人一接到江译扔过来的字条的时候真是瑟瑟发抖，他是抄呢，还是不抄呢？抄了的话，可能还不如自己蒙的分高；但是不抄，江译的答案他敢不抄？那是不想活了。

分数算什么！他还得跟江译做同桌呢！闻人一抱着这样惨痛的心情抄完之后，成绩出来，他进步了十几名——全靠那 80 多分的英语。

因此，从早上到现在，闻人一嘴皮子都要磨破了。离考试开始只剩下十分钟，最后一个考场跟别的考场不一样，这十分钟大家都在忙着联络感情和答案归属。

江译跟闻人一挨着，非常适合作弊。

闻人一不死心，转头道："译哥，虽然咱们去年高一的时候期中考试抄大了考了 40 多名令人不齿，但是我爸妈对我好了一个月呢！你不作弊，你给我抄，你也没作弊呀！你只是帮助了一下同学，特伟大！"

江译不说话。

闻人一咬咬牙，硬着头皮道："那个，其实我夜观天象，我算到假如你给我抄了英语答案，感情之路将会一马平川！一往无前！一片坦途！"

江译不为所动，懒洋洋地靠在椅背上，打了个哈欠，浑身上下写满了"你在说什么我听不见"，一个眼神儿都没给闻人一。

唉，算了，靠自己吧！闻人一决定自暴自弃，选择题读读题，根据那虚无缥缈自己根本没有的语感来作答，想想都刺激。

闻人一认认真真地蒙完，考试时间过去了一半儿，他准备把作文写了再涂答题卡，结果刚翻开卷子，从肩膀后方扔过来一个小纸团。

闻人一压着心跳，观察老师，然后展开纸团一看，上面写着满满的ABCD。

闻人一拿起笔，从卷子开头开始疯狂改答案。

闻人一颤抖着手，决定追随并爱江译一辈子。

考试结束的铃声响起，考场里瞬间充满了各种语气词。跟他们不一样，闻人一心情大好，等监考老师收完卷子，他一转头，看到江译趴在桌子上。

闻人一："译哥。"

江译的声音带着浓浓的倦意："说。"

闻人一："译哥，你这个举动太令我感动了，我决定叫你一天'爸爸'。"

闻言，江译抬起头来。

江译除了黑眼圈有点儿重，还是那么帅，只见他挑了一下眉，说："知道为什么吗？"

"啊？"闻人一反应了一下，意识到他在说什么，笑道，"还能为什么，不是你良心发现了吗？"

"不是。"江译扯了扯嘴角，那个笑怎么看都带着点儿嘲讽，"我就迷信一下而已。"

啊？他迷信什么？

闻人一脑海里骤然响起自己之前说过的话："假如你给我抄了英语答案，感情之路将会一马平川！一往无前！一片坦途！"

闻人一："……"

这话你是怎么好意思说出口的？他决定单方面收回对江译的爱。

月考之前，同学们听马东立的意思感觉成绩会出来得很快，国庆放假肯定会拿着月考成绩回家。结果不是，成绩要等到放假回来才发。同学们听到这个消息的一瞬间，教室的天花板差点儿被掀翻。太棒了吧！怎么会有这么人性化的学校！

“下面我说一下野营的事儿，”马东立等大家平静一些之后，开始说下一个重磅消息，“国庆长假去野营，算是咱们学校给高一学生安排的小福利，也是特色，只有高一学生能参加这么一次。这个完全是自愿的，想不想去看你自己，你们今晚回家都问问父母，明天之前得把名单定下来，不给我发短信的，我就默认不去了。”

马东立在黑板上写了一串号码，说：“这是我的手机号，都记一下，班长可以放学之前统计一下咱们班里人的微信，建个群，把我也拉进去，我发一下野营这两天需要带的东西。”

最后，马东立笑眯眯地给了个结束语：“你们可得好好感谢我，这个野营必须由班主任带领才行，假如班主任想偷懒，你们也去不成。”

这明显是在邀功，七班的同学这一个月以来已经非常了解这老头儿的意图了，顿时开喊。

“马导万岁！”

“马导威武！马导我们爱您！”

同学们叫马东立马导是因为他这个人虽然一把年纪了，但浑身都是戏，当导演也不为过，因此简称马导。

马东立笑得脸上的肉都挤到了一起，非常有喜感地做了个抬手往下压的手势，道：“行了行了，班长统计统计微信就放学吧，后天见。”

马东立走了，舒甜听到身后椅子声响起，回头看向声源，闻人一站着，胳膊肘支在桌子上，半个上身都挂在江译身上，亲亲热热的样子很欠打：“译哥，听说你要去野营啊！”

他嗓门儿格外大，大得不自然，眼珠也转来转去的，像是故意说给谁听一样。

舒甜看了一圈儿，周围这些人，他说给谁听？

“你去年也高一，怎么没去？嗯？译哥？说话呀！”班里越来越吵，但闻人一在那边大声吆喝的话还是一字不落地传到了舒甜的耳朵里。

舒甜把视线从闻人一身上挪到江译身上，恰好对上他看过来的目光。

少年穿着规规矩矩的校服，拉链拉到胸膛往上的地方，皮肤很白，看着板正又干净。

舒甜蓦地想到之前他背着自己走到校门口，自己在路上问过他去不去野营，第一次他沉默了，第二次，她说要去，他才给了肯定的答复。

闻人一又开始耍赖：“你说话呀译哥，为什么去？啊？是不是因为谁？”

舒甜看到江译闭了闭眼，迅速起身、回头，毫不留情地推了一把闻人一的书立。

江译的侧脸对着这边，舒甜看得出来他绷紧的下巴。

江译声音不大，却充满警告的意味：“因为我想去。”

闻人一看着自己桌面上一片狼藉，翻了个白眼，举起双手，道：“得，您想去就去。”

哼，也不看看他这是为了谁？

周五考完试，周六收拾东西，周日出发去野营。

集合点在校门口，每个班都有各自的牌子和大巴，马东立做了个牌子，上面写着八个大字：马导团队，在此集合。

舒甜还没到地方的时候，在班级微信群里看到这张照片，笑得差点儿把牛奶喷到车上。

舒甜她们宿舍三个人都去，原弯弯因为家离终点比较近，所以直接就去那边等了，舒甜跟姚月约好距集合时间 20 分钟到。

假期里没人穿校服，舒甜下了车，看到集合点站着的女生都打扮得花枝招展，小裙子一溜儿看见好几条，颜色、款式都不一样，可是她记得行程里好像有爬山，这样方便吗？

舒甜找到马东立，看到姚月正在跟他说话，于是走过去，乖乖地打了声招呼：“马导，报告！”

“嗯？”马东立看过来，看到是她，一下子笑了，一边在手里的小本本上打对钩一边说，“啊，舒甜哪，姚月等你呢，上车吧你俩，里面空调凉快。”

“好嘞！谢谢马导！”

“马导辛苦啦！”

大巴是学校统一租的，长得都一样，只是车身贴的广告不一样，七班的大巴上贴着的是：无痛人流，思由是您的不二选择。

真是绝了，学校不能检查一下广告吗？这么停在学校门口真的好吗？

舒甜上车前，掏出手机拍了张大巴的照片发到群里，打字：“大家注意，这是咱们班的车，别上错了。”

本来安静的群里登时就炸了，一堆“哈哈哈哈哈哈哈”和表情包霸屏。

舒甜上车后，发现上面已经有人了，前排的几个位置都是班里平时关系好的女生成双结对，最后几排坐的都是男生。

舒甜拉着姚月，跟几个女生打了声招呼，走到中后排的地方，听到熟悉的吊儿郎当的声音。

“舒甜同学！小蘑菇！这儿这儿这儿！”闻人一今天穿了件连帽卫衣，显得干净、清爽。

舒甜之前只是扫了一眼，这时才发现闻人一身边坐着江译。

江译身着白T恤、黑裤子，靠在座椅上很困的样子，舒甜看过去的时候他刚好打完一个哈欠，桃花眼亮得惊人。

他们隔空对视两秒钟，舒甜对着那个方向笑了一下，说：“好哇。”然后她拉着姚月走过去，坐在两人前排。

舒甜靠窗坐着，一坐下就开始听歌。姚月渴了，正喝水，耳朵里就被塞上一只耳机，听到舒甜说："我最近新发现的组合，太好听了。"

姚月："……"

闻人一看到两个女生落座，身边的人依旧没什么反应，一点儿表示都没有，他啧了一声，说道："喂，译哥，你不是吧？"

"嗯？"江译抬头看他。

闻人一看了看前面，压低声音道："你这么大老远跑来野营为的是什么？我都把人给你叫跟前来了，你就不打算上？"

江译皱眉，问："上什么？"

闻人一接着暗示："我看了咱们的行程，这一路两个多小时。"

江译："所以？"

闻人一："……"

他非得把话说得那么直白吗？

闻人一翻了个白眼，道："所以，你去跟小蘑菇，不是，去跟舒甜的室友说，你要换座位呀！你去跟你妹妹坐呀！"他用气声补充道，"好机会呀！"

江译："……"

姚月一只耳朵里塞着舒甜的耳机，正摇头晃脑地刷论坛呢，肩膀突然被人拍了一下，她玩儿得投入，吓了一跳，回过头的时候对上了一双眼睛，那双眼睛形状很好看，眼睫毛很长，让对面的人面部轮廓都变得柔和了不少。

这……这不是江译嘛！姚月心中警铃响起，咽了口唾沫，瞪大眼睛。她看着江译一点儿一点儿地弯腰，扶着她身后的座椅，低沉好听的声音钻进她另一只耳朵里。

"同学，介意跟我换一下座位吗？"

姚月："……"

他要换座位？他换座位干什么？噢，他要跟舒甜一块儿坐。啊！他要跟舒甜一块儿坐！

姚月立马扯下耳机，毫不犹豫地站起来，一边摇头一边一迭声地说："不介意，不介意，不介意！"

姚月的心脏跳得飞快，平时话都懒得说的江译这么有礼貌又温和地跟她说话只为了能跟舒甜一块儿坐！姚月开心得想哭。妈呀！我嗑的 CP 太甜了，呜呜呜！

姚月动作很麻利，抱着书包就从座位上站起来闪到后面，一屁股坐在了江译之前的座位上。她睁大眼睛，就这么盯着前方江译的后脑勺，看着他坐下之后偏过头跟舒甜说了什么，还微微勾了一下唇角。

他说了什么呢？

——“我来了？”

——“我跟她换座位了，你看到我开心吗？”

姚月想想都觉得好甜蜜。

姚月想看，但又觉得一直盯着人家看不好，于是忍痛收回视线，往旁边一扫，就看到闻人一正靠在窗边对她笑。

除了上次体育课，他们平常聊天儿都是用微信，姚月没有再和闻人一离得这么近过。

闻人一笑起来的时候挑着眉，显得不怀好意，他的手指把玩着连帽卫衣上面的抽绳，拽啊拽的，吊儿郎当地开口：“小蘑菇。”

姚月：“……”

这人怎么随便给人起外号？

姚月咬了一下嘴唇，想打人，但觉得两人好像又没那么熟，因此只是憋红了脸怒道：“你叫谁蘑菇？你才是蘑菇！”

闻人一好像看不懂她在生气，笑得更欢了，说：“叫你呀！”

姚月：“……”

闻人一：“蘑菇长得多可爱，还不让人叫了？”

姚月：“……”

蘑菇哪里可爱了？

姚月不想理他，开始翻书包，翻遍了也没找到自己的耳机。她不会忘带了吧？姚月觉得很绝望，要是耳机忘带了，又摊上这么个邻座，她这一路可怎么办？

“找什么呢？耳机？”身边欠揍的声音响起，姚月转头，看到男生凑近而放大的脸，“我有啊，听我的吧。”

谁要听他的！

“谁说我在找耳机？”姚月抬着下巴，自认为很有气势地回，“我才不听歌呢，哼！”

到了出发时间，所有人都上车后还空着几个座位，一辆大巴能装40多人，七班不算马东立刚好来了40人，已经算很多了，有些班级就来了20多人，有些班级连去的机会都没有。

舒甜看贴吧上很多人抱怨自己的班主任不能去，非常羡慕那些能去的班级。

大巴应该是旅游专用车，麦克风、音响设备一应俱全。车缓缓开动，马东立站在司机身边，手里拿着麦克风，秃顶的头上戴了顶小黄帽，很显眼。他先试了试麦克风，然后笑眯眯地说：“同学们，早上好啊！”

同学们：“马导好！”

“嗯，”马东立扶着旁边的车座，站得不是很稳，“你们是不是觉得我得讲一路？今天不讲了，我打印了咱们一会儿要去的那座山的相关资料，40份，一会儿班长宋林给大家发下去，关于所有的注意事项全在微信群我发的文件里了，行程也在，你们都仔仔细细看一遍。”

马东立就要说完收尾了，舒甜听见后面传来一道突兀的男声打断了他：“马导，我们想听你讲，你讲讲呗。”

有人已经笑出声，连声附和：“就是呀，老师你讲的我们想听。”

车内起哄声一片，马东立叹了口气：“唉，马导老了，不是不想给你们讲，我是晕车呀！”

车上静了三秒，下一刻，所有人都忍不住笑出了声。

“对不起呀马导，那您快坐下吧！”

“哈哈哈，哈哈哈，老马怎么这么诚实，笑死了。”

舒甜也觉得马东立的性格是真好，估计他当老师这么多年，没遇到过多少不喜欢他的学生。

舒甜跟着笑完，往左边看了一眼，刚好对上江译看过来的视线。

他手里拿着黑外套，看着跟黑裤子是一套，头上戴了顶白色的棒球帽，没有别的图案，帽檐上有一个孔，装饰红绳穿过，格外好看。

嗯，他们又坐一起了。

江译刚刚坐过来的时候说，他跟姚月换了座位，没说别的。她本来想问“你为什么跟我坐一起”，但也只是嗯了一声。不知道为什么，看到他换过来，她居然莫名地感到开心，是心跳加速的那种，非常开心。唉，她突然觉得有点儿对不起姚小月呢。

这种活动不需要管车上的纪律，马东立坐下之后，大家都抑制不住兴奋，车内顿时响起叽叽喳喳的说话声。

“哎，”舒甜观察了一下江译的状态，问，“江译哥哥你昨天几点睡的？”

江译想了想，说：“十点左右吧。”

“哦。”舒甜默默咽下了那句“那你为什么一副看起来马上要困死的样子”。

舒甜开始翻微信群里马东立发来的文件。她昨晚已经看了一遍，随口问道：“马导发群里的东西你看了吗？”

江译的表情很疑惑，他问：“什么东西？”

舒甜开始有些怀疑，问道：“你加微信群了没？”

江译摇头：“没有。”

“噢。”果然，“那我拉你进来？”

江译：“嗯。”

舒甜点了群内右上角，邀请了江译，江译也很快点了确认进群。

不少人在群里聊天儿，讨论行程、拼表情包。

舒甜把链接发给江译之后，就噼里啪啦地开始打字。

舒甜：“我把江译拉进来啦，大家欢迎一下。”

此时，表情包斗争正在进行中，舒甜发完这句话也没激起多少水花，下面蹦出两个表情，紧接着是一行系统提示江译加入的字。

江译改了群内备注之后，发了条消息。

江译：“。”

不知道他是摁错了还是怎样，只发了一个句号。

这期间的表情包刷新速度慢了下来，但还是有。

就在江译发完句号的下一秒，一条信息紧随其后发出。

季文彬：“让我看看我楼上说话的是哪个 .jpg”

群内顿时鸦雀无声。

舒甜：“……”

舒甜听到车后方传来季文彬的哀号，还有他好朋友李卫的“你瞎发什么表情”的怒吼。舒甜联想了一下他俩平时畏畏缩缩的样子，觉得无语又好笑，忍不住去看江译的反应。江译靠在椅背上看着手机屏幕上的表情包，侧脸看着面色如常。啧，有大将风范，他怎么会跟一个表情包计较！他们把江译当成什么了！再说了，季文彬他们不是室友嘛，也不至于到现在还这么怕他。舒甜还没在心里感慨完，手机一振。

“季文彬”撤回了一条消息。

季文彬：“爸爸我错了 .jpg”

舒甜：“……”

他真是𡒄到家了。

季文彬的这个图片一出，群里又恢复了生机，一个个带着“爸爸”“大佬”的表情纷纷甩出来。

原弯弯：“大佬喝茶.jpg”

姚月：“大佬吃饼干.jpg”

闻人一：“呵呵.jpg”

刘然：“大佬吃火锅.jpg”

舒甜一边看一边笑，两人离得近，她就用左胳膊碰了一下江译，说：“哈哈哈，他们也不怕把你撑死，怎么全是吃的？”

江译感受到少女温暖的皮肤贴过来，一瞬又拿走了，那块被舒甜碰过的地方好像在持续发烫。他淡淡地嗯了一声。

人多力量大，关于“大佬”和“爸爸”的表情包层出不穷，舒甜边看边乐，一堆表情包里突然插入三句突兀的话。

马东立：“同学们。”

马东立：“老师进群的时候怎么没看到你们这么欢迎我呀？”

马东立：“江译进群给你们高兴成这样？啊？”

您怕是对“高兴”这个词儿有什么本质上的误解。

舒甜没再往下看，车开得晃晃悠悠的，马东立说他晕车，其实看久了手机她也有点儿，于是锁了手机准备睡一觉，伸手去拉窗帘，前拉，太阳从后边照进来；后拉，前边又遮不住。总之就是窗帘缩水了。

舒甜咬着牙，抬头瞪着缩水的窗帘，叹了口气，想着晒就晒吧睡觉第一，可头上突然一紧，刺眼的阳光消失不见。她抬手摸了一下头顶，上面是一顶帽子。

嗯？舒甜转过头，看到江译正在拨弄头发——他头上带着一点儿红的小白帽不见了。窗帘没拉好，他的脸被阳光照着显得更白，舒甜整天跟他待在一起，清楚地观察到他脸上的表情有着些微的不自然。

“给你戴，”江译注意到舒甜的目光，道，“我不怕晒。”

舒甜：“……”

不怕晒你还戴帽子出来？我就拉了拉窗帘你就把帽子递过来了？舒甜觉

得自己好像有病，怎么什么话都堵在肚子里就是问不出口呢？

舒甜抿了抿唇，想说“谢谢”，话都到嘴边了，又觉得不对劲。

不是，谢谢有什么不对劲的？她有病吧？

舒甜觉得自己自封的什么“活跃气氛小能手”“找话题鬼才”都是瞎扯的。

他们对视了几秒，舒甜吐出一口气，点点头，道：“嗯，好。”

跟周围的说话声形成鲜明对比，两个人之间是近乎尴尬的沉默，或者还带了点儿说不清道不明的暧昧。

舒甜的脸藏在阴影里，她盯着某一点发了会儿呆，还是不知道该说什么，于是自暴自弃地压了压帽檐，往后一靠，决定放弃对话，直接闭着眼酝酿睡意。

“你要睡觉了？”耳边突然传来江译的声音。

“啊，”舒甜本来闭上的眼睛又睁开，没转头，应了一句，“对呀，还有两个小时呢，玩儿手机怕晕车，我就只能睡觉了。”

江译嗯了一声，接着又是一阵沉默。

舒甜以为这就结束了，再次闭上眼，可她的头被轻轻地往左带去。江译坐在她左侧，他的右手拿着手机，一直没动过，左胳膊出现在她的视野里，所以那股力道来自江译的左手。

舒甜反应过来的时候，头已经向左边偏，靠在了江译的右肩上，感觉硬硬的、温热的。

因为从侧面把着舒甜的头，所以江译的左手有一部分皮肤贴着她的脸颊，顿了几秒钟才拿开。

“这样睡，”江译的声音不大还带着鼻音，却很清晰，“比较舒服。”

舒甜整个人都僵住了。她从这个角度顺着往下看，能看到江译的手指修长，骨节分明，指甲修剪得整齐干净，皮肤白，手上的血管在阳光下格外清晰。她靠上去之后，鼻尖瞬间萦绕着熟悉的香味。

除了心跳声很响，舒甜好像还听见后座那边传来手机掉到地上的声音。

手机掉到地上的声音挺响的，听位置是她后面的旁边，也就是跟江译换了座位的姚月的方向。

后面两人说话的声音被大巴开动起来发动机的噪声盖住，舒甜听不太清楚。

江译把手拿下去之后，舒甜靠在他的肩膀上，老半天才嗯了一声，没抬头，没反抗，没有任何举动。反正他看不到，她也没闭眼。

江译这个动作让舒甜瞬间开始脑补自己看过的那些言情小说里的情节，但他们又不是男主和女主那样的关系。

舒甜心跳渐渐平复下来，大脑却越来越兴奋，像是有 A、B 两个声音在打架。

A：“他这么做是为什么？”

B：“还能是为什么？人家不是说了嘛，这样睡舒服。”

A：“可是我睡觉舒不舒服关他什么事儿？又不是他睡。”

B：“因为他是你哥呀，哥哥对妹妹好不是很正常？”

A：“可是这又不是小时候了，这样真的正常吗？”

一直到这里都是声音 A 占上风，然而那个一直唱反调的声音 B 突然说：“不然呢？你到底想要什么答案？”

她想要什么答案？好了，舒甜，停，不要再想了，赶紧睡觉！

舒甜开启了自己人生中第一次装睡的旅程。

舒甜从来不知道，装睡是一件这么困难的事儿。江译刚才说这样比较舒服，讲真实感受，靠着他也没有太舒服。江译的衣服薄薄一层，他皮肤的温度很快传到舒甜的脸上，她不断地增加吸气、呼气频率调整心跳，只为了脸上不要升温。江译的肩胛骨突出一块儿，有点儿硌人，也不知道是姿势不对、距离不对，还是什么，舒甜觉得不舒服的原因应该是位置不对，好像有点儿偏下，但是她总不能若无其事地往上挪然后说一句“刚才那个地方太硌了”吧？

自己的想法怎么越跑越偏呢？赶紧睡觉！

舒甜闭眼，脑内的剧情演练已经平静下来。大巴还没上高速，在市内走走停停，开得有些晃，并且晃得还挺有节奏。舒甜本来就没有睡意，就算车晃得再怎么有节奏，她刚起床不久，睡意这东西也不是那么好培养的，而且现在又是这个姿势，也不舒服，怎么可能睡得着？

舒甜不知道过了多少分钟，但觉得自己装得应该是极其成功的，可以明显感觉到江译已经没有了最开始的那种僵硬。很好，现在就只有她一个人僵硬了，而且她不能太僵太硬，该跟着车晃悠的时候就得晃悠，免得装睡被戳穿，酿成史诗级的尴尬。这可真难！

大巴平稳地行驶了一段时间，却毫无预兆地来了个急刹车，不少同学发出惊呼。

舒甜也不知道是入戏太深还是装太久太过僵硬，或者是根本没反应过来，就像一个睡着了什么也不知道的人，因为惯性，整个人往前面倒去。就这个过程中，她居然还有工夫思考是就这么甩出去还是赶紧睁眼“醒”过来。

舒甜还没来得及做出选择，刚有点儿要撞到前面座椅的趋势，就被江译拦了下来。跟惊呼的那拨人不同，舒甜可以感受到身边的江译同学平衡保持得非常好——他不光自己坐得稳，甚至还有精力把她拽回来。

经过这一拉一扯，舒甜再靠回江译肩上的时候，想起刚才有多不得劲儿，直接往上蹭了蹭，差不多到了江译的颈窝那里。

大巴重新平稳地上路，舒甜似乎在车身的微微晃动中感受到了江译因为她刚才的动作而身体僵硬，不过这僵硬又很快消失了。舒甜觉得自己这拨演技出神入化，简直是影后。

野营的最终目的地在S市郊区风景区的山上，不算著名的旅游景点，但是不少S市的人会来玩儿。

这趟野营一共两天一夜，看行程表，去掉路上的时间，玩儿的时间还是很充裕的。

每个班人到的时间不一样，七班的同学可能对玩儿比较积极，出发时就是最早的，路上很幸运没堵车，自然也到得最早。

七班所有人都下了车之后，马东立又清点了一下人数，开始带着他们爬山。

多亏了假睡变真睡的这一个多小时，舒甜一点儿晕车的感觉都没有。郊外的风好像都比市里的风凉一些，且清新，吸一口简直让人神清气爽。

原弯弯就在上山入口旁边等着，舒甜跟姚月一下车就被原弯弯叫了过去，好像女生要是关系好起来，才一天没见，也能又搂又抱，就好像分别了几百年。

自然而然地，舒甜一下车就跟江译分开了，她还回头看了一眼，他身边站着一圈儿男生，肩膀上搭着闻人一的胳膊，在人群里格外显眼。

江译没往这边看，舒甜松了口气，但还有一点点说不上来的感觉。

这种集体活动，所有人都跟着大部队走，男女生分得清楚，女生在前，男生在后，马东立在最前头。

“舒小甜，可以呀！这帽子哪儿买的？怎么这么好看？”原弯弯也戴了顶帽子，纯黑色鸭舌帽，普通的款式，看见舒甜戴的帽子后就挪不开眼睛了。

“啊……这不是我的。”舒甜跟她没必要隐瞒，停顿了几秒，接着道，“这是江译借我的。”

他又没说给她，那就是借吧？

原弯弯：“……”

姚月：“……”

舒甜看着两人骤然八卦的眼神，有些无奈，幸亏她俩不知道刚才自己靠着江译睡觉的事儿，不然真的要疯了。

舒甜鞋带儿开了，蹲下系的时候，头顶传来两人的对话声。

原弯弯看着姚月，不知道她为什么变得这么激动，姚月的大眼睛都冒光了，激动地说：“对对对，我看到了的。”

原弯弯狐疑地道："你看到啥了？"

姚月："我看到江译把我们甜摁在他的肩膀上……"

原弯弯打断她："摁上去？"

"你听我说完哪，"姚月有些无奈，"摁在肩膀上让她靠着。他们说了什么我没听见，但肯定是……"

舒甜匆忙系上鞋带儿，唰地站起身及时止住话题："好了好了，马导在喊集合，我们快过去吧。"

姚月："……"

因为不可能真的像古代那样去山里打猎然后烤来吃，所以马东立在群里强调过很多次，食物要带够。

舒甜特地为了这次出行买的登山包被梁韵塞得鼓鼓的，刚下车的时候舒甜不觉得有什么，她们三个在爬山途中甚至会即兴自拍几张。

十几分钟之后，她们总算到了马东立说的半山腰，舒甜累得抬腿都费劲了。

舒甜发现不光是她们，不少女生也开始跟不上马东立的速度，越来越慢，与身后男生的距离越来越小。

舒甜这三人组里面，原弯弯最高、包最轻，舒甜和姚月走一步歇一步的时候，她还有空给她们加油打气。

"姐妹们冲啊！你们看到前面那个小旗子了没？"原弯弯指着前面，"小红旗那儿到了，就快到山顶了！"

舒甜喘了口气，没忍住反驳道："上个小黄旗时你也是这么说的。"

姚月说不出话，伸出大拇指给舒甜点了个赞。

原弯弯看着她俩也挺替她们烦躁的，她体力是比她们好点儿，但是刚才用手试了试她们的包，啧啧，她们是太看得起自己的小肩膀了，她就是想帮着拎也拎不了几步远。

原弯弯正准备瞎扯点儿什么转移她们的注意力，身边掠过一个高高的身影。嗯？不对吧？哪儿来的高高的身影？原弯弯往左偏头，虽然天天见江译，但她对美男的承受能力依然很低，离这么近的距离，还是要恍惚一下以示敬意。

江译完全没给别人眼神。他跟舒甜的身高差看起来刚刚好，目测 20 厘米左右，黑书包上挂着一件外套，他伸手，直接抓上舒甜的包带儿把它从舒甜的肩膀上卸下来。

刚刚原弯弯试过了，她简直不敢相信江译轻轻松松单手提着的这东西是舒甜那沉得跟大石头一样的包。

舒甜沉浸在埋头赶路中，除了感觉快要累死了，什么脚步声、人影都没注意。她又走了两步，身上骤然一轻，一下没稳住，向前扑去，结果胳膊被拉住。

舒甜站稳之后回头，发现她爬上来的台阶两旁都是树木，高耸入云，少年的脸被从树叶缝隙落下来的阳光照着，光影斑驳，桃花眼半垂着，眼尾有一个很好看的弧度。江译拿着她的包，毫不费力的样子。

江译微微抬了抬下巴，声音很轻，唇角微弯，笑道："走吧，我给你拿。"

虽然不想承认，但是舒甜感觉她的心脏好像很可耻、很不应该地加速跳动了一下。

没有了背包的舒甜像是一个搬砖工人身上的砖头不翼而飞，瞬间身轻如燕。

"我也想要一个能给我这么好看的棒球帽的竹马。"原弯弯说。

"我也想要一个……呼……能帮我拎背包的竹马。"姚月喘着粗气说。

"而且竹马长得那么……"原弯弯补充。

"而且……帅竹马打架也厉害、没有绯闻、身心干净、从小到大对我好上天。"姚月继续说。

身轻如燕没两步的舒甜："……"

姚月现在成了最累的那个“搬砖工”。

姚月背都弯了，越来越走不动，舒甜眼看着她们都快成原地踏步了，正好她的体力也恢复得差不多了，道：“月月，我帮你背会儿。”

舒甜手还没碰到姚月的肩膀，姚月背包上横着的手提带子就被一只手提起来，然后姚月倒退着被拽走了。

舒甜：“……”

姚月“喂喂喂”地胡乱叫了几声，倒退着又走了两步才停下，立马回过头，在看到来人脸的一瞬间，冲出口的话转了个弯儿：“你……你干吗呀？”

“小蘑菇，累死了吧！”闻人一还是那副样子，懒懒散散地笑道，“你叫声哥哥，我给你提山顶上去，怎么样？”

姚月感受了一下自己的肩膀，想了想包里那些瓶瓶罐罐，抬起头，细声细气却毫不犹豫地说：“哥哥。”

闻人一：“……”

姚月走回去的时候，身上硕大的包不见了，原弯弯的眼睛快要瞪出来了，夸张地道：“姚小月，牛了呀，你什么时候跟他好上的？”

“我没有！”姚月反驳，一时想不到理由，瞎编了一个，“他欠我钱，还没还，可能觉得不好意思，就帮我拎包。”

原弯弯看了眼自己的背包：“虽然我的包不沉，”她纳闷地道，“但你们说，我要是装得像你们俩刚才那样，会有男生来给我拎吗？”

舒甜还没想好怎么安慰这最后一个“搬砖工”，身后传来熟悉的大嗓门儿。

“译哥，你妹妹的包也死沉吗？啊？”闻人一扯着嗓子喊，“这次助人为乐我不开心了，这里面装的什么呀？她们带什么了？”

舒甜翻了个白眼。

闻人一：“这才几分钟我的胳膊就不太行了，你呢？你这还是人的胳膊吗？你……”

“闭嘴。”江译终于忍不了了。

他们的对话就此告一段落。

舒甜听完之后快走了两步，追上姚月和原弯弯，不知道为什么，忍不住想笑。

既然是野营，睡觉自然也是在野外。

这山上有专门租帐篷和各种用具的店，学校早就打好招呼订了数量，四个人睡一个帐篷，睡袋也租了。

七班的同学都上山之后，马东立带着他们占了块儿据说风水最好的地儿扎营——也就是插了面小旗子。女生原地休息，马东立带着一众男生去拿帐篷，开始第二项大工程——搭帐篷。

到了真正考验技术的时刻了！准确地说，是到了真正考验男生们技术的时刻了。

40个人，10个帐篷，体委和班长是最有野营经验的人，他们带领一众男生火速开始工作。

七班这群男生还挺绅士的，每次有女生想上去帮忙的时候就被赶回来，因此女生就负责把租来的野餐布铺好，由于风大，得再找大石头压住野餐布的边边角角，说是工作，其实就是边干边玩儿。

舒甜跟姚月和原弯弯坐在铺完的野餐布上，讨论四个校草恋爱游戏，就着“究竟怎样才能让皇甫元的妈妈同意我们的婚事”一题展开了激烈的讨论、进行了无数的猜想。

人就那么多，说话声都很清晰。“江译怎么那么帅呀”“他还是不穿校服好看”“你胡说，他穿校服也超级好看的呀”“跟他做同桌真是太有眼福了吧”“可是你也不想想他那些事迹，要是你，你敢当他同桌吗”……全是一堆毫无营养但围绕着江译的对话。

饱眼福？那是当然了。但是跟他同桌……舒甜不自觉地把视线定格在不远处搭帐篷的人身上。

江译正在听班长宋林讲怎么支帐篷。他手下动作不停，用木棍慢慢支起帐篷，侧脸线条流畅，神情格外专注。过了半分钟左右，江译似乎察觉到舒甜的视线，手上动作一停，视线很准确地扫过来。

他们对上视线的时候，舒甜没反应过来，江译也有点儿愣怔，傻看了一会儿，舒甜觉得心跳又有加速的趋势，于是很敷衍地对江译笑了一下，开始装模作样地低头玩儿手机。

不是，这是为什么呢？就因为车上那个动作吗？她不是都分析完了嘛，人家那是哥哥对妹妹的好，你心跳加速什么呢？

舒甜刷着《你问我答》里面的问题，却一个字儿都看不进去，满脑子都是早上在车里的情景：空调吹得人有点儿冷，但贴着江译的身体很暖和，最后自己不知不觉睡了过去，醒来的时候，手都挽上了江译的胳膊。清醒地看到自己的姿势，尴尬得她话都不想说了。还有爬山路上，他看她累了帮她拿包，还笑得那么好看，眼睛都快笑弯了。

舒甜突然有点儿生气，拿就拿呗，笑什么笑？他不知道自己长得好看吗？

舒甜生完气，又觉得自己很傻。

不对劲，自己最近实在是太不对劲了，舒甜滑手机屏幕的手停了下来，她长长地叹了口气。

山上风不小，马东立看着扎完的帐篷十分满意，说："帐篷怎么住，可以来我这儿看看对应的是几号。"

"还有，"马东立接着说，"同学们，虽然户外吃饭很有感觉，老师知道，但还是建议你们回帐篷里面吃，风里面裹着的灰呀土啊什么的吃进去就不好了。"

舒甜看完自己的号码，是4号，跟原弯弯和姚月分开了，分到的几个人虽然都不太熟，但平常也是能说得上话的关系，舒甜对于跟谁一个帐篷无所谓，睡个觉、吃个饭的事儿而已 。她们吃饭的时候没怎么聊天儿。

下午，男生们坐在一边儿开始开黑打游戏，马东立也跟着凑热闹，去蹭店里 Wi-Fi 下载了《王者荣耀》，回来之后发现段位太低加入不了他们，开始自己往上打。班里的男生谁在游戏里死了就去指导指导新人老马，和谐得不行。

和男生不太一样，一众女生坐在野餐布上开始了自拍之旅。舒甜吃完零食拍完几十张照片，吹着吹着风，连打了好几个哈欠，她中午没休息，觉得这么玩儿下去晚上可能会后劲不足，于是站起来跟马东立说了一声就回帐篷里准备睡觉了。

舒甜一开头，又有好几个人也嚷嚷着困了回去了，和舒甜同帐篷的就有一个。

“想睡觉的同学都去帐篷里睡吧，不准乱跑，晚上六点半，咱们准时开始篝火晚会。”马东立百忙之中抽空吆喝了一嗓子。

可能是起得早，再加上爬山太耗费精力，舒甜一觉睡醒已经是晚上七点多，她的手机收到好几条消息，都是原弯弯和姚月发的，说睡醒了直接去班里基地。

舒甜下午吃了太多零食，到现在也没觉得饿，回了个“好的”，就钻出睡袋，从书包里拿了瓶水喝了两口，也没放回去，顺手拎在手里出了帐篷。

舒甜不太记路,但这段路是直的,七班占的基地上插着面小旗子,很显眼。

天色暗下来，山里的照明灯一盏挨着一盏，光不强，也不是什么特殊的光效，四周都是树木，看起来就有种莫名很柔和的美感。

舒甜走了三分钟不到，就听到哄笑声在前面响起。

舒甜很快看到了熟悉的小黄帽，马东立坐在正对着她的方向，招了招手，说：“哟！欢迎咱们睡得最久的舒甜同学姗姗来迟，鼓掌。”

马东立话音刚落，同学们非常给面子地响起冲天的掌声。

“好！”

“热烈欢迎！”

“来这么晚是不是该跳个舞罚一下呀？”

“罚就算了，”马东立说，“咱们出来玩儿，什么罚不罚的。”

舒甜松了口气，装模作样地抱了个拳，说：“马导英明！”

同学们又是一阵哄笑。

“快找个地儿坐下吧，”马东立四处看了看，“有没有谁给咱们舒甜留了座位？”

“有的，有的！”姚月人长得小，手举得超级高，“这里，这里，来这里！”

舒甜看了眼姚月身边，她右边是江译，左边是闻人一，江译的右边空着一个位子，再往右是原弯弯。

舒甜真是服了她们。

舒甜一走过去，原弯弯立刻又往旁边挪了挪，也不看她，招呼都不打一声，一副“你爱干啥干啥不用管我”的样子。

舒甜顿了几秒，跟他们一样盘腿坐在野餐布上，肩膀不小心蹭到旁边的人，她顺势抬头，对江译笑了一下，说：“江译哥哥，真巧哈。”他们又坐在一起了呢。

江译嗯了一声。

舒甜坐下后才发现野餐布的中间有一团火。不是，布上怎么能有火？

“那个，”原弯弯全程后脑勺对着这边，舒甜又戳了一下江译，“火是怎么来的？”

“那不是火。”江译的声音有点儿哑，他清了清嗓子，说，“是灯，仿篝火的灯，老马去借的。”

舒甜：“……”

舒甜重新观察了一下。乍一看，那火简直像真的一样还带跳跃的，而且现在夜幕降临，视力再好也不太能分辨清楚。再仔细看，火光每次跳跃的高度都一样，颜色也一样，范围也没有扩大，还真是灯。

这也太优秀了吧，现在真是仿什么的都有。

“来来来，篝火晚会开始了，我是语文老师，咱们今晚第一轮给大家讲故事，最后投票，讲得好的有奖励，讲得差的被惩罚。全靠自觉呀，我看咱们班人这么活跃，故事肯定一套一套的，能讲的千万别藏着掖着。”马东立笑眯眯地说，“我太期待了，来，谁要第一个讲？”

舒甜还盯着那团火，盯着盯着，突然想起一件事儿，手直接拍了拍身边的人，说：“江译哥哥，你是不是……”顿了顿，她压低声音，凑近江译，“我记得，你有夜盲症来着？”

江译点了点头，回道：“啊，是。”

“那你……”舒甜后面的话还没说出口，周围霎时间安静下来。

第一个讲故事的是宋林。也是，班长的确应该起带头作用。

“故事很无聊，大家随便听一听。”宋林声音不大但清润沉稳，“从前有座山，山里有座庙……”

“哎，班长你这不是无聊，你这是太土了吧！这都讲多少遍了！”

“就是呀，”闻人一的声音也出现了，“庙里有个啥？不就是老、中、小仨和尚嘛！”

“你们让我往下讲。”宋林也不生气，接着说，“从前有座山，山里有座庙，庙里有只鬼。”

四周静了下来。

宋林明明什么都还没讲呢，“鬼”字一出，舒甜心里咯噔一下，这个也太不按套路走了吧！

有胆小的女生已经开始问：“班长，这故事可不可怕呀？可怕你别往下讲了，打住就行。”

宋林笑道：“不可怕，很无聊的。”

一个男生突然说：“宋林你够了吧，我每次犯困，你给我讲的那些鬼故事一个比一个恐怖！我一个从来不怕鬼的男生都被你弄得整天疑神疑鬼，你在这儿骗谁呢？”

说话的男生是宋林的同桌，他这句话让大家炸开了锅。

在一众男生起哄着“讲”和女生们的“不讲”中，马东立说了句公道话：“好不容易出来一趟，这么有氛围，鬼故事也是故事嘛，大家听个乐和就行，胆小的往我这边坐，老师坐镇，你看有没有鬼敢来！”这话相当于肯定了宋林可以讲这个，也真的有女生跑到马东立身边坐下。

宋林等所有人再度安静下来，接着说：“这只鬼一直没有出过庙，因为它死前是一名和尚。”

舒甜分神了，想起自己刚才问的话还没结果。这么黑，光都很弱，他看不见的话……一片安静中，舒甜伸手想像之前一样戳江译的胳膊，却触到了他的手，江译的手有些潮湿。

舒甜愣住，但很快明白了，唰地转过头凑到江译耳边，小声问：“你看不见是吗？”

黑暗中，江译顿了几秒，随后点了点头。

舒甜咬了咬嘴唇，想到江译手心里的汗，虽然觉得不太可能，但还是忍不住问：“你害怕鬼？”

“嗯。”江译的声音很清晰地传来，“怕。”

舒甜没想到江译说的是这个答案。他怕鬼该怎么办？她还没想好怎么回复，手上突然一紧。

舒甜的手放在两人中间，在谁也看不见的地方，现在被江译牢牢地抓住，她听到江译带着点儿哑的声音轻轻地问：“这样，可以吗？”

经过马导许可，宋林重新开始讲“从前有座山，山里有座庙，庙里有只鬼”的故事。

平常宋林整顿纪律的时候嗓门儿也不大，都是笑着象征性地说声“同学们都回座位了，要上课了”，然后就自己下讲台。总的来说，这人不愧是马东立选出来的得力小助手，跟马东立一样的佛系管理法。

宋林的声音不疾不徐地传到同学们的耳朵里，配上山上丛林这种阴森森的气氛，居然非常起范儿。

不过舒甜一个字儿都没听清，江译那句话就像是有回声一样，在她耳边来回重复，跟 3D（三维）环绕音响一个效果。

舒甜长这么大以来，除了幼儿园那段什么也不记得的日子，再除了家里长辈外，她拉过的异性的手，应该有且只有江译一个人的。

男生的手原来是这样的触感，虽然他的掌心有一丝潮意，但也能感觉得到他手上的皮肤很光滑，拉住她的手指很长。江译没有用多大力气，就那么松松地拉着——与其说是拉，不如说是钩着她的手。可能是因为出了一点儿汗，他的手比她的手要凉一些，贴着特别舒服。

对了，他刚才说什么？他好像是问她，这样可以吗？舒甜转过头，视线慢慢聚到江译脸上。

天色越来越暗，江译融在夜色里的轮廓看不分明，但离得近了，舒甜还是能分清他的鼻子、嘴在哪儿，最显眼的是那双桃花眼，映着不远处的假篝火，微微闪着光。

舒甜想说可以，但刚张开嘴，手上突然紧了紧，江译钩着她的手，加重力道握了握，应该是看她沉默久了，在催促。不过他的催促也只用了一个字——“嗯？”

江译的声音虽然不大，但少年从鼻腔里发出的这个音格外有磁性，尾音拖着，到最后微微上扬。舒甜听到的那一瞬，就好像有股细小的电流，顺着耳朵直接传递到头顶，一点儿都不夸张。

舒甜拼命忍住想要去揉头发的冲动，心想这太可怕了，这是什么神仙嗓子，嗯一声就让她头皮发麻了，还是因为她没见过世面？

舒甜决定回家之后多听点儿声优广播剧磨磨耳朵，这也太丢人了。

舒甜面无表情地想完这件事，似乎听到了很微弱的、因为笑而带出来的气息声，不太真切，一晃而过，在这样寂静而黑暗的夜里，像有一根小羽毛挠在她的心上，就那么一下，上也不是，下也不是地吊着她的胃口。

“嗯，”舒甜顿了顿，继续说道，“可以的呀！”

舒甜有点儿恍惚。他们的确关系好，虽然严格意义上来说不算是从小一起长大的，但那也算一起长大的，即使中间有两年多没见面，但也不是断了联系，只是没见到人而已，可以说感情一直都在，因此他们比平常的同学、朋友关系都要好、都要亲密，但是今天这一天，有点儿亲密过头了吧？而且她为什么接受得这么坦然？上午，她是靠着他的肩膀睡觉；现在他们又拉手。

江译哥哥应该是怕鬼才拽着一个活人吧，而且他有夜盲症。

江译哥哥小时候简直是天不怕地不怕，没想到现在居然怕鬼怕黑。

舒甜脑子里莫名出现一个小剧场：江译很酷、很狂地去打架，然后对方突然把灯灭了，还戴着死人脸面具，然后江译脸色煞白，瞬间变成小可怜。

天哪，她怎么莫名觉得好可爱！等等，停，舒甜你又开始了，不要再脑补了呀！

舒甜面无表情，还没在心里吐槽完自己，就听旁边炸开了锅。

不知道宋林讲了什么，不少人同时发出惊呼，身边的原弯弯甚至尖叫起来："妈妈，妈妈，啊啊啊，我要回家。"

舒甜："……"

四周好像变得更暗了一些，舒甜把头转向原弯弯的方向，叫了她一声："弯弯，怎么了？"

"那个，那个，"原弯弯还没回过神来，话都说不利索了，"宋林讲到，那只鬼很讨厌亮着的灯，每晚在固定时间下山，经过的地方都不会有亮光。下山时间就是……就是现在这个时间，"原弯弯的声音里带着说不出来的恐惧，"然后他刚说完，咱们仿篝火的那盏灯突然就灭了。"

可能是舒甜没听宋林讲述的缘故，内心居然毫无波澜。她还想再说什么，眼前闪过一道光，篝火重新亮起来，结果同学们直接炸了。

"这是不是意味着鬼来了又走了呀？"

"我的天！我太害怕了，呜呜呜，别讲了好不好？"

"啊啊啊，你别挨着我，吓我一跳！"

…………

不得不说，现在这个氛围，再结合着宋林讲的故事，的确是越想越诡异。

舒甜忍不住回握了一下江译的手，微微用了点儿力——他肯定要吓死了。虽然她不怕，但她也就能给他这点儿安慰了。

江译没说话，但是她回握过去的时候，他特别明显地整个人僵了一下。

这是什么反应？也算是……他收到了她的安慰？

舒甜就这么在暗处跟江译偷偷摸摸地拉着手给他精神上的支持，嘴上还得安慰着原弯弯，忙得不行。

眼看着大家鬼哭狼嚎声越来越大，马东立慢悠悠地拍了拍手，道："那个，同学们，安静一下。刚才那个灯啊，是我不小心碰了开关，不关鬼什么事儿，别瞎想啊你们。"

七班同学："……"

那你不早说？非得等我们吓哭了才说？你怎么就那么会挑时间摁呢？

宋林无疑是今晚最成功的人，全班参加野营的 41 个人，有 19 个女生被他吓到，甚至包括胆大包天的原弯弯；18 个男生也被他吓到，但他们心理承受能力较强，没怎么表现出来；只剩下 4 个人没有被荼毒，除了宋林，还有马东立和一个男生、一个女生。那一男一女也并不是胆子大，只是单纯地一个字儿都没听进去而已。

本来篝火晚会讲故事是第一项，结果被这么一搞，谁也不想再往下待了，这就直接成了最后一项。

马东立看在座的人都无心听故事了，就站了起来，整顿了下纪律，说："咱们看过行程表的同学应该有印象啊，这山上有一家客栈，不光可以住宿，也会给来野营的人专门提供洗澡服务，"他说到这儿，基本上所有人都安静下来，"我来了也好儿回了，每次都去洗，除了贵点儿没别的毛病。当然啦，洗不洗的看你们自己，老师说句实话，一天不洗澡也不会死，但你要是觉得不洗浑身难受你就去洗，不难受的，直接回帐篷里玩儿就行。”

马东立说洗澡每人100元，干净卫生，虽然听起来跟抢钱一样，但的确只有这家客栈提供洗澡服务。

马东立说的这些之前群文件里都有，因此大家一点儿都不惊讶。马东立统计完去洗澡的人数，等他们回去拿了包，便举着小旗子带队去客栈了。

舒甜本来想跟原弯弯和姚月一块儿走，结果这两人看见后面有江译和闻人一，姚月直接上去把闻人一拽走了，边跑边喊：“甜哪，我们先走啦！你慢慢的呀！”

舒甜：“……”

舒甜她们三个通常是晃荡在队伍的末尾，这么一来就剩下她和江译了。看着前面蹦蹦跳跳走远的三人，舒甜在心里深深地叹了口气。

舒甜看了一眼身边的人，两人站在原地对视了三秒钟。

“哈哈，”舒甜为了不让气氛尴尬，干笑道，“走吧！”

江译：“……”

七班扎营的地方并不是山顶，而是山腰，去这家客栈的路上一会儿上坡一会儿下坡，舒甜也不知道这山到底是怎样的构造，这家客栈到底建在哪儿。

总之，她还得照顾有夜盲症的江译，任务挺艰巨的。

“有台阶，下的。”

“台阶，台阶，上的。”

…………

舒甜真是服了这座山，不知道是谁设计的，亮亮堂堂的不好吗？路灯弄得这么柔和、这么暗到底是搞什么？设计师一点儿都不为有夜盲症的人着想。

舒甜现在算是半扶着江译的一只胳膊，本来是很正常的姿势，但两人之间由于身高差，总给她一种自己地位很低下的感觉。

舒甜：“我觉得我像个小太监。”

“嗯？”江译转过头，不知道她为什么突然冒出这句话。

“就这个姿势呀，”舒甜抬了抬他的胳膊，像模像样地说，“你就说，像不像古代扶着皇帝、娘娘的小太监？”

江译的视力其实是可以去做飞行员的。舒甜今天把头发束成马尾，整张脸都露出来了，他看着少女微微歪着脑袋，杏眼一眨一眨的，笑容俏皮里带着一点儿无奈。每次看她笑的时候，他心里都感觉特别甜，就像吃了棉花糖。

江译想说“为什么要跟太监比？你比太监好看多了”。结果话一出口变成了：“不像。”

舒甜：“……”

舒甜没觉得怎么样，小姑娘思维也跳跃，很快就把话题转移到别处了。

“今天宋林讲的是什么呀？我都没听到，原弯弯平时胆子超大的你知道吗？打虫子什么的一个顶十个！哈哈哈，她居然怕鬼！”

“还有老马，我怀疑他是故意的，那个开关就在他身边，看他那样儿是完全不害怕，估计灭了灯就是想营造气氛。”

他们身边没有人，大部队在前面，距离越来越远，江译的身边环绕着的全是少女脆生生的声音，清甜悦耳。

“那个，江译哥哥。”

“嗯。”

“你什么时候……喀，就是，开始怕鬼的呀？”

江译想了想，随口胡扯：“初中的时候，被朋友拉着看了个鬼片，然后就开始了。”

舒甜哦了一声，接着道：“那你夜盲小时候也有吗？”

江译还没想好该怎么说这个，舒甜很快又开口道：“哎呀我忘记了，我们小时候哪能晚上出去玩儿，都是在家里的。”

江译松了一口气，说：“对。”

他们又说了些别的，几分钟过去，舒甜发现马东立在前头已经举着小旗子停住了，他面前有个大木屋，装修很别致，有个大木牌子上面亮着灯，上面写着“一家客栈”，还真是简单、粗暴。

江译、舒甜他们俩在队伍的最后，在后面晃荡了一路，进客栈也是最后。

客栈高高挂着的大牌子亮着，门口灯没亮，好像是坏了，但是有木质台阶，反正又是那种在弱光环境下，于是舒甜接着当她的“小太监”，尽职尽责地扶着“皇上”。

他们到得晚，就得排号。毕竟不光七班这几十个人，别的班的同学也有来洗澡的。

排到江译的时候，舒甜前面还有三个人，江译进去之前回头问她：“出来的话，在大厅等？”

舒甜知道，自己肩负着护送他的职责，于是比了个 OK 的手势。

男生和女生洗澡的速度本来就不一样，江译进去得又早，出来的时候理所当然没见到舒甜。

这里离七班的基地很近，不是重度路痴都记得回去的路。江译坐在大厅的沙发上，无聊地打开微信，发现在班级群里被 @ 了。

马东立：“@ 江译 @ 舒甜 @ 刘语千 @ 王大海 @ 李大陆 @ 田翠翠 @ 薛子音。”

马东立：“这几个洗完快回来，就差你们了。”

刘语千：“报告马导！我跟田翠翠在回去的路上。”

李大陆：“报告马导！我刚洗完，在等王大海，估计还有五分钟。”

马东立：“好，剩下那仨呢？”

都被点名了，江译就回了一句。他发出去信息后就锁了屏，没觉得有什么不对的地方。

舒甜来之前还在想这要是澡堂那种她就不洗了，都是一个班的同学，关系又没那么好，坦诚相见的话，也太尴尬了。不过幸好是隔间，她痛痛快快地洗完澡，不想让江译等太久，把头发吹个半干就出去了。

舒甜下楼的时候，顺便打开微信回消息。怎么这么多消息？顶上的提示是宿舍群的，这俩人又疯了，发了十几条。

姚小月："舒甜，你在干什么？你快出来看看哪！"

原小弯："啊啊啊。"

姚小月："【图片】【图片】"

舒甜打开截图，是班级群的界面，第一张图片上的信息是马东立@一堆学生，大家给了回复；第二张图片最上面是江译的回复。

江译："洗完了，在等舒甜，很快回。"

舒甜的脚步顿了一下。

江译的回复下面，是一溜的符号刷屏。

闻人一："……"

姚月："？？！！"

李卫："……"

田翠翠："……"

…………

舒甜看完截图，平复了一下心情，才开始翻宿舍群里的消息。

姚小月："甜甜！我知道你们应该没有什么，虽然我很希望你们有点儿什么！呸，不是！啊啊啊！"

原小弯："喂，姚月已经疯了。"

原小弯："江译那句话她截图了十几张。"

姚小月："啊啊啊，我已经脑补了20万字的爱情故事，求你不要打我，嘤嘤！"

姚小月："我的甜！我给你表演一个原地后空翻，你就让我四舍五入一下吧，呜呜呜！"

舒甜："……"

舒甜真想打死她，四舍五入是这么用的？

第八章
她是我的

“麻烦让一下。”

客栈的楼梯很窄，两个人过的话得稍微侧下身子，舒甜在台阶上停留的时间有点儿久，挡到了后面的人，直到被拍了拍肩膀她才意识到。

舒甜赶忙道歉：“啊！不好意思，不好意思。”

鞋子踩在木质楼梯上发出吱嘎吱嘎的声音，舒甜刚一下楼，到了宽敞的客厅，一眼就看到江译坐在门边的小沙发里，背对着她，衣服换了件黑色的，整个人懒洋洋地靠在靠背上。因为有沙发挡着，所以他就露出上半身，脖颈连着肩膀处的线条流畅。

舒甜蓦地想起自己看过的一个帖子，主题大概是问“你有没有过这种感觉，只是单看背影就觉得这人一定长得很好看”。她记得回答里有不少人提名自己的 idol（偶像），还有人说自己见过的背影好看的转过身来都很幻灭。有一层回帖她记得最清楚，那人说“绝美背影咱们学校就有一个呀，江译”，然后附上了一张照片，照片没找什么角度，就是校园大道上随随便便拍的一个背影。那张照片一放出来，下面的楼就歪了，不光背影照，还有各种各样偷拍的江译的侧面照、正面照、打篮球照、睡觉照，总之就是俩字——绝美。

舒甜走过去戳了戳江译的背，江译刚刚应该是在发呆，被戳之后愣了一下才回头，舒甜看到的是比背影还要绝美的正脸。

舒甜觉得自己快被脑海里的“绝美”二字给洗脑了。

舒甜笑了一下，说：“我好了，我们回去吧！”

跟外面不同，客厅的灯光很足，男生肤色偏白，鼻梁高挺，桃花眼特别勾人，他们对视的一瞬间，舒甜就好像隔空被他眼尾的小钩子给电了一下。

江译嗯了一声，随后起身。

舒甜跟江译并肩往门口走的时候，突然听他问：“头发怎么没吹干？”

舒甜惊讶于江译敏锐的观察能力，老老实实地回答：“我全吹干的话太久了，不想让你等，而且现在天暖和，在外面吹吹风很快就干了。”

他们出了门，光线瞬间减弱，舒甜非常自觉地继续履行自己的职责，江译穿的是短袖，拽袖子行不通，总不能去扯人家衣服吧，她就拽着他的小臂。

他们出了客栈的小院子，到了黑漆漆的院门口，台阶下到一半，舒甜才发现有个阿姨正弯着腰在门外扫地上的树叶和垃圾，动作很麻利，眼睛却一直往这边看。

他们下了台阶，那个阿姨直起腰来问：“你们是刚才那个班的不？”

舒甜愣了一下，她不知道刚才那个班是不是他们班，但觉得阿姨可能就是闲聊，因此随口说了声“是”。

“哎呀！”阿姨手里的动作停下，她突然凑过来，看起来很着急的样子，“小姑娘，别这么明目张胆地谈恋爱呀！你们老师就在前边，一拐弯儿就是，你这么过去不得挨训嘛！”

原来是个热心的阿姨，就是她的眼神儿可能稍微有点儿问题。

舒甜被噎了一下，想了想，解释道：“阿姨，谢谢您，其实这是我哥，我拉着他是因为他的眼睛晚上看不见。”

“什么？”阿姨惊讶地道，“看不见？”

阿姨的年纪不小了，除了刚才告诉舒甜前面有老师的时候压了压声音，之后说的话声音都很大。

阿姨把扫帚往地上一扔，撇撇嘴打量了一下江译，从头到脚的那种，打量完立马感慨道：“哎哟我的老天爷！这多好看的孩子呀！”紧接着，她声音里全是惋惜，“怎么年纪轻轻就瞎了呢？！”

这句话引得身后正往外走的还有前面已经走出去的人都往这儿看。

舒甜：“……”

江译：“……”

舒甜跟江译回到营地的时候，马东立正坐在一个帐篷外面跟一堆男生聊天儿，舒甜立刻想到群里那张截图，也不知道马导会不会多想。

她跟马东立打了声招呼，马东立看起来倒是没什么异样，笑眯眯地让他俩回帐篷了。

舒甜住的帐篷里还有两人刚刚在群里被点名了——田翠翠和薛子音。舒甜一进去，里面的讨论声戛然而止，三个人都往这边看过来。

“我回来了，”舒甜笑着打了声招呼，“你们接着聊，不用管我。”

“舒甜！”田翠翠也刚回来不久，“哎呀，我们正聊你呢。”

“讨论我？”舒甜睡在最边上，她沿着边缘走到自己的睡袋旁，一屁股坐下，“讨论我什么呀？”

“就是刚刚……”田翠翠想直接说群里江译发的那句话，想了想，委婉了一些，“舒甜，我很好奇你跟江译是什么关系……你介意告诉我们吗？”

舒甜：“……”

舒甜的座位在倒数第二排，周围女生少，而且她是走读生，不上晚自习，跟班里的女生不算太熟。

舒甜还没想好怎么说比较合适，旁边一个声音插进来：“我听别人说你们俩是兄妹呀！”

舒甜抬头看过去，说话的是刚才被点名的薛子音。她正在摆弄自己的一头长发，慢悠悠地说：“兄妹干什么都正常吧，这有什么好大惊小怪的？真是搞不懂你们。”这人好像是文艺委员，平时不太搭理人，总有两三个女生围在身边的那种，很有气场。

舒甜有些惊讶：“兄妹？谁说的？”

薛子音顺头发的手顿了顿，半晌她才答：“早忘了。”

田翠翠有些惋惜地说：“啊……兄妹呀，你们长得都好看，但也不太像，是远房亲戚那种？”

说实话，江译他俩这关系不说成兄妹的话，别的关系都太暧昧，而且一般意义上来说，兄妹关系也不是不可以。

舒甜看着薛子音，突然想起某节体育课上她挽着林以桉绕圈散步，路过篮球场的时候，看到这个长发文艺委员去给江译送水，虽然叱咤球场的江译冷冷地没有接受。

薛子音刚才那种不屑的语气、不在乎的样子，舒甜看得很不爽。

“我们不是兄妹。”舒甜盯着薛子音，笑得特别真诚，“我跟江译从小学到现在一直是邻居。”她看着女生错愕的表情，笑得更欢，“我们一起长大，所以关系好。”

田翠翠非常上道地接道：“我知道，我知道！你俩是青梅竹马。”

舒甜：“对呀！”

“舒甜，江译从小就这么酷吗？打架是练过还是天生的？”

“他小学的时候好像学过跆拳道还是柔道，我不记得了。”

“江译从小就长得很好看吗？还是小时候丑长大逆袭了呀？”

“没有，从小美到大，不是，是帅到大。”

田翠翠还想再问点儿什么，薛子音不耐烦地打断她：“别嚷嚷了行吗？九点多了，睡觉吧！”

田翠翠撇撇嘴，道：“知道了，知道了。”

舒甜转过身，想到刚才薛子音话里话外的暗示，忍不住翻了个白眼，还兄妹，兄什么妹？她少在这儿自欺欺人了。

不知道是不是巧合，江译跟季文斌和李卫住一个帐篷，另外一个是班长宋林。

江译其实无所谓住在一起的人熟不熟悉，但现在看来，还是熟悉比较麻烦。

江译最开始在季文斌他们心里估计是魔王一样的存在，不然怎么吓得他们宿舍都不敢回？后来也不知道是江译的人设在他们心中真的转变了还是怎样，这两个人从最开始的瑟瑟发抖、不敢说话，变成了现在这副有点儿风吹草动就敢直接来问正主的八卦样。

“译哥，刚才你没回来的那阵儿，有个小女生过来找你，长得还挺好看。”季文斌凑上来说。

“对，还是老马帮你拒绝的呢，还劝人家小姑娘以学习为重，小姑娘可能觉得太羞耻，就走了。”李卫补充道。

江译：“嗯。”

他太冷淡了吧！他们描述得不够生动、形象？

“其实，”季文斌说，“我认识那个女生。她是八班班花，学习好，还会弹钢琴。”

季文彬一直没得到回应，看着江译低头玩儿手机的样子，非常不解，问：“不是，这么多来班里找你的女生，那么多好看的，译哥你就一点儿都不感兴趣吗？”

江译这次才有了反应：“嗯。”

李卫在弄自己的睡袋，听到这里笑了，说：“你也不看看江译的妹妹长得多好看，哪个班的班花比得上？这审美高、要求高不是正常的吗？”

季文斌一想，觉得有点儿道理，舒甜长得还真比一般的女孩好看，性格也好，简直了。

季文斌忍不住开玩笑："译哥，你妹妹这么漂亮，人又好，给不给追呀？"

闻言，一直在玩儿手机的江译抬起头，看了他一眼，没解读错的话，那眼神充满了"你说什么""你敢再说一遍试试"等意思。

季文斌了解了，立马正色道："哥！我就是随口一问，别生气！你妹妹是仙女，怎么可能看得上我们呢？"

李卫："就是，你一听也知道他是瞎问的。"

江译扯了扯唇角，看着季文斌和李卫一唱一和，没说话。

他们折腾够了，安安静静玩儿手机的时候，宋林打电话的声音清晰地传来："妈，我知道了。嗯，没事儿，我不看，我知道这山上日出很好看，但我不看……我不想看，我想睡觉……妈……我知道，我知道它有名，但我真的不想起那么早……那不算早？……行，你别说了我会去看的，嗯，我给你照相，嗯，拜拜。"宋林一脸生无可恋地挂了电话。

李卫："班长，你有点儿惨哪，咋回事儿？"

宋林："我妈让我看日出，还得拍照给她看。"

"你加油！日出那东西，啧啧啧，"季文斌撇嘴，"这辈子和我无缘。"

凌晨起来看日出？回想着宋林刚才的那通电话，江译觉得自己久违的同情心都泛滥了。

晚上11点，一声接一声的鼾声响起，江译认床，要不是因为舒甜，他都不会来。

江译深吸一口气，然后坐起来，戴上耳机打开了游戏。

"亲爱的江译爸爸，库里斯汀金利斯学院欢迎您，请耐心等待加载哟。"

这个熟悉的称呼，事实上，江译看多了之后，内心已经毫无波澜。

江译掌握了这个游戏的攻略之后，除了最开始选的理想型皇甫元，告白卡已经全部解锁，进度最为可观的是徐息，另外两个还在"青涩初恋"

阶段，而徐息那条线，系统显示已经到了“甜蜜热恋”阶段。

江译最近抽到的任务卡基本上都是约会，换地点的那种。他这次又随意抽了一张，稀有度中等，本来也是为了打发时间，没看名字就点开了。

“江译爸爸，你跟徐息在周末去了艾维尔利斯山上野营，你们正在边看星星边谈心。”

徐息转头，笑容宠溺：“江译爸爸，你知道这座山最有名的风景是什么吗？”

江译爸爸脸红了：“不知道，我们白天不是都看了吗？”

徐息：“那些都不是，最漂亮的景色一天只能看一次，你想看吗？”

江译爸爸：“你先告诉我嘛！”

徐息凑过来亲了你一下：“是日出！”

此时动画动起来，最后定格在男生亲吻女生的脸颊，星空夜色下，还挺美。

“江译爸爸，徐息这样对你说，你会——”

A. 呜呜呜，他好温柔！跟他干什么我都愿意。

B. 日出超美的！我想看！跟他看就更好了。

C. 我不想起床……但这是徐息，我要看。

D. 看什么看，睡觉。

“温馨提示：由于您是钻石级用户，每个选项都将获得贴心小提示哟，该选项里 A、B、C 均可增加好感度并且开启副本，请不要粗心选错哟！”

江译不太记得充了多少钱，可能有几千块钱，买了一堆抽卡符，成了钻石级别的用户就会给额外好感度，还给提示。

没错，江译找到的这个游戏的规律就是充钱。

江译毫不犹豫地选了 D，去他的日出吧，又不是两个老年人，看什么日出？

江译选完后看到屏幕上出现了一段话：心碎！江译爸爸残忍地拒绝了徐

息！但由于好感度过高，观看日出副本依旧照常开启，但请江译爸爸做好吵架和闹别扭的准备。

江译："……"

他一点儿也不想体验闹别扭，于是退出游戏，准备点开《王者荣耀》打发时间。

江译的手机是静音模式，微信新消息的提示从上面显示出来。

舒甜："江译哥哥，睡了没？"

江译点进去，立马回："没有。"

舒甜："这个山的位置好像很特殊，我看网上说这边日出很好看。"

舒甜："明天早上我们去看日出好不好？"

这条信息的后面还跟了一个表情包。

舒甜："人生不浪有何意义.jpg"

江译突然觉得游戏里的江译爸爸刚刚实在是有点儿过分了，不该那么拒绝的。不过他这个想法只是一闪而过。

江译看着那行字十几秒，在黑暗的小小空间里，身周仿佛溢出微甜的味道，他很慢很慢地弯起唇角，垂眸打字。

江译："好。"

江译："人生不浪有何意义.jpg"

舒甜早就总结过当代单身年轻人最无法拒绝的几样东西：一是虚无缥缈的绝美爱情，二是拥有无数游戏软件诱惑力人间第一的手机，三是浪费在幻想绝美爱情或者魅惑小妖精手机里的时间。

舒甜作为一名资深熬夜选手，11点对她来说只是漫长而刺激的黑夜的开始。她给江译发完消息之后其实没有丝毫睡意，但看日出得在一大早，因此虽然心里无奈，但还是硬逼着自己睡了。

舒甜设的闹铃是五点，她把手机贴着上身塞到睡袋里，无声振动，起来的时候没有影响其他人。

唉，自己约的人，困死也要爬起来。

舒甜收拾完出了帐篷见到江译之后，找出自己搜好的路线图，开始从半山腰这块儿往上面爬。

两人因为起得太早，所以最开始谁都没说什么话。舒甜爬着爬着，蓦地想起昨天她爬不动江译来给她拿包的那一幕。其实没有了那个死沉的包，她体力还是不错的。

他们爬了大概五分钟，舒甜觉得他们之间有点儿沉默过头了，于是偏过头去看身边的人，江译穿着一身黑，正垂眸看着台阶，头发虽然有点儿乱，但很奇异地没有翘起来。

舒甜随口找了个话题："江译哥哥，你昨晚几点睡的呀？"她看到江译的脚步一顿，抬头看过来。

"不记得了。"江译的声音带着刚起床的沙哑，鼻音重得像是感冒了一样。

江译好像每天上学的路上、早上第一节课的时候都是这个声音，睡不醒、眼皮都睁不开，整个人带着浓浓的倦意。舒甜突然觉得自己大清早把他拽起来不太好，但是来都来了，总不能现在回去。

舒甜对照着手机看路线，对江译说："很快就要到了，我们来这么早，这个时间应该不会有人的。"

"嗯。"江译点头。

舒甜说出这句话的时候并没有觉得自己会被"打脸"，在山上过夜的人他们学校的最多，而当代高中生最喜欢做的事情之一就是睡懒觉，肯定没谁会来看日出。然而上了云海峰之后，舒甜蒙了——云海峰的指示牌后面是一片平地，周围有牢固的栏杆，但是……怎么这么多人？

舒甜掏出手机又看了一遍时间，没错呀，五点半。

舒甜还没来得及感慨，身边传来江译的声音："去那边，没人。"

舒甜顺着江译指的方向看过去，那里是看台旁边的小树林，同一个海拔高度，但像是无形的屏障，所有人都挤在外头，没有人进去。其实那里除了会被树木挡住视线，好像并没有什么太大的差别。

“好啊！”舒甜点点头。

“网上说，一般在十月份，这儿六点前一定能看到日出，就是不确定在六点前多少。”因为穿的是运动长裤，舒甜直接坐在柔软的草地上，伸直了腿仰头看身边站着的人。

“江译哥哥你不坐吗？”不等他回答，舒甜晃了晃脚，诱惑他，“超舒服的。”

江译低头，舒甜仰头，他们就这么对视了几秒钟。

江译屈起长腿坐下之前，舒甜似乎捕捉到他唇角一晃而过的笑意。

天色渐渐趋于明亮，但还是像蒙着一层薄薄的纱，云朵层层叠叠地排列着，隐约能看到里面有光。

“你记不记得，”江译突然说，“小时候你有一次也拉着我看日出？”

“啊？”舒甜不敢相信，“有吗？我完全没印象。”

江译点点头，道：“有。”

“我拉着你去哪里看了呀？”

“就在小区里面，而且是早上八九点，我记得，我们在院子里等了一上午也没等到。”

舒甜：“……”

他们当然等不到了，那时候太阳早升起来了。

舒甜转过头，看到江译的表情，不是刚刚那种很淡的笑意了，他笑得灿烂，桃花眼微弯，黑眸发亮，格外勾人。

哼，他嘲笑她的时候就这么开心吗？

舒甜面无表情地伸手想要去推江译，可还没碰到他的胳膊，就听他说：“很可爱。”

舒甜：“什么？”

“我说，”江译看着她的眼睛，“你小时候很可爱。”

舒甜：“……”

舒甜心里美美的，虽然江译夸的是小时候的她，但那也是夸她嘛！

舒甜想去推江译的手没有收回来，而是伸到他的肩膀偏后的地方，轻轻地弹了一下，她说道："有灰，"她毫不心虚地解释，"我帮你弄干净了。"

江译嗯了一声。

他刚刚说，她小时候很可爱。舒甜发现她特别想问"那你是说我现在不可爱了吗？""我长大之后就不可爱了吗？"但她又不好意思问出口。唉，她好矫情啊，矫情到让人头皮发麻。

两个人再次安静下来，小树林外面的说话声一下子涌进来。刚刚那两个问题太矫情，但舒甜突然想问江译几个别的问题。

她想问的问题有点儿多，比如在开学没多久，那个没有答案的"你有没有喜欢的人"；为什么突然之间这么反常；上周考前复习的时候，她去客厅上厕所遇到了江言，他没有在休息，所以家里有一个年级第一的哥哥为什么还要找她来复习；为什么要在来的路上对她那样；为什么这么困还要起来陪她看日出；等等。

舒甜不太清楚自己在期待什么，但是她觉得自己问不出口，应该是因为怕他说出她不想听到的那个答案——妹妹。这个想法的出现让她吓了一跳。

舒甜还没继续往下想，就听江译说："来了。"

"什么？"

"太阳，"江译指给她看，"来了。"

江译话音刚落，像是说好的一样，这个清晨的第一束光打进树林里，紧接着，慢慢地、一点点地，光束越来越大，从云层中出现在所有人的视野里，越来越完整。

舒甜盘着腿坐在地上，江译则是右腿伸直，左腿弯曲着，胳膊搭在膝盖上。容貌清俊的少年半眯着眼向外看，神情漫不经心，整个人被笼罩在光晕里，身后是翠绿的树林，这个画面带着说不出的慵懒惬意和惊人的吸引力。

江译突然转过头，他们对视的一瞬间，舒甜的心脏猛地跳动了一下。她笑了一下，装作若无其事的样子移开视线，跟外面所有或惊叹或拍照的人一起看着越来越亮的天空、越来越圆的太阳，可是心跳还没有恢复正常，满脑子都是刚刚的画面。

她刚刚本来有点儿想拍照，却没拍，她觉得，大概有些画面不用拍下来，也可以一直印在脑海里，假如以后再看到“日出”这个词，他们共同度过的这个清晨和这幅画面会第一时间从她的脑海里跑出来。

下午返程，上午集合的时候，马东立出其不意地道：“同学们，我看你们平常都爱打游戏，愿意打游戏的，就坐这儿打，那个词叫什么来着？就是几个人一起打游戏。”

“是开黑，老师。”闻人一吆喝。

“对对对，开黑，你们愿意开黑的就在这儿开，不愿意的跟老师来打扑克，保皇还是斗地主还是红十都随便你们，想在山上参观参观的，九班班主任，也就是你们数学老师，给他们班找了个导游，你们想加入的直接去就可以。”

一群人兴奋地吆喝了好半天“马导万岁”，大概有十个人往九班的方向走，三四个人围在马东立身边，看样子是准备打扑克。

舒甜跟姚月和原弯弯坐在一起，姚月很兴奋，说：“阿甜，我们去找江译打游戏呗！”

舒甜的第一反应是抗拒，她太菜了，感觉开黑的话很丢人。

姚月仿佛已默认她同意，转头问原弯弯：“弯弯，你玩儿《王者荣耀》不？”

原弯弯道：“不了，我还没搞定皇甫元他妈，我要死了，我今天一定要跟他订婚！”

姚月睁大眼睛，叮嘱道：“那你订婚成功了记得告诉我秘诀。”

“没问题，你去玩儿吧。”

舒甜：“……”

洗脑游戏真可怕。

一道熟悉的声音突然插进来："什么皇甫元？什么订婚？"

舒甜回过头，看到闻人一放大的脸，吓了一跳，然后看向他身后，那是？嗯，那是早上跟她一起看了日出的江译。

姚月最先反应过来，回道："是我们俩在玩儿的游戏，你不懂！"

"游戏？"闻人一突然收起笑容，跟平时的样子不太一样，舒甜看到他凑近姚月的方向，"小蘑菇，你在游戏里头订婚了？"

"那就是个恋爱卡牌游戏！谈恋爱、结婚才是最终攻略目标，你不懂就别问了行不行啊？"

舒甜觉着这两人不太对劲。

舒甜还没说什么，闻人一突然皱了皱眉，道："啊，是不是那个什么，那个游戏……我看见谁玩儿过来着，时间太久我给忘了，是谁呀？我记得是我们班的男生。"

闻人一还在苦思冥想，一直没说话的江译开口："别废话了，上号。"

"你们是玩儿《王者荣耀》吧？"舒甜说，"那个什么吃鸡吃鸭的，我不会。"

"噗，哈哈哈，哈哈哈，吃鸭，"闻人一很夸张地笑道，"绝了，我能笑一年。"

江译也笑了一下，看了舒甜一眼，没说话。

"我 QQ 的大号是王者，咱们用微信打吧，"姚月一脸淡定，却语出惊人，"我们甜是黄金，你们都什么段位呀？"

"你的段位是王者？"闻人一又开始了，"你自己打的，还是谁带的？"

姚月气得去打他，嘴上也不饶人："我当然是自己打的呀！你能不能闭嘴！"

"不能。"

原弯弯不玩儿，那就是四个人，隔壁刚好是六个男生没法分，季文斌就自愿来了他们这边。

舒甜觉得她从最开始就有了很深的挫败感。这个年代，高中生的小号都是铂金、钻石吗？！你们学习不忙吗？！你们小号段位打这么高，那还叫小号吗？！——花了一个月才一把血一把泪地把自己送上黄金段位的舒甜如是想。

舒甜一直是单枪匹马勇闯峡谷，从来没跟人开过黑，结果她一问“我是不是该选个坦克抗伤害”“我辅助你们吧”之类的时候，就会收到如下回复。

闻人一：“没事儿的舒甜同学，你随意，你爱选啥选啥，有你王者哥哥带你飞。”

姚月：“甜，你放心选，随便选，咱们五个鲁班都能赢。”

“五个鲁班还是算了吧，”季文斌说，“现在黄金也是神仙打架，别小看了人家。”

于是舒甜选了自己很爱、很喜欢但是一拿出来就要被喷的鲁班七号，然后她听见一直没有说话的江译笑了一声，是那种带着气声的笑，因为他们两个是挨着坐的，所以听得格外真切。

舒甜第一个选的，其他几人也陆续选完，江译是最后一个确认的，他选了太乙真人。

“喂！”闻人一突然叫了一声。

“你能不能小点儿声啊？”姚月揉了揉耳朵，“打完这局我要换座位。”

“我从来没有体验过译哥的辅助，打这么多次游戏，从来没有。”闻人一很感慨，“他跟我打游戏永远姗姗来迟，永远都是我死之后，看着他大开杀戒。”

“喂，”江译头都没抬，“是你菜。”

闻人一：“舒甜同学，好好珍惜译哥的庇护，这叫人鱼的眼泪。”

闻人一还想再说什么，被身边的小女生拍了一下胳膊，警告道：“你闭嘴吧！”

闻人一纳闷地道：“我又没说你。”

姚月压低声音说：“你别耽误我‘吃糖’。”

闻人一：“……”

姚月翻了个白眼，看着加载好的游戏界面，说：“行了，别说了，你快去打野。”

姚月选的是上单，花木兰，她的拿手英雄，假期里她在S市打出了市级荣耀，所以基本上不说闭着眼都能操作，黄金局肯定是不用怎么费心玩儿就能赢的。

他们是五人开黑，对面也是。姚月观察了一下局势，她对线的只有一个人，小地图上面显示下路那边有三个人，对面五个人明显是针对下路。

舒甜的鲁班七号是个人人喊打的小矮子，输出能力惊人但血皮很薄，刺客一杀就死，作为最受小学生欢迎的英雄，各类完结平时遇到的坑鲁班太多，大家看到这个英雄，首先想到的一个字就是坑。

江译的太乙真人是个辅助，保命神器。

姚月对付一个人绰绰有余，于是伸长耳朵去听对面两人的对话。

江译：“来了三个。”

舒甜：“啊啊啊，我的妈呀，瞬间就没血了，我是纸做的吗？”

江译：“你走。”

听听，多么沉稳有力的竹马！多么可爱的小青梅才能说出“我是纸做的吗？”这种话呀！就算是辅助，江译也玩儿出了王者风范！

姚月已经忘了游戏刚开局两分钟，大家都还是没钱买装备的时候，她不想看游戏界面了，而是直接抬起头看对面。

对面的两个人挨在一起坐着，舒甜好像在躲什么东西，每次往左闪的时候都会碰到江译，然后被她碰到的江译就低着头笑，异常宠溺，表达的是“我家小青梅怎么能这么可爱”。

呜呜呜，他们这是什么绝美爱情啊！姚月在心里狂喊。

过了几秒钟，舒甜好像是躲不过去了。

江译说："你往后走。"

舒甜又开始左摇右摆，声音很着急："不行啊，啊啊啊，你要死了，你要死了……"

"我死就死了，"江译说，表情丝毫没变，手上操作飞快，"我控住他们，你走。"

紧接着，画面最上方显示，江译的太乙真人被对面的孙悟空给杀了。

舒甜在江译的拼命保护下活着回城，抓了抓头发，道："我太菜了！唉，下把我辅助吧！"

江译很认真地安慰她："你不是菜，对面人多，打不过很正常。"

姚月："……"

姚月心说江译你胡说！她刚才都看见了，太乙真人辅助得很好，控住对面无数次，但是舒甜的技能都放给了空气，因为离得远，平 A（普通攻击）也没 A（攻击）到人，全靠太乙真人献出生命才能保住自己的命！

姚月平时单排的时候最恨这种一个大神为了"菜鸟"牺牲了的情侣档，可是现在她真的好喜欢哪！

姚月看着他们，激动得不知如何是好，很想给他们录下来。游戏能不能录音？不想打了，直接退出去给他们录像好不好？

"小蘑菇你怎么被人杀了？"闻人一的头凑过来，"你掉线了？"

姚月："……"

姚月赶紧低头看，发现自己的屏幕变成黑的了，花木兰紧随太乙真人的脚步，也死了。

他们上的都是小号，也不在意胜负，闻人一嘲笑道："王者蘑菇？你咋回事儿？"

"我不是被对面杀死的。"姚月说。

闻人一蒙了："啊？"

“嗯，”姚月回过头，眼睛亮亮的好像有水花，感动到不行的样子，“我是被甜死的。”

闻人一：“……”

闻人一选的是很常见的一个打野，韩信。他凑过来看的时候，控制着游戏里的人物移动到了草丛里面蹲下，隐蔽性比较好。

从第一次的“不好意思我站江译”开始，闻人一总是从姚月嘴里听到类似的话。他牢记着自己的职责——为江译打探消息，神不知鬼不觉的那种。

闻人一觉得这种事儿挺简单的，记得以前初中包括去年高一的时候，一般要是把男生 A 喜欢女生 A 的事儿告诉了女生 A 的好朋友女生 B，通常情况下，女生 B 都会很乐意看见自己的姐妹被男生喜欢，提供点儿“她喜欢什么”这类的情报更是不在话下。

闻人一虽然不懂这种感情叫什么，但也大概猜得到，应该是类似于“好姐妹被人喜欢我也是很开心当助攻的”这样的想法。

这个普遍适用的规律怎么到姚月这儿就全变了呢？他不就是想在藏着江译秘密的前提下问问舒甜的理想型嘛，怎么就这么难呢？虽然她不说的原因是她坚定地支持江译和舒甜，可这都什么跟什么呀？

闻人一目前为止只得到了校服的情报，可校园里穿校服的男生走两步就有一个，这可真是一个没有丝毫分量、微不足道的消息呀！

姚月的脸圆乎乎的，有点儿娃娃脸，她一瞪眼显得眼睛很大。两人对视，她什么情绪都写在脸上，闻人一看得出来就算刚开局就死了，她也是真的高兴。

“我服了，”季文斌的声音带着烦躁，“你们刚开局就 0 ∶ 3 ？啊？这到底怎么送的人头呀？我服了……到底是怎么做到两分钟送三个人头，还都在不同的道儿上？你们告诉告诉我。”

闻人一：“……”

《王者荣耀》这个游戏还真是能轻而易举挑起人的愤怒情绪，看看，这才刚开局不到三分钟，平时在江译面前胆小如鼠的季文斌就失去理智，都敢这么损人了。

嗯？三个？不是死了俩吗？闻人一回过神，低头一看自己的屏幕，怎么就黑了？

“失误失误，”闻人一操作着复活后的韩信，解释道，“哥现在好好打了，认真打，哥认真起来自己都害怕。”

“本木兰也好好打了。”姚月拿起手机，操纵着人物重新上路。

姚月经过刚才的观察，发现江译的操作猛如虎，一个二级辅助能把控制时间卡得那么好，是真的牛。但他只是一个辅助，不是输出！自己虽然很想继续嗑糖，但是假如这局一个不小心输了——再怎么说，开黑第一局就输都不是什么令人开心的事儿——舒甜可能就会觉得江译不够厉害，不能带她走向胜利。不行！自己绝对不允许这样的事情发生，必须让舒甜觉得江译是真牛！

姚月最后看了一眼对面的两人，江译正在教鲁班七号出装备，态度 200 分，甜度 300 分。于是花木兰只得恋恋不舍地低头开始清兵线。

对面五个人明显也不是黄金段位，绝对有几个人也是开着小号的。但他们五个人里面，除季文斌的段位是星耀，舒甜的段位是实打实黄金外，剩下三个人的段位都是王者，其中还有个是全区前五十。

姚月到后来发现自己根本就是瞎担心，这位全区前五十的高手，辅助也玩儿得很溜，出全法装强，一个控人的技能放出去对面能没半条命，鲁班瞎补两下就到手人头。

“你直着开一个二技能，那个飞炮。”姚月中途听江译对舒甜说了一句，她本来没在意，结果下一秒，就看见鲁班老老实实地按照江译说的做了，一个炮出去，对面死了三个人，鲁班三杀。

江译将血量能计算得这么好，真是让人大开眼界。

这一上午，舒甜的段位从黄金升到铂金，姚月就看着江译一个打野王者把辅助从太乙真人到蔡文姬都玩儿了个遍，并且达成了不少不可思议的成就，比如用蔡文姬和鬼谷子拿了四杀。

他们虽然每一把都赢了，但姚月真心觉得，能带动技术这么差的小青梅并且耐心超好的江译是真厉害，而爱情也真是该死的让人盲目。

这趟说是两天其实满打满算也就一天半，第二天下午两点野营结束。

七班所有人收拾好帐篷和自己的书包，在马东立的带领下下山。

舒甜来的时候带的吃的太多，现在包也空了，下山跟上山完全不同，几个人简直身轻如燕、健步如飞，紧跟在马东立身后没有掉过队。

舒甜正跟姚月请教鲁班的玩儿法，前面一直举着小旗子的马东立突然回过头，叫了她一声，语气不太正常，带着点儿感慨，像是要和她谈心：“舒甜哪！”

舒甜她们三个是紧跟在马东立后面的，听到叫声舒甜快走了两步赶到马东立旁边，问道：“来了马导，怎么啦？”

马东立一边下台阶一边说：“舒甜，我看你跟江译好像关系不错？”

舒甜：“……”

马东立：“只是因为你们是同桌，还是……”

“老师，我俩家里认识，”舒甜一脸认真地说，“从小到大都是邻居，一起长大的，所以比较熟悉。”讲完，她眨了眨眼，“怎么了马导？有啥问题吗？”

马东立应该是没想过这种可能，愣了几秒钟才说：“没问题呀，能有啥问题？”

舒甜：“……”

“你俩青梅竹马呀？”马东立加了一句，紧接着，就没完没了了，“江译小时候也这样吗？我看他跟你做同桌也不惹事儿，挺好，他是不是听你的话……”

舒甜答完马东立所有的问题时，他们已经到了山脚下昨天上来的那个地方。

七班这辆车的车贴实在是太引人注目了，给人的记忆点太深，特别显眼。

舒甜正排着队，肩膀突然被人拍了一下。

“嗯？”舒甜回过头，本来想说的话在看到那人的脸之后直接卡壳，惊呼出声，“啊！林以桉？你怎么来了？”这个从来不参加班级聚会等活动的人居然会来野营？开什么玩笑？

舒甜看着女生的脸，那上面是她熟悉的冷漠神情，但她仍然觉得很不可思议，追问道：“林以桉，你居然会参加集体活动？来山上？你偷偷告诉我，你不是被人魂穿了吧？”

林以桉翻了个白眼。来野营的理由解释起来有些麻烦，她没有正面回答，而是扬了扬下巴说：“你先上车，一会儿记得看微信。”

舒甜听了林以桉这没头没尾的话，皱了皱眉，没往心里去，老老实实地上了七班的大巴。

同学们坐上车之后，明显比来的时候安静了很多，基本都是直接坐下找个东西把脸一盖就开始呼呼大睡。

按说江译的座位应该没人觊觎，但舒甜还是一直把书包放在座位上给他占座。

江译是临近发车才上车的。

舒甜还没从上午《王者荣耀》的段位到了铂金这件事中缓过来，很亢奋，看到江译走过来，立马把自己的包拿开，等他坐下之后说：“我刚刚帮你占位子了。”说完之后她才意识到自己的声音里明显带着邀功的意思。

江译的动作一顿，眼睛跟她对视的时候有道意味不明的光一闪而过。他扯了扯唇角，本来偏冷的五官瞬间柔和。

“嗯，”他说，“知道了。”

舒甜觉得自己很幼稚，占个座位而已，强调什么？

然而江译还没完事儿，他说完之后，突然朝着她的方向伸出手。

舒甜整个人突然僵住，自己头顶上是他的手?

伴随着江译一声低沉而有点儿哑的“谢谢”，带着轻微重量的触感很快从舒甜的头顶消失，他好像……有没有……揉她的头顶呢?

舒甜突然非常庆幸自己昨天晚上在经过一番思想斗争后洗头了，就像预料到今天要被摸一样，简直太英明了。

舒甜看了眼刚摸了她但面色如常的江译，觉得他这个坐姿像是要嵌进座位里一样，只见他眼皮耷拉着，唇角平直，眼下的青色在白皙的皮肤上极为明显，整个人看着很疲倦。

舒甜抿了抿唇，忍不住戳了江译的胳膊一下，问：“你困的话就睡觉吧，到学校还要两个小时呢。”

江译没答，反问：“你呢?”

“我?”舒甜眨眨眼，“我不困，我玩儿手机。”

“玩儿手机?”江译沉默了几秒，突然挑眉，眼神清明了一些，带着点儿戏谑，尾音上扬，“不怕晕车了?”

舒甜愣了一下，她昨天上午提了一句“怕晕车”，没想到他居然记到了现在。

“你有耳机吗?”江译突然问。

舒甜本来想说有，但不知道为什么，一出口就变成了：“没有。”

江译点了点头，站起身，伸到最上面放包的地方捣鼓了一会儿，重新坐下来的时候手里拿着一根比插线耳机要短的黑色耳机，蓝牙的。

“别玩儿手机，容易晕车。”江译把耳机递到舒甜面前，“不困的话，就听歌吧。”

舒甜垂眸看着他摊开的手，少年的手指骨纤长，掌心纹路很浅，和黑色的耳机对比鲜明。

舒甜接过耳机的时候，食指指尖不可避免地碰到江译掌心的皮肤，她的食指就像通了很细小的电流。舒甜掩饰般地快速转头，说了声“谢谢”。

这次返程大巴是按照班级顺序出发的，因此七班还没发车。

大巴上的空调温度不知道为什么开得有点儿低，舒甜觉得脸上的温度明明在升高，身上却有些发冷，她自己都没意识到的时候就打了个寒战，但也没在意，满脑子都是这两天她和江译在一起的画面：昨晚那个假篝火晚会他们拉手；早上看日出的时候他打着哈欠也没有不耐烦；上午打游戏开黑，江译能杀就杀，杀不了就以死护她，她拿着自己最爱的英雄得到了前所未有的游戏体验。

身边的座位突然又是一动，舒甜看过去，发现江译抬手又在上方翻包，不知道在找什么。

舒甜收回视线，准备整理一下心情，好好平复一下，结果一件外套突然落到她的怀里，纯黑色的外套，带着淡淡的熟悉的香味。

“冷的话就穿上。”江译对她说。

“哦，好。”舒甜应了，抱着他的外套不知道该讲什么，说了一句废话，“你睡吧，到了我叫你。”

江译嗯了一声，抬头看她，认真地叮嘱道：“晕车的话就叫我。”

舒甜眨了眨眼，乖乖点头。

江译把座椅往后调了点儿，就靠着靠背闭上了眼。

舒甜动作缓慢地穿上江译的外套。

她发现，这种类似的情况再用以前说服过自己的那一套“这有什么的，小时候都亲了”已经不管用了，脸红、心跳一样也逃不了。

舒甜穿上外套之后，偷偷看了眼身边的人，他好像已经睡着了。舒甜把衣领竖起，脸埋进去，深吸了一口气，真好闻哪！松木香和水果香混在一起，怎么这么特别呢？她好想拥有，好想买。

舒甜决定了，下次去江译的房间时，要观察一下他用的是什么香水。

江译比她高多少舒甜没算过，但是就外套袖子来看，他这衣服穿在她身上简直可以去唱戏了。

舒甜准备拍张照片留念，手机刚解锁，还没打开相机手机就是一振，她蓦地想到上车前遇到了林以桉，林以桉好像说让她待会儿看微信来着。

舒甜点进微信查看消息。

林以桉：“你跟江译在一起了？”

她这都从哪儿得到的消息呀？

舒甜瞪大眼睛打了一大串儿问号发过去，紧接着又问：“谁说的呀？”

她被林以桉这条消息惊得脸一下子烧起来，汗都从背后冒出来了，整个人都开始冒热气。你就不能给人点儿缓冲？这种话这么直接说真的好吗？

林以桉：“没谁说的，我看到的，昨晚上从洗澡的地方出来，你不是跟他拉着手走的嘛，我昨晚有事儿忘了问。”

噢，那个“一家客栈”，原来是因为这个。舒甜松了一口气，打字解释。

舒甜：“你在说啥呀？我俩不是拉着手，江译有夜盲症，你记得山上那个灯光很黑的吧，我就是拽着他给他带路的小喽啰。什么在不在一起的，你吓死我了！”

林以桉：“？”

林以桉：“夜盲？”

林以桉：“谁跟你说的他有夜盲症？”

舒甜：“？”

舒甜：“他自己说的呀，怎么了？”

林以桉：“……”

林以桉：“江译夜盲？”

这件事有这么让人惊讶吗？虽然她一开始也觉得有点儿反差。那林以桉要是知道江译怕鬼，不得惊讶死？

舒甜：“就是有天晚上停电了你记不记得？我就是那次发现的。”

舒甜三言两语给林以桉讲了那天的事儿，没说细节，然后那边半天没动静。

过了三分钟，舒甜的手机连响两声。

林以桉：“行，我知道了。”

林以桉："他骗你呢，他喜欢你。"

舒甜差点儿没拿稳手机。

舒甜觉得自己生出了幻觉，看着上面林以桉发的那行字，感觉手里的手机好像一瞬间成了烫手山芋，不是，是火烧山芋，简直烫得拿不住的那种。

林以桉最后发了八个字，两个标点符号，舒甜的目光集中在后面的四个字上——他喜欢你。他指的是江译，江译喜欢自己。

舒甜深吸了一大口气，猛地把头抬起来，脸对着窗外，一只手拿着手机，另一只手在脸颊边频率很快地扇动，好像能扇起一点儿风，但其实没什么用，脸还是很热。

好在她坐在里面的座位上，大巴在高速上开得很稳，后面还有男生的鼾声，根本没人会往这边看，不过她还是回头看了一眼后座，姚月也睡着了，正……嗯？舒甜凝神看过去，只见姚月正跟闻人一靠在一起。

这事儿先放一放，可以容后处理，不过林以桉是真疯了。有句话怎么说来着？对，造谣零成本！她当大姐大这么多年，怎么说话还这么不负责任？

舒甜扇了一会儿风，折腾了一顿，距离林以桉发过来那条消息也才五分钟不到。

舒甜："你在胡说什么呢林小桉。"

舒甜："鸡笼警告.jpg"

舒甜："你不会真的那么想吧？"

林以桉："上个月我就说了，你不信。"

她不是不信，是压根儿不可能啊！

舒甜："不是，你没有天眼，也没有读心术，到底为什么这么自信？"

林以桉："你不想承认就拉倒，跳过后一句，当我没说。"

林以桉："刚刚看到你说江译夜盲，我都怀疑你在给我讲笑话。"

舒甜看到这句话，决定把关注点拉回来，于是礼貌性地发了个问号过去。

林以桉："我围观过的，加上听说的，你江译哥哥最出名的几回都是野战。"

舒甜："野战？"

林以桉："打错了，夜战。"

舒甜松了口气："什么意思？你是说他晚上打架？"

林以桉："对！"

林以桉："说不明白，但是你不是喜欢玩儿贴吧嘛，你搜搜附中有关他的帖子，应该都有。"

林以桉："江译说他有夜视我都信，鬼的夜盲。"

舒甜："……"

她们的对话就停在这里，舒甜不知道除了省略号她还能发什么。

大巴还在高速上平稳行驶，舒甜锁了手机，看着窗外飞速掠过的景色，咬着嘴唇发呆。

林以桉没有必要撒谎，首先舒甜了解她；其次她也不屑；再说了，据舒甜了解，男、女中学生的圈子还是不太一样的，作为女中学生圈子里的一姐，林以桉也从来没跟江译有过什么矛盾和正面冲突，关系差不多也就是彼此知道，所以她撒这个谎的目的是什么呢？她揭露江译撒谎对她也没任何好处哇！

由此，说谎的就是江译，可是他为什么要撒这个谎？

舒甜的手机又是一振，她低头查看。

林以桉："可别觉得我诬蔑你江译哥哥。"

林以桉：【#链接—校园论坛—晚上九点下楼扔垃圾碰巧目睹了江译打架全过程！他的眼睛一定是自带夜间透视X光吧，我的妈呀，好帅呀！啊啊啊啊！#】

江译的眼睛类似夜间透视X光？好的，她了解了。

舒甜深吸一口气，低着头，戳了整整两行省略号给林以桉发过去。

江译是因为大巴一个幅度不小的刹车醒过来的，睁眼的时候，头靠着靠背，脸偏向身边，窗帘依旧合不上，窗外光线极好。

江译觉得自己缓过来了点儿。认床加上帐篷里的鼾声，他昨晚基本没睡；今天先是看日出，后来又集中注意力打了一上午游戏，尽管他通宵的经验还算丰富，但刚才一上车还是立刻就困了。

江译觉得眼眶有点儿发酸，还有点儿疼，适应了光线之后，他把视线聚焦到旁边的人身上。因为他没发出声音，所以舒甜自然也就没注意到他。

舒甜身上穿着他的黑外套，又长又柔顺的头发披在背后，看起来头发的颜色比衣服的颜色要浅很多。同桌这么久，他发现舒甜披着头发的时候喜欢把一边的头发掖到耳后，就像现在这样。

舒甜露出来的左边耳朵白皙小巧，戴着他的黑耳机。她跟着音乐的节奏，不安分地在座位上动来动去，双手抬着，他的衣服袖子长，她把手都缩进袖子里甩来甩去，摇头晃脑的样子特别喜感。

江译没睡好的烦闷、刚睡醒的起床气，一下子消失不见，他不自觉地弯了弯唇角，在自己还没反应过来的时候，直接伸手摸了摸舒甜的头发，发丝很细，干燥柔软，手感极好。

舒甜正在乱动的背瞬间僵住，过了两三秒才回过头，连带着上半身一起转过来。小姑娘一双乌溜溜的杏眼睁得很大，袖子还是那么滑稽地垂着，表情愣怔，粉唇微启。

好可爱呀！江译本来想碰一下就收回手，但现在又不想了。他的手依旧放在她的头上，很轻地揉了一下才收回来。

舒甜像是突然回过神，江译的手收回去之后，她抬起胳膊摸了摸刚才他碰过的地方，脸上皮肤太白，一点点的颜色变化都很明显。

江译看着她白嫩的皮肤上渐渐染上粉色，心跳开始加速。

舒甜眨了眨眼睛，说："你睡醒了？我们好像快到学校了。"随后她摘下耳机，坐得离他近了点儿，歪着头问，"江译哥哥，你觉得学校这次活动怎么样？你玩儿得开心吗？”

江译没直接回答，反问了两个字：“你呢？”

“啊？我吗？”舒甜没犹豫，笑着答道，“我超开心哪！”

刚才被急刹车惊醒的人不少，现在一片伸懒腰、打哈欠的声音，他们有的吆喝着问还有多久到学校，有的给家人打电话。

不过那些声音在江译听来都好像是背景音，听不真切，只有舒甜的声音能清晰入耳，她的声音很轻，尾音发甜，勾得人心里发痒。

江译喉结动了动，才开口：“我也是。”

舒甜在车上精神，被舒父一接回家就困得不行了，一直睡到快吃晚饭的时候才起来。

舒甜坐在床上清醒了一会儿，也不知道自己这腰酸背痛的感觉是因什么而来，仔细想想，这一路除了爬山好像并没有做耗费体力的事情，帐篷什么的也都是男生搭的。

唉，想不通就想不通吧，毕竟不是豌豆公主，不可能是被床垫下面藏着的小豌豆给硌的，那她还有什么好纠结的？

舒甜用手顺了顺头发，穿上拖鞋准备出门。

“哟，醒啦！”迎接她的是母亲欢快的声音。

“醒了，醒了，妈呀，你怎么又看这个《来自高粱地的你》？都多少遍了，还不够？”舒甜伸着懒腰往外走，到了客厅，看了眼电视屏幕就开始吐槽。

“你懂什么？”梁韵翻了个白眼，“好看死了。”

舒甜撇撇嘴，走到沙发旁，正准备坐下，却被梁韵用一只胳膊挡住了。

“嗯？”舒甜重新站直，不解地道，“妈？”

“这几天给张阿姨放假了，妈决定亲自下厨。你看现在五点多，时间还早，你去给妈买点儿东西，乖。”

舒甜：“…… ”

“不是妈说你，你看你一回来就睡了四个小时，脑子都睡傻了，赶紧出门呼吸呼吸新鲜空气，听话。”

舒甜没吭声。现在有多少种能够足不出户就让超市送货上门的方式呢?太多了。但她深知梁韵在她初中毕业的暑假养成了“喜欢女儿帮自己出门买东西”这个习惯，再加上超市近，所以面对掌握着她经济命脉并且总是根据心情发钱的梁女士，舒甜二话不说直接折回房间换衣服。自己的妈妈自己惯，红色的钞票手里赚。

他们下午走得太急，也是在刚换衣服的时候，舒甜才发现她忘了还江译耳机。

按说这东西在她出门的时候直接敲他家门还给他就行了，但舒甜没有。她也不知道为什么，自己又不是没有耳机，蓝牙的、插线的她都有，而且她的耳机也不是没有他的耳机贵。想不通，反正她就是拿着那个耳机越看越喜欢，完全不想还。于是舒甜拿着梁韵给的购物清单、钱、跑腿费，耳朵里塞着江译的耳机，轻车熟路地踏上了去超市的路。

高中开学以来，国庆这七天是目前为止最长的假期，平时周末梁韵就算想使唤她，顶多就是让她扔个垃圾，比起暑假那会儿，舒甜挺久没去超市了，而且好像每天给江译的棒棒糖已经吃完了，这次刚好一起买了。

道路千万条，安全第一条，舒甜这次没故意挑那条偏僻的路走。她暑假的时候隔三岔五来趟超市，实在是没意思，因此来去都走那条偏僻的土路。可能是身体的记忆吧，等她意识到的时候，又是那条熟悉的路，依旧没有铺平整，这效率有点儿低呀!

为了防止自己登上“青少年过马路只听歌不看路发生命案”这样标题的新闻，舒甜只戴了一只耳机，里面正放着她最喜欢的歌，于是忍不住跟着哼出声来。

突然一个声音很响亮地在她身后响起：“妹妹。”

这声妹妹叫得有点儿突兀，舒甜没理，接着往前走。

“妹妹！哎，前面那个，别走哇！”

舒甜身后的声音越来越大，她左看看、右看看，没别人，一转身，看到四个大男生的时候，整个人都是蒙的。这四个人之前是藏在哪儿的？她走这么远了，怎么一个衣角都没看见呢？

这四个人打扮得流里流气。中间的人，声音跟刚才的声音一样，老烟嗓：“妹妹去哪儿啊？”他笑得不怀好意，眼神来回在舒甜的身上打量，“要不要一起呀？”

哦，搭讪的。要是平时的话，舒甜觉得自己可能会扯两句，讽刺讽刺他们再撤，但是今天，这几句“妹妹”听得她格外不爽。

“你叫我呀？”舒甜摆出那种她最擅长的笑，声音脆生生的。

“对呀，”“老烟嗓”看着她的反应，笑得更欢了，一口黄牙恶心地露在外面，“小妹妹长得真漂亮，跟几个哥哥出去玩儿玩儿呗？哥哥给你买好吃的，去不去？嗯？”

舒甜：“……”

舒甜控制着全身的力气才能不翻白眼。他还哥哥，还买好吃的，还嗯，学什么不好学人家说嗯，这声嗯让她浑身起了一层鸡皮疙瘩。

人跟人之间的差距真大呀，对比一下记忆里江译的那一声嗯，面前这人简直把这个字给毁成了渣渣。

舒甜缓了几秒钟，依旧笑着说：“话可以多说，人不能瞎叫。”

“老烟嗓”愣住了，问：“什么？”

“谁是你妹妹？”舒甜越看他越恶心，“就你这样的，也好意思叫我妹妹？”说完她还不解气，看着“老烟嗓”瞪大的眼睛大声说，“不是我吹，我哥哥一个顶你一百个。”

“老烟嗓”被舒甜“怼”蒙了，好半天才出声：“什么玩意儿？你哥哥？”他非常符合自己形象地往地上吐了口唾沫，“你哥哥是谁呀？说出来我们听听？”

“哎，鸡哥别这么较真儿，人家小姑娘随口编的，你怎么还非得问呢？”“老烟嗓”的小弟说。

另外两个人也笑着打哈哈。

舒甜等他们每人一句都说完了，又问了一句：“你们是高中生吗？”

“是呀，哥几个都是四中的。”“老烟嗓”的小弟答。

“怎么了小仙女？你也是？”另外一个小弟色眯眯地说。

舒小仙女说：“那你们估计认识他。”

“是谁？”那个被称为鸡哥的人皱着眉，“赶紧的。”

舒甜如实相告。

场面安静了得有五六秒，紧接着对面传来一阵爆笑。

“哈哈哈…… 你听见她说什么了没？她说江译是她哥哥，哈哈哈！”

“妹妹，江译什么时候有妹妹的呀？啊？”

“可能是迷妹吧！哈哈哈。”

舒甜看着他们笑。

几个人笑了一会儿，鸡哥看舒甜的眼神从看美女变成了看傻子，嘴上也不忘了嘲讽：“之前还觉着你长得好想认识认识，没想到妹妹你有妄想症啊，哈哈哈，哈哈哈。”

舒甜看着这四个人跟演小品一样大笑，冷不丁头上传来轻轻的触感，并传来一道她极为熟悉的声音：“你怎么在这儿？”

舒甜在心里叫了一声，这么巧的吗？这么给力吗？

舒甜往左边转头，下午刚和她分开不久的江译就站在她旁边，他换了身衣服，但还是上白下黑，手里拎着个塑料袋。

“江译哥哥，”舒甜眨了眨眼，“你去哪儿了？”

“书城。”

舒甜：“……”

江译哥哥去哪儿了？舒甜仔细看了看那个塑料袋，“书城”两个红字不是最显眼的，最显眼的是袋子里面的东西——《5 年高考 3 年模拟》，一共三本，非常厚，那是全国高中生“最爱看”的书。

舒甜：“……”

这也太感人了！她简直想为江泽鼓掌。是谁感化了他好好学习？江言？

舒甜还没来得及往下想，就看到江译把手里的袋子往地上一扔，厚重的书本发出沉闷的声响，随后他抬起胳膊。

对面的四个人不知道从什么时候开始就没了动静，鸡哥带头，乖乖立正。

随后，舒甜的肩上一沉，江译扔了袋子之后空出来的胳膊搂着，或者说是挂在她的肩上，舒甜整个人都被他的气息笼罩。从这个角度看，江译的美貌一览无余，长长的眼睫微垂，一脸“懒得搭理你们”的表情，轻蔑、不屑都不用语言，直接就从眼神中体现了。

“江……江译？”为首的鸡哥瞪大眼睛，指着舒甜的方向，“这真是你的……”

江译搂着舒甜的胳膊突然圈紧了一点儿，他低下头，飞快地跟她对视一眼，又抬头。

“嗯，我的。”他掀起眼皮，小幅度抬了抬下巴，声音是清清冷冷的，“怎么了？”

第九章
兔子该吃窝边草

十月初的下午五点已经不算热，偶尔有风吹过，让人感觉很舒适。

这条路正在施工，本就偏僻，江译来之前，舒甜在这儿站着跟四个男生说了那么长时间的话，没一个人经过，此时也没有，静得过分。

刚刚江译只说了几个字，但说话的时候胸腔传来的震动依旧清晰。舒甜刚才被他一下搂紧，靠得近，感受特别明显。但其实他说的话更让她震撼——

“嗯，我的。”

“我的”，你的什么呀？为什么卡在这儿？不过，舒甜转念一想，就算说完，应该也是我的妹妹。还能是什么？不存在的。

舒甜脑子里像是过弹幕一样过了一些乱七八糟的想法。

——说话就说话，为什么要搂着她说呀？

——挨着就挨着，为什么她的心跳这么快？

从小到大虽然算不上体壮如牛但一直没生过大病的舒甜，觉得自己最近真是不正常，怎么动不动就浑身发热、心跳加速、呼吸急促？她都想过要去咨询一下江言，这心肌梗死的感觉总是出现她还能不能好了？

舒甜仔细想过，她的这类反常是不是因为江译对她太好、太亲密了。可说实话，他们小时候要比现在更好、更亲密。

舒甜的思绪还没理顺，旁边就传来了说话声。

“那……那什么，我们也不知道，我以为她瞎说的。”对面的鸡哥开始解释，“这真是你妹妹呀？”

鸡哥看起来跟刚才调戏舒甜的时候完全不同，本来手里夹着的烟也不知道什么时候掉在地上了，身边的小弟没有一个敢吱声的。

江译挑了一下眉，神色淡漠，嘴角微撇：“她不是你是？”

舒甜觉着这话怎么那么耳熟呢？好像初中那次他去学校为她出头说的也是这句。

这么一想，她好像总是被质疑江译妹妹的身份。不过，这是不是也证明了，江译这几年是真的没有跟什么女生走得很近过？

舒甜得出这个结论，觉得很开心，开心到甚至想放了这几个骚扰她的人。

舒甜其实没有亲眼见过江译打架，关于他们重逢的第一面，江译跟虎哥的那场打架，那叫打架吗？那是来搞笑的吧？

舒甜所有见过的关于江译的战斗力的描述，都是那种很夸张的文字描写，或者是很模糊的图片，却被描述得天花乱坠，她觉着这些话可以信，但是不能全信。

舒甜偷偷对比了一下双方的身材。她肯定是废了，不能打，那就只能江译自己上，非要一打四的话，就算他赢了，应该也会比较累。

“我不是，我们当然不是，开什么玩笑呢，哈哈哈哈哈。”鸡哥很尴尬。

江译正想开口，却感到上衣下摆被轻轻拽了一下。他低头，看到被他搂着的小姑娘正仰着头，干干净净的小脸上，水润的眼里有他的倒影，对上视线之后，她突然开口：“我妈让我给她买吃的。”她的声音很小，几乎是气音，应该只有他听得到。

江译：“嗯？”

“就是，我现在去超市，”舒甜抿了抿唇，看了一眼对面的几人，又回过头看他，“你跟我一起吗？”

江译觉着如果没理解错的话，她这话的意思应该是“不要和他们一般见识了，跟我去超市吧”。

她这是害怕了，想赶紧走？

他从书城回家是凑巧走这边的，不知道来之前他们跟舒甜说了什么，居然把她吓成这样。

“好，”江译答应了，把胳膊从她身上拿下来，走到对面的鸡哥面前，“哪个学校的？”

他本来问的是鸡哥，结果旁边一个人抢着开口道：“我们是职高……”

“你说什么呢？”鸡哥挤出一个笑，“那什么，我们是四中的。”

江译点了点头，道：“滚吧！”

鸡哥以为自己逃过一劫，松了口气正准备走，没想到走出去的人又突然回来。

“等会儿。”江译一边说话一边拿出手机，然后横过来，对着几人就是咔嚓一声。

鸡哥蒙了。面前的白衣少年面无表情，他不知道这人身手怎么样，就长相来说，跟学校里那些叽叽喳喳的女生描述的真是不相上下。

“职高的是吧？”少年全程语气都很淡，晃了晃手机，像是在聊天气一样跟他们解释了自己刚才的举动，“怕我忘了你们长什么样。”

舒甜觉得混社会也得有仪式感，比如，上次她遇到的，双方在开打之前互相问候了对方的亲人以示“尊敬”；这次，就算不打了也得通知对方一声，“喂，老子今天没心情，不准备修理你了”。于是她非常了然地看着江译走上前，虽然听不清他在说什么，但肯定就是这类话。

舒甜趁机把全程最可怜、最无辜，被江译扔在地上很久的《5 年高考 3 年模拟》捡了起来。

舒甜直起身的时候，江译正好走回来，她把袋子递给他，说：“给你，江译哥哥，差点儿把它忘了。”

“嗯。”江译伸手接过，“去超市吗？”

舒甜：“去。”

两人一直沉默着走过这条路，到了大道上，等绿灯的时候，舒甜听到他问：“那几个人，他们……跟你说什么了？”

舒甜想了想，他们也就是普通的搭讪，于是概括道：“他们几个一开始一直叫我妹妹，我不喜欢听，就说我没有他那么丑的哥哥，我哥哥比他们好看 100 倍，然后那人立马就跳脚了，问我哥是谁，我就说了你的名字。”顿了一下，她接着说，“然后那几个人就笑我撒谎，说江译没有妹妹呀什么的。”舒甜回忆起那个场面都觉得有毒，忍不住笑了笑说，“然后你就来了。”

江译没说话。

舒甜有些奇怪地转头，眼前有什么一晃而过，头顶上是江译的手，他把她的头转回去看前方，绿灯开始倒计时。

“过马路。”他说。

“啊，好。”

江译满脑子都是舒甜刚刚说的那句“我哥哥比他们好看 100 倍”，虽然说 100 倍有夸张的成分，但是这句话让江译很满足。

他们过了马路，江译深吸一口气，平复了一下情绪，又听舒甜开始说话。

“100 倍都少了，”小姑娘的声音带着点儿不甘心，“我应该说 1000 倍、10000 倍的。”

江译掩饰性地清了清嗓子，移开视线看着别处，小声说：“嗯。”

他心里清楚她就是随口一说，是为了气他们，但就是无法平复自己雀跃的心情。

梁韵让舒甜买的东西很杂，她将购物清单上的东西从上到下找齐之后，江译推着的购物车都快满了。没错，就是江译给她推车子，今天的她就是这么有排面（网络用语，意指排场面子）！

“我妈妈要的买完了，”舒甜把最后一样东西扔进车子里，转头看着推车的人，拉着购物车的一边往前慢慢走，“我想再买点儿零食。”

“我想吃的。”她补充道。

“嗯，”江译点点头，“买吧。”

舒甜得到肯定答复之后，脸上的表情瞬间生动起来，加快脚步拉着车就要去零食区，走着走着，像是想到了什么，放慢了脚步。

“江译哥哥，”她回过头，眼神飘忽，暗示意味很明显，“你会帮我拎的吧？”

江译忍不住笑了一下，回道：“嗯，我拎。”

舒甜开始撒欢式挑零食。

她暑假的时候爱上了这家超市的散装薯片，每次来都要买，但是散装称重区很窄，过不了购物车，因此就让江译在就近的货架旁等。

舒甜没想到，才几分钟的工夫，等她再回头的时候就看见有两个女生你推我我推你地到了江译面前，侧脸通红。

长得好看的人在哪儿都是发光的，这个舒甜知道。舒甜跟江译同桌这么久，还真没见过有胆量当面跟他告白的女生，从她们连送情书这种事儿都得假他人之手就可见一斑。女生喜欢他，但是不敢说。

舒甜觉得江译长得一点儿都不可怕，不光不可怕，还极具诱惑力。也就是他那些传闻比较可怕，可是他又不打女生，到底有什么可怕的，她也不理解。

总之，因为这些，江译在网上收到的表白估计比现实中得多好几倍。

现在，他身边货架上一排红彤彤的旺旺大礼包比较喜庆，而且扶着手推车的把手，身姿挺拔的少年站在这堆东西旁，气质好像从生人勿近变得稍微有那么点儿接地气了。

这两个女生围上去，可能是这个缘故。

可是她才走了几分钟啊！舒甜手里刚称好重量的散装薯片快被她捏碎了。

舒甜加快脚步走回去，快到的时候，正好听见一个女生问："那个……可以加个微信吗？"

当然不可以！一个陌生人，为什么要跟你加微信？舒甜腹诽。

舒甜把手里的小袋子扔进购物车，成功地让三个人都看向她。

那两个女生蒙了一下，随后舒甜听到其中一个人问："你是……？"

"我是跟他一起的。"舒甜立马接话。

"一起的？"另外一个梳大波浪发型的人说，"你是他妹妹吗？"

舒甜惊呆了，她是怎么看出来的？自己脸上写了"我是江译的妹妹"还是怎么着？

可能是舒甜的疑惑太明显，女生解释道："哦，刚刚我们问的时候，你哥哥说他在等妹……"

"我没有微信。"舒甜耳边突然传来江译的声音。

舒甜愣了一下，他在回答她们刚刚的问题？

女生瞬间把舒甜这个妹妹抛在脑后，不死心地问："那手机号呢？手机总有吧？！"

江译："没带。"

"那号码……"

江译："记不住。"

舒甜看了一眼他的口袋，想起刚才他回复消息的样子，没说话。

"啊，那……"女生还想问什么，被身边另外那个一直沉默的女生带走了，"不好意思打扰了。"

舒甜依稀能听见她们的对话。

"人家明显不想给你，你还在那儿要什么呢？"

"我就是看他长得太帅了，啊啊啊！"

“算了算了，人家长这样，眼光也高。”

两个女生越走越远，对话声也消失不见。

货架这边就剩下江译和舒甜两个人。

舒甜看着江译，他的手放在购物车车把上，微微垂着头看她，想到他刚才一脸认真地撒谎的样子，她怎么就那么开心呢？

“那我们去……”舒甜还没说完，身边带过一阵风，手里被塞了一张字条，舒甜听见刚才那女生的声音：“这位妹妹，这是姐姐的微信号，麻烦你让你哥加一下我，拜托了人美心善的妹妹！”然后高跟鞋嗒嗒嗒的声音走远了，全程也就半分钟。

舒甜：“……”

姐姐你们这是在追星吗？至于这么疯狂吗？

舒甜刚才的开心全被这张小字条搞没了，捏着字条，没来由地她的火气越来越大。她自己都还没反应过来，想什么就说什么，站在原地叫了江译一声：“江译哥哥。”

江译也被女生的这拨操作给镇住了几秒钟，听到舒甜的声音，抬头看过去。

江译看到舒甜低着头看了一会儿手上的字条，觉得实在是太尴尬了，忍不住说：“你把它扔了吧！”

舒甜唰地抬起头，眼睛亮亮地问：“你不要吗？”

江译：“我为什么要？”

“那你不会加她，对吧？”

“不加。”他当然不加。

舒甜没再看那张字条，而是走近了点儿，扶着购物车，歪着头问：“你觉得这种事儿是不是很烦？”

江译顿了顿，回道：“嗯。”

他确实觉得很烦，而且刚刚这种情况，又不能像在学校里那样直接走掉，因为有购物车，而且对方一直问，他也不能一直不说话。

舒甜："其实有一个办法。"

江译："什么办法？"

江译看到舒甜的表情里闪过一丝不自然，她的手抬起来，把一缕碎发掖到耳后，柔顺的头发在超市的灯光下泛着光。

舒甜抿了抿水润的唇，再次开口："以后再遇到这样的，"她语速慢吞吞的，"我是说，就是现在这种我也在场的时候，你要是不想被要微信的话，"她的表情更不自然了，半晌，江译才听到她接下来的话，轻不可闻，语速很快，"你就可以跟她们说我是你女朋友。"

江译看到面前的人说完这句话，抬起放在购物车上的手顺了顺长发，本来跟他对视的眼睛也移开了，全神贯注地看着他身边的货架，像是在认认真真地研究旺旺大礼包上的字。

江译呼吸一窒。她刚才的那几句话说得断断续续的，但在脑子里把它们连起来，大概就是"以后再有这样的事儿，我在你身边的话，如果不想她们来烦你，你就跟来搭讪的女生说我是你女朋友"的意思。

江译知道她的话连起来是什么意思，但是他真的只想选择性耳聋，就只听最后一句，即使他知道这样很不可理喻。

江译只是这么一想，少女那甜软的声音就在他的耳边回放了一遍，再想起她刚才带着点儿别扭的小表情，他放在车把上的手不自觉地紧了紧，喉咙有点儿痒，感觉浑身上下的血液都加速了流动。

超市里灯光很亮，音乐也很给力，江译很少来这个超市，以前路过的时候会买瓶水，但在他的记忆里，不管什么时候它好像都是在放《好运来》之类的歌，一年四季都有年味儿。

两人在的地方是旺旺专区，很多小孩子喜欢，他们沉默的这一会儿工夫就来了一家三口，父母年轻，孩子小，应该也就四五岁，很活泼，叽叽喳喳地一直在说话。

“妈妈，我要大礼包！给我买吧！”

“好，买买买。”

“哇，妈妈，妈妈！你看那边站着一个哥哥一个姐姐！”小孩子的声音突然兴奋起来。

“别拿手指着人家，不好。”

“妈妈，他们在干什么呀？为什么站着一动不动啊？”

女人不紧不慢地解释道：“哎呀，哥哥姐姐在谈恋爱呢，小孩子家家的别看，挑你的大礼包。”

舒甜：“……”

他俩都没挨上，这位妈妈是怎么得出这个结论的？哥哥姐姐在谈恋爱？哪儿的事儿啊！

这家人不来还好，舒甜本来都打算拉着江译走了，结果又听到这么一段对话，现在周围的空气里真的满是尴尬和一种说不清道不明的因子在发酵。

舒甜快被这些不知名因子淹没的时候，一直沉默的江译终于说话了：“好啊！”

舒甜一愣，过了几秒才反应过来他是答应了她刚才“你可以说我是你女朋友”的提议。

舒甜不知道自己是被激的，还是什么心理作祟，居然能说出那种话。但是，其实好像也没有很过分和奇怪，而且她用余光观察江译，他的表情除了惊讶，好像也没有别的情绪。

她不就是提了一嘴女朋友嘛，电视剧、小说里不都这么演？这种就叫挡箭牌，她现在自愿做这个挡箭牌，多么有奉献精神！

因为江译的那个“好啊”，舒甜把视线从大礼包的生产日期上重新移到他的脸上。

江译平时总是一副睡不醒的样子，半闭着眼，再加上身高优势，抿着唇角面无表情的时候看起来又冷又酷。而此时，舒甜很清晰地捕捉到他眼睛里有什么一闪而过，眨了一下——不知道是不是桃花眼自带的buff加持（游戏用语，通常指给某一角色增加一种可以增强自身能力的魔法），这么普通的一个动作——眨眼，他都能眨得莫名勾人。

舒甜在心里鄙视了一遍自己的花痴。

江译压低声音，一脸认真地说："我记住了。"

舒甜在买完薯片、旺仔小馒头、吸吸果冻等零食之后，对江译说："我差不多买好……不对，还差一样，"舒甜的话转了个弯，"差点儿忘了，我家都没有棒棒糖了。"

江译："……"

棒棒糖？她是给他买的？

舒甜一边带着车子往糖果专区走，一边说："现在不买的话，国庆放完假回去我就没有糖可以给你了。"

江译："嗯。"

江译跟在舒甜身后，看着小姑娘走在斜前方的背影。

江译不知道舒爸爸说的是真是假，虽然吃糖好像对他没什么用，基本还是靠自觉，但习惯真的很可怕，开始的一星期，她给的糖他是忍着那种齁甜吃下去的，到第二个星期，他睡完第一节课醒过来，课间如果嘴里不含着糖就会觉得浑身难受。他并没有喜欢上吃糖，只是习惯了她给的而已。

江译看着舒甜已经开始挑棒棒糖的味道，掏出手机，打开《你问我答》。

其实暗恋有特别多的时候会很有感触，会忍不住怀疑很多事儿，比如，她为什么这样？她是不是讨厌我？她是不是生气了？她是不是也跟我喜欢她一样有点儿喜欢我？

这样的心情，假如憋着，会越想越多，会很难受。

虽然闻人一也知道了这件事儿，但跟闻人一说，就等于跟空气说，他也说不出口。因此，江译差不多把这个软件里面阴错阳差认识的、总是给他提建议的、说自己恋爱经验很丰富的那个人当成了倾诉对象。因为他们不认识，所以无所顾忌。

江译点开那个昵称以S开头的网友的对话框，垂眸打字。

舒甜选完棒棒糖，两人往收银台的方向走，路过超市里的大冰柜时，江译感觉车子被一股力道拽住。

江译看过去，舒甜脸上多了点儿不好意思，说："我发四，啊呸，发誓，"她眨巴两下眼睛，"这真的是今晚我买的最后一样东西了。"

江译突然很想笑，问："买什么？"

"可爱多！"

"什么？"

"就是一种超好吃的冰激凌。"舒甜说完，飞快地跑到冰柜旁边，一下子就找到了想要的东西，拿出来之后又很快跑回来，手里多了个甜筒形状的东西，上面是花里胡哨的包装。

舒甜把甜筒往江译面前举了举，说："就是这个！"随后她歪了一下头，"江译哥哥你要吗？"

江译："……"

"这个超好吃的，我是上了初中之后才爱上的，然后每年夏天都要买很多放在我家冰箱里。"

"嗯，"跟糖差不多，江译对这类东西不是很感兴趣，而且两个人都吃的话怎么拎东西？"你自己吃吧。"

舒甜哦了一声。

两个人推着车子继续往前走，舒甜看着手里甜筒包装上的名字，突然道："这个甜筒叫可爱多。"

江译不知道她为什么突然提起这个，还没等他问，她自动回答："顾名思义，就是吃了会变可爱的意思。”

江译：“……”

舒甜看江译的表情，他似乎从来不知道这东西，突然想开个玩笑。

她装模作样地叹了口气，走着走着，突然伸出一根手指戳了一下江译的胳膊。

江译转过头，看到少女狡黠的笑容，杏眼弯弯，小白牙露出来，声音轻语速快：“你竟然拒绝了可爱多，我跟你说，你失去了一次变可爱的机会。”

江译：“……”

江译不自觉地停顿了一下，从她的表情和语气也能明显看出来她是在开玩笑，但就是有想法止不住地从心里冒出来，直到充斥了整个大脑。

他们到了收银台，前面还有三个人在排队，舒甜拿出手机开始打字，可能是在回消息。

江译第二次点开那个软件，上一条消息显示的还是未读，他又发了一条过去。

gosk08：“真的，太可爱了。”

他们付完账出了门，舒甜有些良心不安。她看着江译一手一个大袋子，虽然看起来不是很吃力的样子，但她两手空空的也不太好吧？

“江译哥哥，那什么，我拎一个你拎一个呗。”

“不用。”

“我总来超市的，真的，”舒甜怕他不信，“我妈特别能使唤我，拎这点儿东西我还是很……”

“要化了。”江译突然说。

舒甜：“啊？”

江译转过头，解释道：“我说，你手里的冰激凌，再不吃就要化了。”

舒甜反应过来自己手上一直拿着可爱多，于是抿了抿唇，最后说了一句：

“那你累的话就跟我说。”

江译点头：“嗯。”

舒甜喜欢吃冰激凌，但是因为她的牙齿比较脆弱，不能用门牙那块儿去直接接触过凉的东西，一接触，牙会非常酸爽，所以她只能舔。

这个吃法有点儿羞耻，但由于从小到大她都这么吃，因此已经修炼得速度很快了，不仔细看的话，一般看不出来她在用舌头舔。有次舒甜在宿舍吃可爱多，姚月和原弯弯对她的特技叹为观止，两个人将这个称作“佛山无影舌”。

他们回去的路程很短，江译没觉得这两袋子东西有多沉，走得不快不慢。

说实话，舒甜去野营时背的包可能是他这一年以来拿过的最沉的东西，这次的跟那个包比起来简直不值一提。

他们回小区需要经过的唯一的一个路口很快就到了，等绿灯的时候，看着还有40多秒，江译本来想问舒甜假期下面几天有什么安排，结果一偏头，就看见她把甜筒上半部分吃了一大半，正在舔剩下的。

路口处的灯光异常明亮，少女垂着头，神情很认真，从江译的角度看睫毛特别长，每次她的舌尖只探出来一点点，舔到之后就很快缩回去，再开始舔，鲜红的舌尖跟纯白色的冰激凌对比异常鲜明。

其实舒甜的动作很快，但他还是看得一清二楚，甜筒的头部被她舔得很圆润。

江译直到身边同样在等绿灯的人开始走动才回过神来，感觉喉咙处的痒意实在太过明显，不是想咳嗽的那种痒，是一种说不出来的痒，或许不是喉咙痒，是别的地方痒。

他的前方明明是路，有车、有行人、有树，眼前却好像一直在回放刚才看到的画面。

江译闭了闭眼，偏头无声骂了一个字。

这一路上，因为可爱多的关系，舒甜嘴巴很忙，没有说话，也完全不知道自己的“佛山无影舌”被发现了。

江译小时候活泼过一段时间，后来越长大越酷，话越来越少，跟她和江言还好，跟别人简直酷到不行，而现在他话比以前更少了。

男孩子难道都是越长大越酷的吗？可是闻人一为什么能那么吵？

舒甜乱七八糟地想了一堆，路过一个垃圾桶的时候顺手把冰激凌的包装纸扔了，正想去拎个袋子减轻一下江译的负担，突然意识到，已经到小区了。那还是算了吧，人家拎了一路自己现在去分担，呵呵，太虚伪。

他们到了单元门口，舒甜输了密码，拉着门回头对江译说：“江译哥哥，进。”

江译嗯了一声，目不斜视地进门，走到电梯口，听到身后的关门声，他也一直没去看她的脸。

他们进了电梯，江译耳边突然传来舒甜的声音：“江译哥哥，你不冷吗？”

这个小区常年开着空调，冬暖夏凉，舒甜觉得自己可能是吃冰激凌吃的，一进电梯就打了个寒战。

江译：“……”

冷？他这一路，浑身燥热。

“不冷。”他说，“你应该是刚才吃冰激凌才会觉得冷，”他看了眼楼层，“回家就好了。”

“嗯嗯，”舒甜摸了摸胳膊，“我也觉得。”

小姑娘熟悉的语音语调在狭小的空间里一直在江译的耳边回响，他还是忍不住看了她一眼，与此同时，电梯叮的一声到了。

舒甜率先往外走，回头对辛苦了一路的江译指了指自家门口，说：“放在这里就好啦。”

江泽往前走了两步，弯腰放下东西。

舒甜正打算再说一遍感谢词——不管是帮她拎这些东西，还是赶走了那个鸡哥并且让她爽了一把，这两件事都需要有所表示——但还没等她开口，江泽直起身来，看着她说：“别动。”

舒甜愣了一瞬，乖乖地没有动。

她看着江泽把手伸进裤子口袋里，拿出了一包纸巾，干净的黑白包装，明显是没有用过的。

江泽撕开纸巾封口，用骨节分明、修长的手指抽出一张纯白的纸巾，剩下的那些没放回口袋，而是直接扔进了放在地上还敞着口的购物袋里，发出轻微的声响。

他又说了一遍：“别动。”

舒甜：“……”

她没动啊，而且他这是要干什么？

舒甜还在疑惑，就看见江泽一手拿着纸巾，另一只空着的手突然向她伸过来——轻轻放在了她的下巴上。

江泽动作很快，舒甜睁大眼睛，脑子还有点儿蒙。

她站着的地方是家门旁边，后背几厘米处就是墙壁，下巴处的触感温热，江泽指尖往上微提，她就随着他的手指的力道抬头。

两个人的距离骤然拉近，她整个人一下子被他身上的气息笼罩。

江泽拿着纸巾的手抬起，下一秒，她能感觉到纸巾覆盖在她的唇角，慢慢地移动，摩擦。

舒甜突然明白了他在做什么。

舒甜仰着头，江泽低着头，昏黄的灯光打在少年身上，他精致的轮廓在这样的灯光里显得异常柔和。

又过了几秒，应该是擦掉了嘴角的东西，江泽松了手，直起身。

“之前有东西，”他解释着，声音有点儿哑，耳语一般，“现在好了。”

可能是太久没有动静了，而且他刚刚那句话的声音又很小，楼道里的声控灯忽地灭掉。

本来明亮的光线消失，骤然之间陷入黑暗，舒甜吓了一大跳，本能地往后退，还没退半步，直接撞上墙壁。

她不疼，只是感觉凉凉的。

可能是她的动作被察觉，或者是她的后背碰到墙壁发出了闷闷的声响，下一秒，舒甜的胳膊被拉住，熟悉的触感，这只手刚刚是放在她下巴上的。

“你怎么了？”黑暗中他的声音响起。

舒甜刚才一瞬间突然想把灯给弄亮，因为他夜盲，随即又记起来，已经被林以桉科普过了——人家不光不夜盲，还有夜间透视 X 光呢。

这不，就现在，她的眼睛还没适应黑暗，眼前还一团模糊的时候，他就准确地把胳膊伸过来，一下子就抓住了她的胳膊，估计是透视 X 光已经开启，可真是太厉害了。

“没有，没有，”舒甜跺了一下脚，“我刚刚没反应过来灯怎么突然灭掉了。”

她刚刚跺脚也是为了亮灯，然而灯并没有亮，舒甜又用力跺了一下脚，灯还是没亮。

这是什么顽固不灵的声控灯？

江译抓着舒甜的胳膊的手没松开。

黑暗袭来的时候，好像身边的空间都变得狭小。舒甜背靠着墙，什么都看不见，唯一一处跟江译有接触的皮肤就像是在持续不断地发烫。尽管背后很凉，舒甜依然很明显地感觉到自己的脸在一点点地变热。

舒甜咽了口口水，很大声、很用力地清了清嗓子，灯又亮了。

舒甜不知道她的脸现在有没有开始发红，没敢跟江译对视，他松手之后，她往旁边走了一步到了自家门口，回过头看他，说:“江译哥哥，我先回去了。”

江译抬眸看过来，站在距离她一米远的地方，神色淡淡的，没说话。

“那个，还有，”舒甜小声补充，“今天谢谢你哦。”

“嗯。”江译应了一声，勾了一下唇角，心情很好的样子，桃花眼微弯，“不客气。”

舒甜这一趟耽误的时间加起来得有半个多小时，在路上的时候梁韵给她打了个电话，到家之后又问东问西的。

“妈，”舒甜帮梁韵把东西拎进厨房，“我遇到江译哥哥了。”

梁韵嗯了一声。

“你这些东西也太沉了吧？”舒甜忍不住说，“幸亏我遇到他了，他帮我拎回来的。”

“这点儿东西就嫌沉？”梁韵白了舒甜一眼，“你那小胳膊小腿的，就是缺乏锻炼。”

梁韵要的东西装了一袋子，舒甜的零食装满另一个袋子。

“哎，这纸巾是你的吗？新买的还是用过的？怎么还拆开了？”梁韵手里拿着的就是刚才被江译扔到塑料袋里的纸巾。

“对，是我的，”舒甜伸手接过来，“我路上买的，用了一张。”

“这里面怎么还有书？”没多久，梁韵的声音再度响起，“《5年高考3年模拟》？”

“啊，这个是江译哥哥的。”江译可能是不想分开拎，就放到一起了，结果忘了拿。

舒甜把装着书的袋子拿过来，说道：“今天太晚了，我明天去还给他。”

梁韵：“行。”

“对了，”梁韵说，“我给你找了个家教，国庆之后让你见见？”

“家教？”舒甜眨眨眼，“我怎么不知道？”

“你的数学不是不好嘛，我找她来主要是辅导你的数学。”梁韵边洗菜边说，“是个女生，比你大三岁，S大数学系的，高中毕业成绩高得怪吓人的，”顿了顿，她看过来，“知道你是个颜控，妈妈见过了，这个家教姐姐长得特别好看。”

舒甜：“……”

其实舒甜对于补课这件事儿是没什么意见的，她的数学的确要比别的科目弱不少，挺拉成绩的，补补也好。但是她怎么就是个颜控了？舒甜觉得梁韵对她有很深的误解。

“妈，你什么时候学会的这个词呀？”她学会了就乱往自己头上安，“我才不是颜控！你可别冤枉我。”

“哎哟，我冤枉你？”梁女士精心修过的半永久眉毛一挑，风韵犹存，“你一年级上学之前，咱们不是刚搬到京园嘛，你第一次见到江译就疯了一样拽着我的衣服要去找人家玩儿。”

舒甜：“……”

她像疯了一样去找江译哥哥玩儿？

“那时候你还不到六周岁，说话漏风，还 n、l 不分呢，说这个小哥哥长得太漂酿（亮）了，你太喜欢了。”

舒甜：“……”

她太喜欢他了？

“我觉得刚搬过来就去对门不太好，那我也没招儿啊，我不去你就一直哭。”梁韵撇了撇嘴，“就这么开了头，从这之后你就成了江译那孩子的跟屁虫。而且，你这孩子幼儿园的时候朋友也不多，我还惊讶怎么突然间跟变了个人似的，说到底，你不就是看人家长得好看？”

颜控跟屁虫舒甜：“……”

安静了几秒钟，梁女士突然又来了一句：“不过你眼光还挺不错的。”

舒甜心里咯噔一下，立马开口反驳：“什么眼光不错，妈你别胡说。”

“我跟你爸本来看上别的小学，但是你不是跟江译玩儿得好嘛，就非要跟人家上一个学校，”梁韵说，“不过在一个学校之后，好像就没受过欺负吧？！”

“怎么没有？我受过的。”舒甜忍不住插嘴，“但是……江译哥哥都帮我欺负回去了。”她说这句话时，声音不自觉地带上一点儿小骄傲。

“是是是，我这不是在说呢嘛！”梁韵笑了，“你呀，眼光好。”

舒甜不想赖在厨房，又聊了两句就偷偷溜回了房间，省得一会儿被梁韵抓着当苦力。

舒甜换了身衣服，一下子跳上床，横着趴在被子上，头埋进去。

原来小时候是她先缠着江译当跟屁虫的。原因居然那么肤浅，就因为他长得好看！

舒甜很少看自己小时候的照片，也没看过江译的，她对于江译六七岁的时候什么样子已经完全没印象了，再往后几年，他十岁左右的模样才开始有记忆。

不得不说，江译真的是完全严格按照小说男主的路线发展的，从小到大都是能引起女生兴趣的那种存在。

舒甜手里还拿着刚才的那包纸巾，牌子是一串花式英文，黑白相间的包装，设计得干净简洁，这是江译的纸巾。

刚才在楼道里，他托着她的下巴，仔仔细细地给她擦嘴角的时候，专注的样子有种极强的吸引力。

安静的楼道，泛黄的灯光，动作温柔而细腻的少年，就像之前那次看日出，不用刻意去记，这幅画面就刻在了她的脑海里。

舒甜的心跳又开始加速，她像扔掉烫手山芋一样把纸巾扔到床的另一边。

她有点儿想骂人。

要说从小她就对江译犯花痴，那她怎么不记得小时候跟他相处会脸红，跟他亲密接触心跳就开始加速呢？所以现在这些反常的反应，是长大了花痴更甚？那是不可能的！

她可能是被江译、江言熏陶出来了，对一般好看的人都没什么感觉，而且要说这样的反应是花痴，那江言长得也那么好看，而且他爱笑，简直是无可挑剔的那种，他到九班一个月，她逛论坛的时候都看到有好几个关于九班大帅哥的帖子了，他可谓是S大附中除了江译，唯一一个因为颜值而被论坛眷顾的男生，可她每次见到他，内心都非常平静，只是觉得“哇，江言哥长得真好呢”，是真心实意地在赞美，毫无杂念。

可是江译，做同桌这么久，她能看到很多别人看不到的一面，比如，他刚睡醒，无意识地揉眼睛的时候，很茫然的样子；还有他明明听不懂却还是逼着自己看黑板的烦躁样子；课间喝水的时候，水滴顺着少年白皙、修长的脖颈滴下去，一直到上下滑动的喉结……停停停！口水都快流出来了！啊啊啊……她为什么对江译这么花痴呀？

舒甜在床上又翻滚了好几个来回，好像有一个很疯狂的答案就在她的嘴边，呼之欲出。

说实话，他们认识这么多年，梁韵说江译对她比对亲妹妹还好不是在开玩笑，是真的。而她没有兄弟姐妹，对江译也是一样，这么多年她一直把江译当成很亲很亲的人。

现在，摆在她面前的问题是，好像有些东西变了，虽然连她自己也不知道该怎么区分这两种感情，可是一想到那个可能性，她的心脏就开始加速跳动。

舒甜长叹一口气，觉得不能再这么糊涂下去了。

舒甜刚翻滚完，一旁的电话突然边响边振动起来，来电显示是姚小月。

“喂？”舒甜从来没在这个时间段接过姚月的电话，有些疑惑，“月月你怎么了？”

“你干啥呢甜？”姚月的声音活力十足，“我就问问你。”

舒甜现在满脑子都是江译，想到之前在做什么，直接说道：“啊，我刚跟江译逛超市……”

“啊啊啊！”舒甜话还没说完，那边突然传来一大串毫无意义的尖叫。

舒甜把电话拿开，揉了揉耳朵，道：“你干什么呀姚小月？能不能小声……”

“逛超市好甜蜜呀，啊啊啊！”舒甜的话再次被打断，姚月的声音带着高八度的兴奋，“那什么！我就退下了！阿甜你们继续呀，不要停！逛到超市关门！我错了我不耽误你们了，呜呜呜呜，再见！”她说完，立马挂了电话。

“嘟……嘟……”舒甜听着电话里的忙音，看了手机好半天，无语地翻了个白眼，打开微信，找到跟姚月的对话框，刚才没来得及，其实她也刚好有事儿问姚月。

舒甜：“你挂那么快干吗？我话没说完呢，我跟江译逛完已经回家了。”

姚月：“好的吧！”

舒甜：“想让你给我推荐小说，我的‘言情小说百科全书’小月月。”

姚月：“没问题，你说吧，要啥类型的？”

舒甜手指顿了顿，突然觉得尴尬和不好意思快把自己淹没了，硬着头皮飞快地打了一句话：“我想看男女主是从小一起长大的青梅竹马文，结局在一起的那种。”

舒甜发送完信息，脸开始升温。

姚月：“？？”

姚月这是什么意思？舒甜不解，也回了一串问号。

姚月：“啊啊啊，甜，你是不是开窍了？我打赌你一定是意识到了什么，对不对？我疯了！”

舒甜：“……”

她应该去问百度，而不是问姚月。

姚月又发了好几个疯狂的表情包之后，总算平复下来。

姚月：“我也特别喜欢这个类型！我给你书名，你自己去搜吧。”

姚月：“《他骑竹马来》《青梅有点儿甜》。”

姚月：“《兔子该吃窝边草》《窝边草不吃吃啥呀》《不吃窝边

草的兔子不是好兔子》。”

舒甜：“好，还有吗？我准备截图然后一起搜。”

姚月：“有哇！我现在最喜欢的一部！我每天都在期待更新的一部！除了男女主还没在一起无可挑剔！”

舒甜很给面子地问了一句：“是什么呀？”

姚月：“《舒甜和江译》。”

姚月：“又名《儿子女儿怎么还没在一起》《舒青梅什么时候能开窍》《虽然已经很甜了但还是日常想要催婚》《急死我了呜呜呜》。”

舒甜：“……”

姚月真是绝了。

江译到家的时候将近七点。他跟正在忙着摆凳子的江母打了声招呼，然后走向自己的房间，身后传来江母的声音：“阿译，去干吗了？”

“书城。”江译回过头，实话实说。

江母瞬间愣住，盯着他，重复了一遍他的话：“书城？”

江译：“嗯。”

“哎，你回房间干什么？”江母拔高了声音，“马上吃饭了。”

江译：“洗个澡。”

江译拉开房间门，还能听见江母带着疑惑在那儿嘀咕：“这孩子，不是下午才洗的嘛，整天……”

江译关门开灯，房间里一片寂静。他把手机扔到床上，刚打开衣柜拿了换洗的衣服，手机振了一下。

江译过去拿起手机，滑开锁屏，显示是舒甜发的微信，是语音。

这么长时间了，可能是因为朝夕相处，平时他们很少在微信上聊天儿，周末的话也是偶尔在微信上聊天，比如舒甜问他要不要学习，要不要复习，要不要她讲题，语音却从来没发过。

江译顿了顿，手指戳在屏幕上，声音直接外放出来。

“江译哥哥，你‘五三’落在袋子里忘记拿了，我明天给你送过去？”

舒甜说话通常语速不慢，干净利落，声线又很轻很软，每次她叫他的时候，名字总是很快，反而“哥哥”两个字会更清晰一点儿。

江译刚放完这条语音，第二条语音传过来并播放：“你明天在家吗？”

江译用键盘打了三个字母 h、u、i，选好了“会”字之后，正准备发送，想想又点了删除，而是把手机凑到嘴边，点了“按住说话”，回道：“会。”然后他没再看手机，拿上衣服径直进了浴室。

江译习惯性地把花洒掰到右边，水声一下子隔绝了外界所有的声音。

热水洒下来没多久，玻璃壁很快在氤氲的蒸汽下形成水珠，一滴一滴地滑到地上。

他野营回来之后的确洗过澡，前一天几乎没睡，车上那点儿时间也不太够，洗完澡他补了个觉。

江译醒了之后，就看见闻人一发消息说他用了两天时间跟舒甜的室友小蘑菇套近乎，再加上往返都是坐在一起，在一系列软磨硬泡、死缠烂打之下，继校服之后，终于获得了第二个有效信息——舒甜以前说过，学习好的、认真安静学习的男孩子很有魅力。

江译仔细想了想，非要做的话，他只符合“认真安静”这四个字，甚至只有“安静”这两个字，最前面那个“学习好”这个大前提，跟他一点儿边儿都不沾。

因此，他收拾利索就去了书城，问了问店员短时间内提升成绩最显著的书，就买了“五三”。

去书城这事儿江译没告诉江父、江母，也没让司机送，打车去、打车回，本来要到小区大门口下车，结果正赶上下班高峰期，路都被堵死了，这才就近下了车，抄了近道，遇到了舒甜，再然后……

江译冲着水，脑海里闪过的都是刚才的画面：超市里，小姑娘神色很别扭，红着脸说，“你可以跟别人讲我是你女朋友”；后来他们等绿灯的时候，他不经意间看到，她伸着小巧的舌舔冰激凌的样子；还有在楼道里，他抬着她的下巴，指尖触碰到少女柔软、细腻的皮肤，她神色茫然，仰着头看他的时候眼睛亮晶晶的，唇角沾了点儿刚才吃过的奶白色冰激凌。

控制不住地，一幅接一幅的画面在江译眼前闪过，那股隐隐的燥热再度出现，水声也渐渐被她的声音取代，睁眼、闭眼都是她。

江译咬了咬牙，伸手去够花洒开关，把水流调到更大，水温转凉。

仅仅睡了一晚上，所有腰酸背痛就已经都不见了的舒甜非常开心于自己这种属于年轻人的恢复力。

她在山上睡的那一晚是真不怎么舒服，脖子酸得不行，距离落枕估计只有一步之遥。昨晚她看了本小说就睡了，今天简直一身轻松，让人不得不感叹年轻真好！

舒甜虽然不知道为什么姚月有些疯疯癫癫的，但这人“言情小说百科大全”的称号还真不是盖的。她昨晚推荐的书里面，除了最后那本……其余的，光看简介都让舒甜兴趣满满，尤其是那本《兔子该吃窝边草》，舒甜印象特别深。这本书的简介里有一段话说得很有意思：“俗话说得好，兔子不吃窝边草。但——假如这个窝边草是草中之王呢？你就非要走遍大森林去找个比他普通的草，也不愿意要窝边的王吗？综上所述，只有傻兔子才不吃窝边草。”

舒甜就这么津津有味地看起了聪明的小兔子和草中之王窝边草的故事。

她绝对不是因为这个草中之王的设定太像江译才看的，绝对不是，绝对是因为这本书有趣才看的。

舒甜吃过午饭，因为上午起得晚，就不想午休了，直接带上“五三”去了对门。

江言给舒甜开了门。

江言这次穿的跟前面几次的居家服不同，清瘦的少年身上穿着纯白色外套，板型很好看，和江译穿白色的衣服不一样，白色衬得他整个人都很温柔。

可能是因为已经在猫眼儿里看到来人是谁，江言没有丝毫惊讶，微笑着跟她打了招呼，非常了然又善解人意地问："来找阿译？"

舒甜一开始心想自己一定是把"我是来找江译的"写在脸上了，不过转念一想，她来江家还能因为什么呢？她也并没有其他理由来这里啊！于是她立马点点头，回道："嗯嗯。"

因为他们两家只有几步远，舒甜来的这几次都是直接穿着拖鞋，所以每次换鞋的步骤直接省略了。

舒甜进了客厅，发现空荡荡的房子里就江言一个人。

"我爸妈出去了，"江言注意到她的疑惑，"阿译在房间，你直接过去就好。"

舒甜没立刻去找江译，而是八卦地问："江言哥，你是不是也要出门？"

江言一愣。

这明显是了，不然他穿成这样？

舒甜接着八卦："是跟女生吗？"

江言沉默了几秒，轻轻地嗯了一声。

舒甜虽然听不出来异样，而且江言神色如常，但还是从他白白净净的脸上看出了那么一丝不自在。

舒甜顿时被八卦之神附体，但为了维持形象，只得强力压下，不动声色地道："那你快走吧，我自己进去就行。"

江言笑道："嗯，好。"

"江言哥，路上小心哪！"

舒甜尽管极其好奇，但还是很乖巧地没有再问下去，只是摆摆手，进了江译的房间。

舒甜推门进去的时候，江译正背对着她，坐在床边，拿着手机，低着头在看什么。

舒甜带上门，走近他，他都毫无察觉。

他可能是在玩儿游戏吧。

舒甜到了江译身边，鉴于自己也是《王者荣耀》玩家，虽然水平一般，但也清楚地知道在一个人玩儿游戏的时候不去打扰他才是对他最大的温柔、无言却最真实的支持。

江译在玩儿《王者荣耀》只是舒甜的猜测，他也可能在玩儿其他游戏。江译房间的窗户很大，窗帘全部拉开的时候光线十分充足，舒甜从任何角度都看不清他的屏幕，也听不见声音——走近了她才发现江译对她进来没反应好像是因为戴了耳机。

江译的头发有些湿，很软地垂在额前，纯白色的耳机线从耳骨处延伸下来。

舒甜看着他毫无瑕疵的侧脸、身材和无处安放的大长腿，想起刚刚见过的这人的亲哥，他们都太帅了。

舒甜非常自觉地走到另一边，坐在桌子前，把手里的书放在桌子上，闲得无聊，就抽出来一本开始看。

江译是在十分钟后才抬头的。

他正在过那个运动风的男主的剧情，这次是好几天都卡在一个隐藏剧情过不去。

这个游戏不是所有的关卡都会给那个钻石级用户提示，它会在普通剧情给提示，特殊任务和隐藏剧情就只能自己想办法。

但是，“隐藏剧情”这四个字生来就是让人好奇的，他千辛万苦地把隐藏剧情触发了，有什么理由不过这个剧情?

江译也没想到这款游戏能玩儿这么久，但是有始有终，既然玩儿了，就得把所有的都玩儿一遍——除了皇甫元那种的。

江译低头太久，肩膀连着脖子都在发酸，就抬起头来想转一下头，放松一下肩背，换个姿势再研究，结果一抬头，就看见自己不常坐的椅子上坐着一个人——舒甜。

江译退出游戏进入微信，发现里面有一条她来之前发的消息，不知道为什么系统没给他推送，他没看到。

江译锁了手机，又看向舒甜的方向。

少女骨架很小，宽松的上衣穿在身上偏大，短裤大部分藏在微长的上衣里，露出来一点儿边缘，剩下的，是白嫩纤长的腿。

舒甜翻着桌上的书，也不怎么认真看，很快就翻了一页。

江译把耳机拽下来，手机留在床上，起身走了两步，舒甜就察觉到声响转头看过来。

舒甜的眼睛瞬间亮了一下，她道："江译哥哥！"

江译嗯了一声，问："你什么时候来的？"

"大概十分钟前？"舒甜歪了歪头，"不记得了。"

舒甜本来觉得昨天那样，今天他们再见面会尴尬，结果，可能真的是太熟悉了吧，完全没有。

舒甜没立刻站起来，听见江译问："喝什么？"

以前都是喝水的舒甜今天想换个口味："酸奶吧。"

江译转身出门的时候，舒甜才注意到他穿的是短裤，长度在膝盖往上一点点的那种。

他的腿好瘦好白呀！原来男生的腿也不全是自带"毛裤"，居然能这么好看的吗？

舒甜目送江译出门，迅速转身找空调遥控器调低了两度温度，拼命给自己扇风。

唉，她犯花痴的毛病没救了。

舒甜折腾了好一会儿，还跑去江译房间里的卫生间照了照镜子，很好，脸没红，耳朵也没红，继续保持。

舒甜重新回到座椅上坐好，屁股刚挨上去，江译就拿着酸奶进来了。

舒甜边伸出手去接，边道：“谢谢。”

舒甜的手眼看要够到酸奶瓶身了，江译却把瓶子往上一提。

舒甜：“……”

她愣愣地把手缩回来，看不懂他这个操作，问：“这个，不是给我的？”

江译没说话，左手提上去之后，右手放到瓶盖上，指间施力，啪嗒一声，拧开瓶盖之后，又沿着原路线拧了一下，这才递到她面前。

“这个酸奶我喝过，”他的唇角有一丝笑意，他垂眸自上而下地看她，“每一瓶盖子都很紧，不好开。”

舒甜：“……”

江译：“喝吧。”

舒甜以前看电视剧里、小说里的这种被演烂了的男主给女主拧瓶盖的桥段，男主一拧瓶盖，女主就开始星星眼、脸红，心里的吐槽成吨地往外冒。拧个瓶盖到底怎么了？嗯？她是自己没有手要你给拧？你是拧瓶盖专业户？

舒甜想着曾经蔑视这一切的自己，沉默着接过江译递过来的瓶子，偷偷地，脸上开始发热，冰凉的瓶身也没能浇灭她心里的小火苗。

可能是她拿着瓶子发呆的样子太奇怪、太诡异，敲桌子的声音传来。

舒甜回过神，唰地抬起头，紧张地道：“嗯？”

江译一只手随意地搭在她坐着的椅子靠背上，对着她手的方向扬了扬下巴，眼瞳里倒映着一个缩小版的、坐在椅子上一脸蒙的她。

“不喝吗？”他问。

舒甜的心脏猛地跳动了一下。

她眼睁睁地看着他伸手，一点儿一点儿地靠近她，手掌最终落在她的发顶。

“你发什么呆？”少年笑起来的时候，眼尾微弯，有种摄人心魄的好看，他轻轻地揉了揉她的头发，带着笑意的声音有点儿哑，“嗯？”

江译送走舒甜，家里其他人也不在，他重新开始攻略那个叫席连的整天吃饭、睡觉无时无刻不抱着篮球的游戏人物。

游戏界面加载中，屏幕最上方弹出来一条消息。

《你问我答》：您收到一条新的私聊消息。

江译手指顿了顿，点进去，是那个人回复了他昨晚在超市发的信息。

Snlwkst："知道了，哈哈哈，你看看给你激动的，你的小公主这是干了什么呀？"

江译："……"

江译看了眼自己昨天发的消息，两句话，都是夸舒甜可爱的。

gosk08："我怎么激动了？"

gosk08："实话实说。"

Snlwkst："牛。"

Snlwkst："不过情人眼里出西施，可能她吃啥你都会觉得可爱。"

江译："……"

他想换个话题，正准备问问这人有没有玩儿过席连这条线的隐藏剧情，那边突然发过来一个字。

Snlwkst："喂。"

接着那人又发来一句话。

Snlwkst："跟你说件事儿。"

gosk08："说。"

Snlwkst："没想到我居然跟你一样了。"

她这是什么意思？江译发了个问号过去。

那边隔了两分钟才回复过来。

Snlwkst："姐姐我……好像也喜欢上了一个人。"

过了三秒钟，她发了一条消息。

Snlwkst："他好帅，啊啊啊……"

过了五秒钟，她又发了一条消息。

Snlwkst：“啊啊啊……我真的确定了我喜欢他！不管了我要吃窝边草。”

江译：“……”

这算不算画风突变?

江译突然觉得，跟这个号称恋爱经验丰富的人的反应一对比，自己好像还挺淡定的。

江译觉得这人八成也是把他当成了倾诉对象，所以才什么都毫不遮掩。

江译接连看了好几串毫无意义的“啊啊啊”之后，那边似乎冷静了点儿，开始打字。

Snlwkst：“我现在是真的超级理解你，就是你之前那些反反复复患得患失的小情绪。”

Snlwkst：“我不该觉得你幼稚的，呜呜呜，对不起，都是姐姐不好，姐姐在这里跟你道歉。”

江译：“……”

哦，原来这人以前觉得他幼稚，呵呵。

Snlwkst：“就刚刚，就刚刚我才见到他，我真的无法形容自己的心情。”

江译：“……”

这么一会儿的工夫，她又发过来一大串表情包。

“帅到惨绝人寰 .jpg”

“这是什么绝世美男 .jpg”

“我要粉他一辈子 .jpg”

“妈妈我要给他生猴子 .jpg”

…………

江译就这么冷眼看着她发过来的一条又一条消息，单手撑着床沿，内心十分平静。

他发消息的时候，估计也是这样的吧？！

他决定以后尽量克制一下情绪，能不发就不发了，尽管她是个陌生人，但也不要这么傻。

Snlwkst：“你知道那种感觉很奇妙，就是……其实我跟他已经是很熟很熟的关系了，这种关系下，我不知道之前自己有没有过这方面的心思，但是最近真的是疯了一样，有超级多的，恋爱中才会有的那种反应。”

江译有些难以理解。

gosk08：“你不是谈过很多次恋爱吗？”

Snlwkst：“对呀，那又怎么了？”

那边的人仿佛知道他要问什么，瞬间补了一句。

Snlwkst：“谈很多次恋爱我就不能激动了吗？就算比你大，姐姐还是很年轻的。”

江译不想再继续这个话题。

朋友有了喜欢的人，他该说什么？恭喜你？算了，他还是换一个话题吧。

gosk08：“那个游戏，你玩儿没玩儿到席连这条线？”

Snlwkst：“玩儿了呀，我记得我玩儿到高中毕业，开始陪席连打全国大学生篮球联赛了。怎么了？你卡哪儿了？”

gosk08：“隐藏剧情那块儿。”

Snlwkst：“我说实话，席连这条线太简单了，这些选项几乎都是把答案摆在明面上的，你只要好感度积累到一定程度就肯定可以触发。”

Snlwkst：“服了，我现在都开始怀疑是不是不该给你推荐这个游戏了。”

还没等江译回复，她又发过来一个问题。

Snlwkst：“话说，从来没听你提过你什么时候开始喜欢你那个小公主的，你是不是喜欢她很久了呀？”

gosk08：“嗯。”

Snlwkst：“多久？”

江译大概算了算，开始不紧不慢地打字。

gosk08：“差不多五年。”

Snlwkst：“从小到大就喜欢这一个姑娘吗？”

gosk08：“对。”

Snlwkst：“真的痴情，兄弟。”

gosk08：“……”

江译打完省略号，盯着屏幕有点儿出神。

痴情这个词不太合适，他只不过是在很多年前的某个瞬间，意识到自己其实一直喜欢她而已，也没有刻意去怎么样。

这么多年，他心里一直装着一个人，所以再也看不上别的人。

舒甜几乎可以说是从江家逃出来的。

她本来的设想是把“五三”给江译后，关心一下他最近的学习状态，比如，作业写得怎么样了，需不需要她的指导——按照之前的经验，江译现在非常好学，一定会说需要，然后他们就可以愉快地度过一个下午了，完美。结果所有的一切都被一个摸头杀、一句话给打乱了。

舒甜一回到家就冲进房间，抱着枕头打了好几个滚，胸腔处扑通扑通的剧烈跳动一直到跟痴情小男生发泄完，才终于缓过来点儿。

但是不够，喜欢一个人这么大的事儿，除了父母，她简直想告诉所有亲密的人，当然，还得除了江译本人。

林以桉太冷静了，跟她分享肯定不够爆炸，舒甜决定等自己冷静点儿之后再去找她。

舒甜最先选择的是姚月和原弯弯。虽然原弯弯没有姚月那么疯狂，但她觉得姚月假如是教主，那原弯弯肯定能当护法。

舒甜想着那俩宅女应该在家里没什么事儿，于是直接打开群聊，发起视频通话。

因为是在假期，所以她们接得很快。

舒甜清了清嗓子，趴在床上对那两人眨了眨眼，郑重宣布了这个消息。

果不其然，姚月疯了。

“啊啊啊……”姚月尖叫完，脸直接对着镜头，“我的天哪！让妈妈好好看看你！你没被绑架吧？嗯？不是被威胁着说出这句话的吧？”

舒甜：“没有。”

原弯弯的反应好像慢了半拍，她倒是没有尖叫得那么夸张，但也很激动：“我的天哪！太神奇了，你终于开窍了。今天是什么日子呀能让榆木开花？我想去买彩票试试运气。”

舒甜：“……”

过了一分钟，姚月和原弯弯开始了激烈的讨论。

姚月捂着嘴，道：“青梅竹马是这个世界上最好吃的糖，呜呜呜！”

“我就知道会有这一天！”原弯弯激动到破音，“从开学第一天我想成为江译同桌，却被‘因为我是个女的’这样的理由拒绝，然后我转头就看见他给一个漂亮小可爱擦桌子、擦凳子的那一刻起，我就看穿了一切！”

姚月：“呜呜呜，江译还做过这么让人感动的事儿啊！我嗑到真的了……”

“哎，你们俩等会儿，停一停，停一停。”舒甜越听越疑惑，“不是，我是来分享少女心事的，你们怎么一副我跟江译已经……咳，已经在一起的样子？”舒甜忍不住说，“我就是告诉你们我有喜欢的人了，可是江译又不喜欢我。”

对面的两个人沉默了。

三个女生在屏幕前大眼瞪小眼，面面相觑了得有一分钟。

姚月率先开口：“因为我们都默认江译喜欢你呀！”

原弯弯：“对呀，江译对你跟对别的女生简直一个天上一个地下好吧，他不喜欢你我吃屎。”

舒甜：“他一直都对我这么好，但是现在说的是我喜欢他，不是他喜欢我……喂喂喂，听我说，你俩怎么回事儿啊？”

然而对面的两个人陷入了思维怪圈，根本不听她的解释。

姚月很快提起另一个话题“甜哪，你是怎么突然想明白你喜欢江译的？”

原弯弯也说：“对对对，我也超级好奇，明明之前我们开你俩玩笑，你还总说你们是兄妹。”

舒甜顿了顿，斟酌了一下用词：“我觉得……应该连我自己也不知道是什么时候开始喜欢他的。”

本来挺闹腾的两个人听到这句话，瞬间安静下来。

“我真的不知道是什么时候开始的，怎么喜欢上的，”舒甜忍不住笑了一下，“我只是……直到现在才意识到。”

其实不光是今天，仔细想想，他们之间有太多太多的回忆，随便挑出来哪一个都足以成为心动的理由。即使不论小时候那些事儿，光是高中开学以来，两个人骑车子上下学，他无数次给她扶车把；给他讲题的时候，他困得要死还硬撑着眼皮听她说话；棒球帽给她戴，在车上的时候让她靠在肩上，陪她看日出，打游戏为了她死；搂着她的肩膀对那些骚扰她的男生说“我的”；动作很温柔地给她擦嘴角；帮她拧瓶盖。

那本《兔子要吃窝边草》的言情小说里面有一句话舒甜印象特别深刻，并且感同身受。

——喜欢上他，就像人要吃饭、喝水一样，简直是再正常不过的事儿。

还有不到三天开学。

距离上次还书已经过了整整两天，阳光明媚的下午，舒甜又一次坐在了自己竹马的房间里。

舒甜从来都不是被动派，虽然说她已经预料到了心境变化之后自己可能会比之前反应更大、更紧张，但为了爱，还是约了江译。

他们从小时候就认识这点真是太便利了，不管她来江家多少次，因为从小时候开始就是这个模式，所以梁韵不会觉得她怎么样，而江母、江父也习以为常。

舒甜还记得小学五年级的时候，江母开玩笑问她要不要嫁给江译，而她那时候理解的嫁人就是住在一起，两家人合并，因此欣然同意。现在她觉得小时候的自己也太英明神武了，小舒甜一定是预料到了长大后的自己会喜欢上江译，才答应得那么痛快。

舒甜坐在江译房间的地毯上，喝着酸奶，伸手戳了一下身边人的胳膊，问："江译哥哥，你作业写完了没？"

舒甜本来觉得来找他打游戏能更好地促进感情，可是她也是很有自知之明的。

上次她鲁班能杀那么多人，其实全靠江译的辅助，每次结算战绩，她都没脸看自己身为一个 ADC（attack damage arry，一般可理解为团队中能够打出最多物理伤害的角色）的输出占比是多少。游戏这东西，打得好绝对是加分项，同样，打不好就是大大的减分项。

舒甜宁愿用别的项目来加分，也绝对不会用这个来扣分。

舒甜将游戏毫不犹豫地舍弃，最终选择了江译莫名喜欢而她又擅长的事儿——学习。

这次过来她又说了自己要喝酸奶，于是江译就又给她拿了一次，并且附带开盖儿服务。假如喝水的话，江译肯定是跟之前一样给她玻璃杯，那就不能享受他的开盖儿服务了！

舒甜默默地决定，以后来江家都喝酸奶！

江译跟她一样坐着，长腿弯曲，背靠着床沿，很淡定地看了她一眼，回道：“没有。”

“那你写了什么？”内心无数想法的舒甜表面上非常平静。

“语文和英语。”

江译也不打算遮遮掩掩了。他这两天除了重新刷席连这条线的好感度，连家门都没出，平常总玩儿的游戏也没打，全用来钻研作业了，但是无果，因为他看不懂题。

江译想问江言，但江言这两天天天出门，等他回来之后去找，对方居然笑道：“你怎么不问舒甜？”

对呀，他为什么不问舒甜？

昨晚，还没等他去问，巧合一般，舒甜突然发了条微信给他，问他明天要不要一起写作业。

经过这一个月，江译也算是知道学习不易了，学习好什么的还是得靠努力。

尽管他现在不符合舒甜要求的“学习成绩好”的大前提，但是他决定把自己往“认真学习”上面靠，也不算差太多吧？

舒甜点了点头，道：“那别的科，你是还没开始写吗？”

舒甜觉得这么一问，江译肯定会顺着台阶往下说是，然后她就可以边给他讲边写，完美。

舒甜没想到，江译不要这个台阶。

“因为别的都不会。”他帅帅的脸上表情真挚无比。

舒甜看着一脸认真的人，努力憋住笑，道：“哦，我都写完了，那我教你吧！”

江译点头：“嗯。”

江译答应完，撑着床边站起来，舒甜看着他正准备往桌子那边走，非常适时地叫了一声：“哎！”

舒甜称呼都还没出口，江译就回过头了。

江译站着，舒甜坐着，江译看过来，问：“怎么了？”顿了顿，他又说，“现在不想写？”

“不是的。”舒甜心里打鼓一样，咽了口口水。她仰着脸，努力让自己的面部表情正常一点儿、无辜一点儿、真实一点儿，“那个，”舒甜撒过很多次谎，但这次绝对是最紧张的一次，“我腿麻了。”

他们重逢那天，她蹲着看戏的时候看得太投入，是真的腿麻，然后他就弯腰伸手拉她起来。

舒甜刚才脑海里一下子闪过那个画面，情不自禁地就想撒个谎。

舒甜观察着江译的表情，只见他的眼神凝在她的身上，似乎是愣了一下，又弯了弯腰，确认了一遍：“腿麻了？”

舒甜没吱声，点了点头。

江译的视线在她的脸上扫了一下，到某个点，停住，而后他突然勾了一下唇角，这样的笑看起来带着点儿揶揄。

舒甜正对着窗户的方向，外面的光线被他挡住，这场景正让她心里小鹿乱撞呢，这人突然回过身。

舒甜把手里的酸奶瓶握紧，心想这是不打算拉她了吗？不应该呀！

他们之前刚见面他当着那么多人的面儿都拉了，这段时间他们这么熟，为什么现在反而不拉了呢？

舒甜在内心咆哮完，已经开始纠结要不要演一下，扶着床站起来算了，反正腿又没真的麻。

她没想到走到桌边的人又突然往回走，只得默默地放下了自己已经摸到身后床沿儿的手。

江译是拿着什么东西回来的，很快走到她面前，屈膝蹲下，舒甜才看清他手里的东西——一盒抽纸。

舒甜的脑海里警铃瞬间响起，她不会又……

江译蹲下之后，抽了两张纸出来，跟上次在楼道里一样，摁在她的嘴角，擦了擦，蹭了蹭。

“都多大了，”他专注地低垂着眼，似乎是真的觉得好笑，薄唇上的弧度一直没有退去，带着笑意的清朗声音响在她的耳边，“还总吃成这样。”

舒甜：“……”

舒甜觉得这句话不算什么好话，可是听见他这种语气，看着他的表情，她就是特别不争气地觉得好像有种莫名被宠着的感觉。

江译擦完后，起身把纸扔到垃圾桶。

整个过程中，舒甜就像瘫痪了一样感受着自己不正常的心跳，坐在原地一动不动。

江译扔完垃圾，走回来问她：“腿还麻？”

舒甜抬头，坚定不移地道：“嗯，麻。”

腿肯定得麻呀，哪有这么快好的？

江译：“站不起来？”

“嗯嗯。”舒甜夸张地道，“没知觉了，使不上劲儿。”

江译沉默了几秒，提议道：“那是不是坐一会儿就好了？”

舒甜还没来得及说“是”，就见江译说完这句话，突然抬腿绕到她身后，舒甜一怔，正想回头去看，突然感到腋下穿过来什么，紧接着整个人都被带得向后倒，腿弯被抬起来，整个人瞬间失去平衡。

这个过程速度特别快，下一秒，舒甜感到自己坐在了江译的床上。

舒甜现在满脑子都是糨糊。她只是想让他拉她一把，顺便牵个手就行，可他把她从地上抱到了床上？

舒甜抬头，看到江译低着头盯了一会儿她的腿，忽然抬头，看着她笑，本来很清冷、很酷的气质就这么整没了。

江译抱着胳膊，站在床边，姿势透着一股慵懒，笑看着她说：“怎么这么容易腿麻呀？”